JOHANNES HERWIG

SCHERBEN HELDEN

JOHANNES HERWIG

SCHERBENHELDEN

Roman

GERSTENBERG

Für uns

Der Winter schläft irgendwo in Grönland.
Der Frühling schickt dir einen Blumenstrauß.
Deine Stadt hat fünfhundert Straßen.
Doch die beste führt aus ihr heraus.

AufBruch

Prolog

Typen wie uns um diese Zeit noch ins Gebäude zu lassen, stand mit Sicherheit nicht in der Dienstanweisung des Pförtners. Er saß hinter seiner Glasscheibe und musterte Kante, Schröder, Zombie und mich wie ein alter Gorilla seine Rivalen.

»Unser Kumpel ist zu Besuch.« Schröder zog Kante neben sich, um die Masche abzuziehen, die wir uns eben auf der Straße überlegt hatten. Kantes unzählige Ohrringe klirrten. »Dürfen wir?«, fragte Schröder. »Ihm die Stadt von oben zeigen? Dauert nicht lang! Hand drauf!« Er lächelte breit wie ein Türrahmen. Mit seiner Harrington-Jacke und der Glatze hätte er noch am normalsten von uns ausgesehen, wenn nicht die schwarze Augenklappe gewesen wäre. Die meisten nannten Schröder nur *den Piraten*. Der Pförtner zögerte, dann schaute er auf die Uhr.

»Zehn Minuten.«

»Ist ein Wort!« Schröder klatschte in die Hände. Im nächsten Moment stand er schon am Fahrstuhl.

»Wart ihr schon mal hier?«, fragte ich in der Kabine. »Das Ding geht voll ab.« Mit seiner Bierflasche betätigte Kante den Knopf für die oberste Etage. Es klang, als prostete uns der Lift zu. Die Anzeigetafel blinkte wie eine Lichterkette.

»Scheiße, meine Ohren platzen gleich.« Zombie bleckte die Zähne und bewegte den Kiefer. Ich hatte kaum meine Kippe fertig gedreht, da öffnete sich schon die Tür zum neunundzwanzigsten Stock.

»Ist ja geil.« Kante lehnte sich an ein Fenster.

»Schön, was?«, sagte ich. Wie Kinder vor einem riesigen Aquarium standen wir an den Scheiben und drückten unsere Nasen platt. Die Stadt glitzerte wie Spielzeug.

»Hat wer Feuer?« Ich winkte mit meiner Zigarette.

»Rauchmelder.« Schröder stach einen seiner langen Finger in die Luft. Ich zuckte mit den Schultern.

»Hey, guckt mal«, sagte Kante und zeigte auf einen Feuerlöscher, der neben der Tür zur Toilette hing. Er besah ihn von allen Seiten. Dann zog er den roten Zylinder aus der Halterung. Die Schrauben knirschten. Wie Schnee rieselte Putz von der Wand und hinterließ kleine Häufchen auf dem Boden.

»Willst du denn damit?«, fragte Schröder.

»Abwarten.« Kante grinste. »Hier geht's doch irgendwo zur Plattform, oder?« Das Gerät baumelte in seiner Hand wie eine Abrissbirne. Ganz hinten im Flur stand verlassen ein Drehkreuz, hinter dem sich eine Treppe nach oben zog.

»Kommt ihr?«, fragte Kante. »Das wird geil!« Schröder warf ihm einen Blick zu wie ein Meister, dessen Lehrling schon wieder gestümpert hat, lief dann aber hinterher. Zombie sah raus in die Nacht. Unter uns auf der Kreuzung schob ein Blaulicht eine Kette anderer Autos zur Seite.

»Bleibst du hier?«, fragte ich. Als sie nicht reagierte, tippte ich ihr an die Schulter. Ihre roten Haare flogen herum. Für einen Moment schaute sie mich an, als sähe sie mich zum ersten Mal.

»Nee.« Wir gingen zur Treppe. Schröder stakste über die Absperrung, Kante hatte es bereits geschafft. Zombie zwängte sich durch zwei Metallbalken. Ich folgte ihr. Durch einen Treppengang, in dem mehrere historische Aufnahmen des Uniriesen hingen, ging es rauf zum Dach.

»Und jetzt?«, fragte ich. Wir standen vor einer dicken Glastür, die zu sagen schien, dass an dieser Stelle auf jeden Fall Schluss war. Kante grinste und sah zu Schröder.

»Schon gut«, brummte der nur. Er kramte in seiner Jackentasche, brachte ein winziges Besteck mit silbernen Gerätschaften und gebogenen Drähten hervor und machte sich an der Tür zu schaffen. Kante hüpfte um ihn herum wie ein Kind, das noch nicht sicher ist, ob ihm seine Lieblings-Süßigkeit auch wirklich gekauft wird. Zombie sah bleich aus, doch Aktionen wie diese gab es bei uns ständig. Vielleicht lag es nur am Neonlicht.

»Bitte sehr«, sagte Schröder wie ein Schaffner, der den nächsten Bahnhof verkündet. Nachtluft füllte meine Lungen, was mich daran erinnerte, dass ich noch immer meine unangezündete Kippe in der Hand hielt. Hier oben klang das Hupen der Autos kilometerweit entfernt. Ein aus bunten Perlen gestickter Teppich aus Stadt reichte bis zum Horizont. Kante trat an die Brüstung der Plattform und fummelte am Feuerlöscher.

»Schon mal so was benutzt?«, fragte Schröder und kniff die Augenbrauen zusammen. Er war etwas älter als die meisten in unserer Clique.

»Steht doch drauf. Sicherung raus und ab«, sagte Kante und zog an einer Art Öse. Dann richtete er den Schlauch auf mich.

»Dusche gefällig?«

»Lass mal«, grinste ich. »Gib mir lieber Feuer.« Schröder reichte mir Streichhölzer. Der Wind blies eins nach dem anderen aus, als wäre er strikt dagegen, dass ich jetzt rauchte. Aus dem Augenwinkel sah ich, wie Kante als Nächstes versuchte, Zombie zu necken. Er hielt ihr den Schlauch fast ins Gesicht, doch sie reagierte kaum. Wer Zombie auf diese Weise zu nahe trat, konnte sich im Normalfall glücklich schätzen, wenn er mit einem Stahlkappenstiefel Richtung Schienbein davonkam. Kante schien selbst etwas irritiert und ließ von ihr ab.

»Jetzt passt auf«, rief er. »Es geht los!« Ein Strahl aus weißem Nebel schoss nach oben. Unser Feuerwehrmann drehte und schüttelte den Schlauch. Das Löschzeugs schien überall zu sein. Meine Zigarette brannte noch immer nicht.

»Silvester, Leute!« Kante tanzte und schrie. Schröder sah mich an, ließ den Zeigefinger vor seiner Schläfe kreisen und half mir dann mit der Kippe, indem er die Hände zu einer windgeschützten Kugel formte.

»Darf ich auch mal?«, rief ich zu Kante rüber.

»Na logisch, Mann!« Ich nahm den Zylinder. Er war schwerer, als ich erwartet hätte. Dann ballerte ich in den Himmel, als wäre ich wieder ein kleiner Junge, der im Garten seiner Oma mit dem Wasserschlauch spielt.

»Komm, Schröder, jetzt du!« Kante grinste. Der Pirat tat noch kurz so, als hätte er keine Lust, dann reichte ich den Löscher an ihn weiter. Er schoss einen langen Bogen vom Dach. Ich stellte mir vor, wie das Ganze von unten aussah, und zog an meiner Zigarette. Mit einem Mal war da ein

Fehler in meinem Blickfeld. Ich nahm das Bild wahr, aber mein Verstand sträubte sich, es zu kapieren.

Auf einer zweiten Ebene ein Stück unterhalb der Brüstung befand sich eine Anordnung von Metallstreben, ein bisschen wie das Netz einer riesigen Spinne. Dann war da nur noch der Rand des Dachs, hinter dem es über hundert Meter nach unten ging. Genau dort stand ein Mensch, klein und starr wie die Galionsfigur eines futuristischen Schiffs.

Ich weiß nicht, ob eine Minute oder eine Sekunde verging, bis meine Finger Schröders Jacke gefunden hatten. Ich riss an seinem Arm, als wollte ich ihn von der Schulter pflücken. Aus meiner Kehle kam kein Laut. Es fühlte sich an, als würde ich Luftblasen kotzen.

»Alter!«, sagte der Pirat. Dann war sein Mund nur noch ein Kreis. Wie in Zeitlupe fiel der Feuerlöscher zu Boden.

»Verdammte Scheiße!«, kam aus dem Loch in Schröders Gesicht. Hinter ihm sah ich Kante, dessen Augen blankes Entsetzen waren. In den gefährlichsten Situationen hatte ich ihn nie die Fassung verlieren sehen. Er interessierte sich einfach nicht im Geringsten dafür, welchen misslichen Ausgang irgendetwas nehmen konnte, was ihn betraf. Aber das hier. Das war was anderes.

»Zombie, bist du irre?«, schrie Kante. »Komm da weg!« Seine Stimme überschlug sich. Zombie wandte den Kopf, sah zur anderen Seite, als würde von dort noch jemand rufen, und dann wieder hoch zu uns. Ihre Füße waren keine Armlänge vom Nichts entfernt. Kante schrie noch einmal. Schröder schrie auch. Ich bekam es kaum mit, aber irgendwie musste ich ein Stück gerannt sein, denn auf einmal war ich an der Brüstung.

»Vergiss es«, sagte Zombie.

»Das willst du doch gar nicht«, hörte ich mich sagen. Zombies Blick war uralt. Als wäre sie schon ewig auf der Welt und gehörte nicht hierher.

»Du hast keine Ahnung.«

Ich dachte an alles, was sie mir erzählt hatte. Ich wusste einiges von ihr. Mehr als die meisten wahrscheinlich, aber ganz offensichtlich nicht genug. Eins von Schröders langen Beinen schob sich auf die Brüstung.

»Vergiss es«, sagte Zombie noch einmal, lauter. »Vergesst es alle!« Die Stadt stand still. Nur der Wind wehte durch ihre Haare.

1

CDs und Kassetten zogen sich in endlosen Reihen durch offene Gänge, Abspielgeräte jeder Art glitzerten in Vitrinen aus Glas. Im Hintergrund der Elektronikabteilung des Kaufhauses, die sich über die gesamte Etage erstreckte, pries eine freundliche Stimme die Vorzüge schnurloser Telefone, multifunktionaler Videokameras und Funkwecker an. Ein langer Typ um die fünfzig, Schnauzbart wie ein Sheriff und die Hände am Gürtel, wanderte bedächtig zwischen den Auslagen umher und machte sich wenig Mühe, sein Dasein als Detektiv zu verstecken.

»Ich klau das Ding jetzt«, sagte mein Schulfreund Max und wedelte mit dem Science-Fiction-Film, den er sich ausgesucht hatte, vor meiner Nase. Ich sah mich um. Die Rolltreppen nach unten befanden sich in der Mitte. Zwei aufgeklappten Flügeltüren gleich war der Zugang von der Diebstahlsicherung gesäumt. Gegenüber die Kasse, ein weißes Schiff von einem Tresen, groß und ohne Besatzung, zumindest im Moment. Daneben der Blick des Sheriffs, der auf uns liegen blieb, eine Sekunde zu lang. Ob aufgrund unserer Klamotten oder weil ich ihn selbst angeschaut hatte, konnte ich nicht sagen.

»Wir werden beobachtet«, raunte ich, als befänden wir uns selbst in einem Film. Max winkte ab.

»Drehen wir noch eine Runde. Guck mal!« Er drückte die Tasten eines tragbaren CD-Players und tat schwer interessiert. Aus dem Augenwinkel sah ich, wie sich der Detektiv in eine andere Richtung wandte.

»Was ist mit der Sicherung?«, fragte ich.

»Schon erledigt.« Max zeigte die Rückseite der Videokassette, in deren Ecke statt eines Magnetstreifens nur noch ein klebriges Viereck zu sehen war. Langsam näherten wir uns der Rolltreppe. Ich hatte ein ungutes Gefühl, irgendeine Ahnung, aber sie war nicht deutlich genug, meinen Freund von seinem Vorhaben abzubringen. An einem Rondell mit Plastikschädeln, die die neuesten Kopfhörermodelle trugen und aussahen wie eine Truppe musikbegeisterter Außerirdischer, blieb Max stehen. Er kratzte sich und tat, als würde er in seinen Taschen etwas suchen. Dann steckte er den Film mit einer schnellen Bewegung zwischen Bauch und Hosenbund.

Wieder sah ich mich um. Wenig Kundschaft, nach wie vor niemand an der Kasse. Kein Detektiv. Ich gab mir größte Mühe, Max nicht auf sein T-Shirt zu starren. Das Video hob sich unter dem Stoff ab wie ein kleiner Koffer.

»Dann mal raus hier«, sagte er und klang jetzt selbst etwas zweifelnd. Wir liefen Richtung Ausgang, immer langsamer. Als wäre das Warnsystem vor der Rolltreppe eine Selbstschussanlage.

»Bist du sicher, dass da kein Alarm losgeht?«, flüsterte ich.

»Mann, Nino. Keine Ahnung«, flüsterte Max. Ich hatte schon einige Geschichten davon gehört, wie Kaufhäuser ihre Waren sicherten, mit doppelten Magnetstreifen, versteckten Etiketten und anderem Zeug. Zeug, das nur darauf wartete, den nächsten und wieder nächsten Depp anzuschmieren. Ich selbst hatte nicht wirklich viel Erfahrung. Natürlich – als kleiner Junge hatte auch ich nach der Wiedervereinigung dem plötzlichen Überfluss in den Süßigkeitenabteilungen nicht widerstehen können. Auf dem Heimweg von der Schule waren so manches Mal Gummibärchen oder eine der anfangs absurd teuren, bunten Softdrink-Dosen in meinem Turnbeutel gelandet. Aber das lag fünf Jahre zurück.

Die Rolltreppe war jetzt nur noch ein paar Meter entfernt. Ihr monotones Rattern klang lauter und lauter in meinen Ohren. Das Sicherungssystem vor der Treppe sah auf einmal so einschüchternd aus, dass ich fast stehen geblieben wäre.

»Los jetzt, Mensch«, zischte Max. »Spitzel im Anmarsch!« Der Detektiv schwebte von links über den Gang heran, als trüge er Gleitschuhe. Ich stürzte nach vorn, die Stufen abwärts. Die Elektronikabteilung verschwand aus meinem Blickfeld. In Erwartung eines schrillen Signals stellten sich mir die Nackenhaare auf, doch nichts passierte. Max zog mit großen Augen an mir vorbei, heftig um eine unbeteiligte Miene bemüht.

»Scheiße«, murmelte er, am Ende mit ganz langem Vokal. Ich sah nach oben. Der Detektiv spähte die Rolltreppe hinunter und setzte uns dann hinterher.

»Schnell!«, rief ich, was ziemlich überflüssig war, denn Max schoss bereits davon, mehrere Stufen auf einmal nehmend.

»Vorsicht! Platz da!«, schrie er. Ein paar erschrockene Kaufhausbesucher stoben auseinander wie Tauben. Wir bahnten uns den Weg nach unten, binnen Sekunden zu zwei

Räubern auf der Flucht geworden. Die langen Beine des Sheriffs klebten uns an den Fersen. Der Kerl sagte kein Wort, um seinen Atem zu sparen, wahrscheinlich. Im Erdgeschoss rannte ich einen Ständer mit Sonnenbrillen um, der mit dem Geräusch von Tausenden Murmeln auf den Boden krachte. Dann hatten wir die große Glastür erreicht, explodierten ins Freie und eilten Richtung Markt. In der schwachen Hoffnung, der Sheriff würde uns in der Fußgängerzone nicht weiter verfolgen, sah ich mich um, doch der Schnauzbart nahm seinen Job ernst.

»Hier lang!« Ich packte Max am Arm, rannte an Blumenbeeten und Bänken vorbei über eine Wiese. Die Gruppe, die dort neben ein paar Bäumen saß, beobachtete unseren Auftritt. Aus einem völlig übersteuerten Kassettenrekorder sägte lärmende Musik. Ein Typ mit Augenklappe, der als Einziger eine Glatze trug, hockte breitbeinig im Gras wie ein Sumoringer, ansonsten nahm ich auf die Schnelle nur bunte Haare, Nieten und zerfetzte Hosen wahr.

»Stress oder was?«, hörte ich jemanden rufen, achtete aber nicht darauf, da ich Land gewinnen musste. Max und ich hasteten durch eine Reihe Büsche, deren Zweige mir ins Gesicht peitschten. Hinter mir hörte ich einen brüllenden Fluch, der so laut war, dass ich stehen blieb. Durch die Blätter sah ich, wie ein Kerl, dessen Ohren vor lauter Ringen mehr silbern als fleischfarben waren, vor dem Sheriff herumhüpfte wie ein Kobold. Der Detektiv schrie ein paar unverständliche Dinge und versuchte vergeblich, an ihm vorbeizukommen. Noch mehr Leute standen auf, stellten sich ihm in den Weg, ein Mädchen mit roten Haaren gestikulierte, schließlich erhob sich auch der Glatzkopf aus seiner

Ringerpose. Unser Verfolger reckte den Hals, scheinbar auf der Suche nach Max und mir oder einer Idee, wie er mit der Situation umgehen sollte, in die er sich da gebracht hatte. Langsam wieder zu Atem kommend, beobachtete ich das Schauspiel. Der Detektiv war jetzt von einer ganzen Horde umringt. Schreie und Beschimpfungen wogten hin und her. Ein anderes Mädchen schwenkte eine Flasche.

»Der arme Kerl.« Max grinste und schnappte nach Luft. Wir lugten durchs Gebüsch wie die Förster. Der Schnauzbart drohte mit seinem Zeigefinger, sah dabei aber alles andere als furchteinflößend aus. Dann drehte er sich auf den Fersen um, schob die hinter ihm Stehenden mit einer Schwimmbewegung zur Seite und zog ab. Die Menge zerstreute sich. Fast alle nahmen wieder unter den Bäumen Platz, als wäre nicht das Geringste passiert. Das Mädchen mit den roten Haaren griff ein Bier aus einem Kasten und öffnete es mit den Zähnen. Allein vom Zusehen schmerzte mir der Kiefer. Die Glatze mit der Augenklappe und der Typ mit den Piercings, auf dem Kopf einen Irokesenschnitt, schauten in unsere Richtung.

»Na los«, sagte ich. Max wollte protestieren, aber ich kroch bereits durchs Geäst zurück auf die Wiese. Das unverdeckte Auge des Glatzkopfs wrang mich aus wie einen nassen Lappen, aber der andere Typ lächelte, als wären wir alte Bekannte.

»Danke«, sagte ich und räusperte mich, weil meine Stimme auf einmal ganz hoch klang. »Das war echt stark.« Mein Gegenüber ließ seine Ohrringe klimpern. Ein mit unfertigen Tattoos übersäter Arm hielt eine Schachtel Zigaretten in meine Richtung.

»Welchen wie uns helfen wir gern«, sagte er. »Kippe?« Ich nickte und bediente mich. Max, der jetzt herangekommen war, nahm sich auch eine. Ein bisschen vorsichtig, als befürchte er eine Falle. Der tätowierte Arm gab uns beiden Feuer mit einem Zippo. Der Geruch von Benzin stieg mir in die Nase.

»Schickes Shirt«, sagte der Glatzkopf. Ich sah an mir herunter. Das Shirt war von der Band *Tarnfarbe* und zeigte einen Jungen mit einer riesigen Knarre. Max hatte es mir vor Kurzem geschenkt. Er konnte das Ding nicht tragen – »zu krass« für seine Eltern. Ich warf meinem Freund einen Blick zu.

»Danke«, sagte ich noch einmal.

»Dann packt mal aus«, sagte der Tätowierte. »Weswegen hat der euch verfolgt, der Polyp?« Er steckte sich selbst eine Kippe an und hüllte sich in Rauchschwaden. »Oder, erzählt es doch gleich allen. Wollt ihr euch zu uns setzen?«

»Klar«, sagte ich, bevor Max eine andere Antwort geben konnte. Ich war mir nicht sicher, was er von der Sache hielt. Die Leute in dieser Runde sahen einen ganzen Steinbruch rauer aus als Max und ich, wir zwei sangen zu Hause höchstens Punksongs mit oder lasen Zeitschriften. Aber genau das zog mich an. Ich ließ mich nieder. Max drückte sich etwas umständlich zwischen mich und den Kerl mit der Glatze, als dürfe er ihm nicht zu nahe kommen. Als würde eine Berührung unweigerlich Fausthiebe auf seinen Kiefer nach sich ziehen.

Ich berichtete von der missglückten Klautour. Max zeigte seine Beute und mit viel Geschrei und Gelächter wurde ausgiebig darüber diskutiert, ob der Film cool sei oder nicht.

Der tätowierte Typ mit dem Iro und den Ohrringen war der größte Verfechter von Ersterem, stellte sich schließlich gar in die Mitte und spielte seine Lieblingsszene nach. Ich stützte mich mit dem Ellenbogen auf die Wiese, ließ mir die Sonne ins Gesicht scheinen und genoss das Ganze. Dann wandte ich mich an das Mädchen mit den roten Haaren, die den Bierkasten inzwischen als Hocker benutzte.

»Darf ich eins haben?«, fragte ich, zeigte ihr, als sie nicht gleich reagierte, zwischen die Beine – und zog meinen Finger sofort zurück.

»Ich bezahle natürlich«, schob ich hinterher, die Wangen nicht nur von der Sonne heiß. Das Mädchen sah mich an, als wäre ich ein plötzlich die menschliche Sprache sprechendes Tier.

»Biste bescheuert. Bezahlen.« Mehr kam nicht. Weder rutschte sie zur Seite noch machte sie sonstige Anstalten.

»Dann, äh … später«, sagte ich, zu unsicher, wie ich mich jetzt verhalten sollte. Aus dem Augenwinkel sah ich Max, der sich am Kinn kratzte. Ich war froh, dass in diesem Moment ein Neuzugang auftauchte, der von der peinlichen Situation ablenkte.

»Hey Andy!«, rief der Typ mit dem Iro, der gerade noch einen Dialog aus dem Film zum Besten gegeben hatte. »Siehst ja aus wie der Weihnachtsmann.« Vor mir baumelte eine Plastiktüte, mit Flaschen ausgebeult wie bei einem Pfandsammler. Dahinter reichten schwarze Stiefel bis zu den Knien. Ich schaute nach oben und verrenkte mir fast den Hals. Der Ankömmling war groß wie ein Baum und hatte das Gesicht eines Zwölfjährigen. Auf dem Kopf ebenfalls ein Irokesenschnitt, dünn wie ein Sägeblatt und ebenso millimetergerade in die Höhe frisiert, was von unten glatt wirkte, als würde er den Himmel zerschneiden.

»Kante, du Saufschädel«, sagte Andy und nickte in die Runde. »Hier.« Er kramte in seiner Tüte und zog eine Pulle Korn heraus wie ein Schwert. Der Beschenkte deutete eine theatralische Verbeugung an, nahm den Schnaps und zog umgehend den Verschluss ab.

»Ansonsten Bier«, sagte Andy. »Wer will.« Er pflanzte die Tüte ins Gras. »Das Reudnitzer hab ich für dich mitgehen lassen, Schröder.« Der Glatzkopf griff sich besagte Flasche mit einer Miene, die in etwa so aussah, als würde ein Wolf herzhaft lachen. Wegen der Abfuhr kurz vorher zögerte ich einen Moment, aber da sich alle anderen auch bedienten, fasste ich schließlich Mut und pulte eins zum Teilen mit Max hervor. Dabei versuchte ich, dem Blick von dem Mädchen mit den roten Haaren auszuweichen.

»Danke«, prostete ich Andy zu, der mit den Schultern zuckte, den Mund öffnete, als wolle er etwas sagen, und ihn dann wieder schloss. Er hob sein eigenes Bier eine Winzigkeit und nickte ein halbes Nicken.

Das Thema Film war jetzt erledigt. Max und ich wurden nicht großartig weiter beachtet, doch der Nachmittag verging wie im Flug. Von der vorangegangenen Jagd durchgeschwitzt, lagen wir im Gras, tranken noch ein weiteres Bier und lauschten den Gesprächen. Und dem Saxofon eines am Marktplatz stehenden Straßenmusikers, das mit den plärrenden Songs des Kassettenrekorders ungefähr so gut harmonierte wie Flöte und Kettensäge. Um die Fassaden schlingerten die Tauben der Stadt, als wären auch sie besoffen. Die Einkaufsbummler gafften. Zum Pissen ging man hinter eine Mauer, wo einem der Seichengeruch wie Stecknadeln in die Nase kroch und Sandalen ein böses Schicksal bedeutet hätten. Zum Schluss schenkte mir Kante den letzten Schluck Korn.

2

Wie zwei Abenteurer auf Expedition pflügten Max und ich durch den Urwald, ein im Krieg zerbombtes und danach der Natur überlassenes Stück Wildnis inmitten der Stadt, nicht weit von meiner Wohnung entfernt. Zwischen den Sträuchern direkt neben dem Wäscheplatz hatte irgendjemand schon vor Jahren ein Loch in die morschen Zaunlatten getreten, sodass man leicht auf das Areal kam.

»Geht mir das auf die Eier, Mensch. Hier brauchst du ja eine Machete!« Max pellte sich eine Efeuranke ab, die sich um ihn gelegt hatte wie eine Schlange. In der Nacht hatte es geregnet und der Boden im Unterholz war noch feucht. Während meine Schuhe in wabbeliger Erde versanken, brach ich ein Stück Ast von einem Baum.

»Bitte schön.«

Max salutierte. »*Merci, mon général!*«

Ich tippte mir an die Stirn. »Hör mir bloß damit auf. Scheißtest heute Morgen.«

»Ja«, sagte Max, während er mit ausholenden Bewegungen auf das Gestrüpp vor sich einschlug. »Kacke, dass uns die Lorenz auseinandergesetzt hat.«

»Hat mich voll auf dem Kieker«, beschwerte ich mich.

»Scheint so, nicht wahr?« Max ließ den Ast sinken und sah mich an. »Du machst dir nicht ernsthaft Sorgen, oder?«

»Steh auch in Bio auf der Kippe.« Mein Kumpel pikte mir den Stock in die Brust.

»Vergiss es«, sagte er. »Kriegst niemals zwei Fünfen.«

»Hm«, versuchte ich zuzustimmen, obwohl mir mein Gefühl was anderes sagte. »In ein paar Wochen wissen wir mehr.« Wir arbeiteten uns weiter durch die Bäume. Irgendwo hämmerte ein Specht wie ein winziges Maschinengewehr.

»Ein Gutes hätte das Ganze«, grinste Max. Ich hob die Augenbrauen.

»Vielleicht kämst du zu Tanja in die Klasse!«

»Idiot«, sagte ich. »Gehen wir zur Gärtnerei?« Meine Erinnerungen an den Laden waren verwaschen: ein kleines Häuschen am anderen Ende des Urwalds. Meine Mutter, die dort Blumen kaufte, während ich mir die Finger an Kakteen zerstach. Nach der Wende wurde das Geschäft aufgegeben. Mittlerweile verdeckten Brombeerbüsche und anderes Gesträuch die Sicht; fuhr man auf der angrenzenden Straße entlang, war das Haus nicht mehr zu sehen.

»Echt ein komisches Teil.« Max stand vor dem Gebäude, das an mehreren Stellen aussah, als hätte die Hand eines Riesen hineingedrückt. Früher war es mal weiß und gepflegt gewesen. Jetzt fiel grau gewordener Putz von den Ziegeln und die Fenster versteckten sich hinter Kletterpflanzen.

»Wo geht's denn hier noch mal rein?«

»An der Seite«, sagte ich und zeigte nach links. Glassplitter knirschten unter unseren Füßen. Von dem zur Gärtnerei gehörenden Gewächshaus waren nur noch ein paar Streben übrig, ein grün überwuchertes Skelett, das an die Überreste eines Tiers aus der Vorzeit erinnerte.

»Igitt«, sagte Max und wischte sich seine Hände an der Hose ab. Die Türklinke war völlig verrostet. Wie ein Mantel legte sich die Dunkelheit im Inneren des Gebäudes um uns.

»Warte mal.« Es dauerte einen Moment, bis ich mein Feuerzeug gefunden hatte. Die Flamme gab gerade genug Licht, um zu verhindern, dass wir über einen Haufen aus Müll und Schutt stolperten.

»Wonach riecht das?«, klang die Stimme von Max hohl in dem schummrigen Zimmer.

»Keine Ahnung«, sagte ich. »Ist nur ein altes Haus.«

»Mann, hier liegt bestimmt irgendwo 'ne Leiche rum.«

»Quatsch. Lass uns aufs Dach.« Die Treppe befand sich in der Mitte des Raumes. Als Kind hatte sie mich fasziniert, wie sie sich hinter dem Tresen nach oben zog, fein geschnitzt und ausladend, als ob sie irgendwannmal aus einer fürstlichen Villa geklaut und in einem Stück hierhergebracht worden war. Jetzt sah ich nur eine dunkle Masse. Die Stufen sägten wie ein verstimmter Kontrabass.

»Krach nicht ein«, sagte Max.

»Was ist eigentlich los?«, fragte ich, ein bisschen lauter als beabsichtigt. »Hast du was?« Max schwieg. Ich stieg die Treppe hoch und hörte, wie er mir folgte. Die nicht vollständig zugewachsenen Fenster im Obergeschoss ließen gerade genug Helligkeit herein, dass ich mein Feuerzeug wieder wegstecken konnte. An der Wand lehnte eine Schubkarre. Sonst war der Raum leer.

»Da drüben ist eine Luke.« Wir liefen durch einen Rahmen, dessen Tür schräg in den Angeln hing. Unter unseren Schuhen raschelten Zeitungen. Die Leiter in dem zweiten

Zimmer war stabil, aber schmal. Wie so ein Ding für Katzen. Wenige Augenblicke später standen wir auf dem Dach.

»Die Aussicht sollte bei keinem Stadtrundgang fehlen«, sagte Max etwas spöttisch. »Ein echter Geheimtipp.« Hinter dünnen Bäumen erstreckte sich eine lange Reihe schmutzig gelber Häuser mit mächtigen Erkern. Hohe Fenster, Risse im Putz. Die vertrauten alten Fassaden, zwischen denen ich schon als kleiner Junge gespielt hatte. Mein Viertel.

»Sorry, Nino«, reagierte Max auf meinen fragenden Blick. »Ich bin heute wohl nicht die beste Gesellschaft.«

»Ist was passiert?«, hakte ich nach. Einen Daumen im Hosenbund, lehnte sich Max an den Schornstein, fast modelmäßig. Fehlte nur noch der Wind, der seine Frisur fliegen ließ.

»Nur der übliche Scheiß«, sagte er.

»Eltern?« Max nickte.

»Wie ich rumrenne. Jeden Tag Theater.« Mein Kumpel war der Einzige in der Schule mit echten Doc Martens. Im Moment etwas eingeschlammt, lugten sie unter der hochgekrempelten Jeans hervor. Die Haare von Max führten ein leichtes Eigenleben und sein Shirt zeigte das Logo der *Dead Kennedys*.

»Frühs, abends. Beim Gehen, beim Kommen. Zwischen Tür und Angel oder am Tisch. Es wird immer schlimmer. Sackgang, das sag ich dir.«

»Ich find deine Alten nett.«

»Klar.« Max grinste, stieß sich vom Schornstein ab und lief zum Rand des Daches.

»Kommst du morgen wieder mit in die Stadt?«, fragte ich. »Hocken wir uns wieder dazu?« Max spuckte in die Dachrinne.

»Weiß nicht. Mal sehen.« Er kramte in seiner Hose. »Ich hab noch Mischung. Papier dabei?« Ich schüttelte den Kopf. Max spitzte die Lippen wie ein Kussfisch und untersuchte seine Taschen ein weiteres Mal. Es blieb bei dem grünbraunen Tütchen.

»Tja«, sagte ich.

»Scheiße«, sagte Max.

»Warte mal.« Ich lief zur Luke, stieg die Leiter runter und kam mit einem Stück Zeitung zurück. Max tippte sich an die Stirn.

»Das vergiss mal schön.«

»Na gut.« Das Papier flog vom Dach und bäumte sich dabei auf, als wolle es protestieren. Die Nachmittagssonne schien mir ins Gesicht. Wir setzten uns.

»Hast du eigentlich Mila angerufen?«, fragte ich.

»Nee«, sagte Max. »Seit der Party ist Funkstille.«

»Deswegen ja.«

»Hab kein' Bock.« Mein Kumpel legte sich hin, verschränkte die Arme hinter dem Kopf und schloss die Augen.

»Mit dieser Tussi von der Reclam-Schule war nicht wirklich was, oder?«, fragte ich. »Die da aufgetaucht ist? Mit dem Engelsnamen? Marie?«

Max grinste wie jemand, der gerade einen schönen Traum hat. »Keine Ahnung, was du meinst.«

»Den Grund für Milas Auftritt. Hat doch wirklich jeder mitgekriegt, Mann.«

»Schon gut«, sagte Max, stützte sich auf den Ellenbogen

und sah mich an. »War süß, aber nicht der Rede wert. Küsschen hier, Küsschen da.«

Ich zog die Augenbrauen hoch und schaute auf seinen Hosenstall.

»Küsschen da?«, fragte ich.

»Davon träumst du.«

»Den ganzen Tag.« Max schaute mich prüfend an.

»Hat das schon mal eine bei dir gemacht?«, fragte er. Ich blinzelte in die Sonne. Als ich mich wieder zu Max wandte, tanzten grelle Kreise vor seinem Gesicht.

»Bei mir ist noch nicht viel gelaufen«, sagte ich. »Weißt du doch.«

»Na, und Katrin?«, fragte Max. »Was war mit der?«

»Händchen halten. Mehr nicht«, gab ich zu. Der Oberkörper neben mir klappte nach oben wie bei einem Stehaufmännchen.

»Verarschst mich, oder?« Ich schüttelte den Kopf. Weit weg röhrte ein Motorrad.

»Nino, Mann. Du Flöte«, sagte Max und rieb sich die Augenbrauen. »Aber was soll's. Bist ja erst fünfzehn.« Ich wusste nicht, wie viel Ironie dieser Kommentar enthielt. Wir schwiegen eine Weile. Schließlich klatschte Max in die Hände und erhob sich.

»Okay«, sagte er mit einer Stimme, so entschlossen wie ein Kletterer vor dem Aufstieg. »Darauf ziehen wir einen durch. Ich hol Papier.« Beim letzten Wort malte er Gänsefüßchen in die Luft. Dann verschwand sein Schopf in der Luke.

»Wirklich nur Zeitungen«, sagte Max, als sein Kopf kurze Zeit später wieder auftauchte, wie das Periskop eines U-Boots. »Dachte, ich finde vielleicht ein, äh … Magazin.«

Er kletterte zurück aufs Dach und hielt mir die wellige Titelseite eines *Sächsischen Tageblatts* ins Gesicht. »Mach du mal.«

Ich riss ein Quadrat heraus, verteilte die Mischung und rollte das Ganze zusammen.

»Besser wird's nicht«, sagte ich. »Müssen das Ding halt aufrauchen, bevor es auseinanderfällt.« Ich zündete den Dübel an und probierte. Es schmeckte, als hätte mir jemand Schleifpapier in die Lunge gestopft. Ich wagte noch einen zweiten Zug. Dann gab ich ab.

»Brutal«, sagte Max und verzog den Hals, dass seine Sehnen hervortraten wie kleine Stämme. Wir rauchten im schnellen Wechsel und ohne Genuss. Als der klägliche Joint zum vierten Mal bei mir landete, kapitulierte ich.

»Zum Abgewöhnen.«

»Jetzt weißte Bescheid, wie.« Max grinste. »Wenn du mal sauber werden willst.«

»Steh sowieso mehr auf Bier«, sagte ich. Max wiegte den Kopf und betrachtete den kleinen Schornstein zwischen seinen Fingern. Dann schnippte er ihn vom Dach.

»Wie ist das so?«, fragte ich.

»Was meinste?«, fragte Max zurück. Ich suchte nach den richtigen Worten.

»Na, wenn dir ein Mädchen ... du weißt schon.« Max reckte das Kinn und setzte seine Expertenmiene auf.

»Das kommt ganz darauf an«, sagte er.

»Ob sie hübsch ist?«

»Nee. Auf die Technik. Ist ja umgekehrt dasselbe.«

»Aha«, sagte ich und schaute einem Schwarm Spatzen zu, der von einem Baum zum anderen flog.

»Da frag ich jetzt gar nicht, oder?«

»Was meinste?«, fragte ich zurück.

»Na, ob du das schon mal gemacht hast. Geleckt.« Max zog das Wort in die Länge. Ich reckte den Kopf und sah in den Himmel. Die Wolken sahen aus wie Zuckerwatte.

»Lass uns Bier holen«, sagte ich.

3

Die Straßenbahn Richtung Lindenau stank nach Schweiß und Kippen. Neben uns rollte der abendliche Verkehr. Ein Typ mit silberner Uhr schaute vom Lenkrad nach links Richtung Bahn und machte ein Gesicht, als hätte ihm jemand ins Essen gekotzt. Wir standen, saßen und lagen im hinteren Waggon, an die zwanzig Leute mit Iros, Spikes oder Filz auf dem Kopf. Lederjacken mit ganzen Milchstraßen aus glitzernden Nieten, Hosen aus Flickenfeldern, Bier- und Schnapsflaschen in den Händen. Schiefe Piercings, schlichte Tattoos. Lärm. Als wir am Bahnhof eingestiegen waren, hatten die meisten Fahrgäste bereits die Flucht ergriffen. Ein paar von uns hüpften in einer besoffenen Choreografie auf und ab und brachten den alten Tatra-Wagen fast dazu, aus der Schiene zu springen. Ich winkte dem Typ im Auto zu. Ich fühlte mich großartig.

»Mann, wie geht denn das Scheißding raus?« Andy popelte an einem Nothammer herum, der versiegelt und scheinbar ziemlich fest zwischen zwei Klammern hing.

»Von unten drücken!«, rief Kante durch den Waggon. Er hatte sich ganz vorn auf einem Doppelsitz breitgemacht, das Knie über der Lehne. Sein Stiefel pendelte wie ein Metronom. Andy nickte und fummelte weiter. Ein paar Sekunden später schwenkte er das orangene Hämmerchen wie ein Kind, das mit seinem Lolli prahlt. Seine Haare berührten fast die Decke der Straßenbahn. Dann regnete es Tausende winzige Scherben nach innen und außen.

»Jetzt ist aber Schluss!«, rief einer der letzten Mitfahrer, die es noch bei uns ausgehalten hatten, ein älterer Herr mit Handgelenktasche und dicken Wangen. Andy entglaste zwei weitere Scheiben. Unbeirrt rumpelte die Straßenbahn vor sich hin. Der Mann stand auf, wurde aber von dem Mädchen mit den roten Haaren am Weitergehen gehindert.

»Hinsetzen und Fresse, Alter.« Die Handgelenktasche versuchte, sie beiseitezuschieben.

»Fass mich nicht an, du Arsch!« Das Mädchen sah aus, als wolle sie jeden Moment über den Kerl herfallen. Der Mann hatte einen wirklich stattlichen Bauch, der wie eine Schranke zwischen den beiden war.

»Verdammtes Balg!«, presste er hervor. Es klang, als würde er lieber ganz andere Worte benutzen, wäre sich dafür aber zu fein.

»Setz dich einfach wieder hin!«, rief ich plötzlich, selbst ein bisschen überrascht, dass ich mich einmischte. Ein Typ mit Ringen in der Lippe winkte ab.

»Zombie braucht keine Hilfe«, sagte er.

»Wie nennst du mich?«, schrie das Mädchen den Mann an. Der schaute sich um, aber keiner machte Anstalten, ihn zu unterstützen. Ein paar Kids fanden das Treiben scheinbar ganz witzig, irgendein Studententyp sah angestrengt aus dem Fenster. Sonst war niemand mehr da.

»Wie du mich nennst, will ich wissen!« Zombie schnippte mit ihren Fingern vor dem Gesicht des Mannes. Sein Arm zuckte, als wolle er mit einer Ohrfeige antworten. Dann hielt die Bahn und er drängte sich Richtung Tür. Die Augen des Mädchens brannten. Für einen Moment dachte ich, sie würde den Kerl mit einem Tritt in den Rücken verabschieden. Aber sie stand nur da. Der hinausgeekelte Fahrgast drohte mit der Faust.

»Früher hätte ich dir Anstand beigebracht!«, rief er. »Jedem von euch!« Sein Blick fiel auf mich. Ich spürte in ihm eine Verachtung, die so abgrundtief war, dass ich fast ein wenig erschrak. Um mich herum Gröhlen und Lachen.

»Der Krieg ist vorbei, Opa!« Schröder imitierte einen Schnauzbart, indem er sich den linken Zeigefinger über die Lippe legte. »Wiedersehen!« Das Abfahrtssignal schrillte wie ein kaputter Wecker. Die Bahn fuhr ab.

»Lass mal noch was ganz«, sagte einer der Älteren zu Andy. Er hatte schlechte Zähne, aber der Iro auf seinem Kopf glänzte wie frisch lackiert. »Wir sind gleich da.« Andy zuckte mit den Schultern und steckte den Nothammer ein. Draußen zog das Zentralstadion vorbei, einer der vielen DDR-Bauten in der Stadt, die langsam verfielen.

»Bist du sicher, dass da niemand mehr ist?«, hörte ich Kante den älteren Typ fragen. Der Angesprochene nickte.

»Klaro. Das Ding schließt achtzehn Uhr.« Die Bahn wurde wieder langsamer. Im Gehen riss Andy noch einen Sitz aus der Halterung, was ihm einen weiteren genervten Blick einbrachte.

»Schon gut, Glefe«, grinste Andy. »Nix passiert.« Unser Haufen walzte von der Hauptstraße über eine Wiese und danach durch einen Gartenverein. Ein paar Opis und Omis in Unterhemd und Schürze duckten sich hinter ihre Hecken, als kämen die Barbaren.

»Da hinten durch die Bäume«, sagte Glefe schließlich. Neben einer Reihe Schuppen mit verrammelten Fenstern standen Trauerweiden, deren Zweige die Dächer streichelten. Wir krochen unter die Blätter und stießen auf eine Mauer. Zombie sah nach oben und verzog das Gesicht.

»Und jetzt?«

»Räuberleiter«, sagte Glefe. »Ich helf dir.« Zombie spuckte auf den Boden.

»Angst, dass dir jemand unter den Rock guckt?«, fragte eins der anderen Mädchen.

»Klappe«, sagte Zombie. Es dauerte eine Weile, bis alle das Hindernis überwunden hatten. Auf der anderen Seite lag ein riesiges Wasserbecken. Wir standen in einem Freibad.

»Darauf habe ich seit Wochen gewartet!«, rief Kante und schlüpfte aus seinen Sachen. Nur noch in Unterhose, die um seine Oberschenkel schlackerte wie ein Wimpel im Wind, rannte er zum Sprungturm, eilte die Leiter empor und zeigte einen Kopfsprung, der jeden Schwimmlehrer begeistert hätte. Mehrere Leute pfiffen. Kante paddelte und grinste. Sein Iro hing ihm ins Gesicht. Er sah aus wie ein nasser Hund.

»Kommt schon! Alle rein!«, rief er und wühlte das Wasser auf. »Heute ist Waschtag!« Nach und nach folgten die meisten seinem Beispiel. Zombie schien sich nicht fürs Baden zu interessieren. Sie schlenderte um einen Kiosk, als suche sie nach einem Weg, hineinzukommen.

»Lust auf Eis?«, fragte ich. Die Angesprochene reagierte nicht.

»Ich meine ja nur«, räusperte ich mich. »Wegen dem Laden hier.« Weiter keine Reaktion.

»Hast du so was schon mal aufgebrochen?«, fragte ich, ehrlich interessiert. Jetzt drehte sich Zombie um. Schwarze Augen pfählten mich wie zwei Speere.

»Quatschst du Leute immer so voll, die du nicht kennst?«, sagte der Mund darunter.

»Nee«, sagte ich.

»Dann nerv nicht rum. Geh doch ins Wasser.« Ich konnte hier schwerlich anbringen, dass das nicht ging. Und warum. Ich trug unter meiner Hose einen uralten Schlüpfer, einen von der Sorte, über die sich Max kaputtgelacht hätte.

»Hey Nino, was ist mit dir?« Andy lehnte am Beckenrand.

»Kein' Bock«, log ich, drehte mir eine Kippe, setzte mich auf die Fliesen und sah den anderen zu. Alle schrien und lachten. Langsam schlich die Nacht heran.

»Hast du Tabak?« Der Körper des Mädchens neben mir tropfte mich voll wie ein plötzlicher Regen. Es war die mit dem Rock-Spruch an der Mauer.

»Klar.« Ich kramte das Gewünschte aus meiner Tasche. Kleine Finger drehten eine ebenso kleine Zigarette. Der Lichtschein meines Feuers erhellte über Sommersprossen gelaufenes Kajal.

»Bist du schon lange dabei?«, fragte sie.

»Mindestens eine Woche«, sagte ich. Das Mädchen schnaubte, als hätte ich einen Witz gemacht. Wir schwiegen und bliesen Wölkchen in den dunkelblauen Himmel.

»Wollt ihr allein sein?« Der Kerl mit den Lippenpiercings war vor uns aufgetaucht, dürr wie ein Ast. »Ich hab was zu kiffen.« Das Mädchen zuckte mit den Schultern.

»Woll'n wir allein sein?« Unsere Blicke trafen sich. Sie

war nicht mein Typ, allerdings hatte mir noch keine so eine Frage gestellt. Ich dachte an Katrin und die anderen Mädchen in der Schule, an denen ich mich in den letzten Jahren auf irgendeine Weise interessiert gezeigt hatte. Meistens erfolglos. Genau genommen wusste ich gar nicht, was mein Typ war.

»Also dann«, sagten die Lippenringe. »Ein Joint, ja?« Er zwinkerte mir zu. »Caro kann man doch nicht so sitzen lassen.« Damit war der Moment davon. Zwei staksige Beine kreuzten sich mir gegenüber in einen Schneidersitz. Aus einer Gürteltasche voller Buttons und Aufnäher kramte der Neuankömmling Dopebeutel und Rauchzeug hervor und begann zu bauen.

»Ein Iro sähe an ihm richtig fesch aus, oder?«, fragte Caro in seine Richtung und zeigte dabei auf mich. Der Angesprochene musterte mich mit einem Ich-kenn-mich-aus-Blick.

»Kann sein«, sagte er nur. Sein Dübel war fertig. Die geübten, schnellen Handgriffe eines Vielkiffers.

»Hier«, sagte er zu Caro. »Darfst als Erste.« Die von mir geschnorrte Kippe flog in die Dämmerung wie ein Glühwürmchen. Während der Joint die Runde machte, sah ich Zombie mit Glefe am Kiosk sitzen. Eine Hand lag auf ihrem Arm. Mit der anderen dirigierte er irgendein unsichtbares Orchester. Die beiden waren keine zehn Meter entfernt, aber Glefe sprach so leise, dass ich nichts verstand.

»Na, interessiert?« Caros Gesicht schob sich vor meins. Zum zweiten Mal fand ich keine Antwort. Im Schwimmbecken trieben mehrere Köpfe und ein umgedrehter, riesiger Sonnenschirm.

»Sinnlos«, sagten die Lippenringe. Es blieb offen, worauf sich diese Bemerkung bezog. Ich nahm noch einen Zug und stand auf.

»Ich muss mal. Danke fürs Dope.« Hinter einer langen Reihe weißer Bänke stellte ich mich an die Büsche. Kante, dessen Shirt am Körper klebte, hatte die gleiche Idee.

»Heut noch was vor?«, fragte er.

»Nicht wirklich«, sagte ich.

»Wir machen noch zu mir. Meine Alten sind nicht da.«

»Okay.«

Es war noch nicht ganz dunkel, doch der Himmel war klar und die Sterne bereits zu sehen. Über mir stand der Große Wagen. Als Kind hatte mir mein Vater die Sternbilder erklärt. Beim Zelturlaub mit der Familie. An der Ostsee, wo uns die Fischer mitnahmen zum Angeln, wenn mein Vater ihnen die Stiefel machte. Oder in Neuruppin, wo ich als kleiner Junge mal vom Steg gekracht war und er mich aus dem Wasser gezogen hatte. Die sieben silbernen Punkte waren das Einzige, an das ich mich erinnerte. Ich schaute zu Kante.

»Hast du eine Schermaschine?«

4

Der Zeitungsartikel stammte aus einer Zeit, in der sich die Menschen den Fall der Mauer nicht im Traum hätten vorstellen können. Das Papier war mit den Jahren leicht gelb geworden. Damals hatte mein Vater den schönsten Rahmen ausgesucht, der sich finden ließ, die herausgeschnittene Seite zwischen zwei Hemden gebügelt und dem Text einen Ehrenplatz zwischen Schuhanziehern und Stapeln mit Pflegecremes gewährt, links neben dem Tresen. Noch immer konnte dort jedermann lesen, dass man zwar im kleinsten Schuhmachergeschäft Leipzigs stand, der Meister jedoch zu den Sorgfältigsten seiner Zunft gehörte und staatlich ausgezeichnet war – als privater Handwerker der DDR eine echte Besonderheit. Es war eine meiner frühesten Erinnerungen überhaupt: die Zeitung mit dem Beitrag ausgebreitet auf dem Wohnzimmertisch, mein Vater und meine Mutter andächtig darüber, als betrachteten sie ein Neugeborenes. Das erste und das letzte Mal, dass ich sie Hände halten sah.

»Hallo Papa«, sagte ich. Beim Betreten des Ladens klingelten Glocken wie ein sanftes Windspiel und nur wenige Augenblicke später erschien mein Vater in dem Türrahmen hinter seinem Tresen, der zum Arbeitsbereich führte. So war es immer. Er zog die Augenbrauen nach oben, als er mich sah, woraufhin seine sowieso schon weit unten sitzende Brille fast von der Nase rutschte.

»Ausgeschlafen?«, fragte er.

»So ziemlich«, sagte ich. Mein Vater brummte und knetete seine Knöchel.

»Ich wollte fragen, ob wir zusammen Mittag essen.« Einem Blick zur Uhr folgten spitze Lippen und noch ein Brummen.

»Warum nicht«, sagte mein Vater dann, zog seine Schürze aus und hängte sie an einen Haken. »Kommt ohnehin keiner mehr. Den Samstag kann ich mir bald sparen.«

Wir gingen in ein kleines Lokal um die Ecke, eher Imbiss als Restaurant, an dessen Einrichtung und Speisekarte die Wende spurlos vorübergegangen war. Ich hätte lieber draußen Platz genommen, aber aus welchen Gründen auch immer mochte mein Vater keine Freisitze. Er bestellte Schaschlik, ich selbst wählte Spiegeleier mit Kartoffeln, ein Gericht, das wir uns auch zu Hause oft machten. Die uns bedienende etwa fünfzigjährige Dame steckte in rosa Klamotten mit flippigen Sprüchen und Pailletten, so Zeug, was bei Pimkie und Orsay an den Rundständern vor den Eingängen hing.

»Deine Mutter hat angerufen.« Mein Vater sagte den Satz in etwa so, als berichte er mir, wie morgen das Wetter würde. Seine Sommerjacke hing an den Schultern wie ein viel zu großer Umhang.

»Okay«, sagte ich.

»Wollte gestern Abend gerade ins Bett, da hat das Telefon geklingelt.«

»Okay«, sagte ich noch einmal. »Und?« Die rosa Kellnerin brachte die Getränke. Mein Glas war so voll, dass ich sie dafür bewunderte, wie sie den Weg vom Tresen bewältigt hatte, ohne eine Cola-Spur zu hinterlassen. Mein Vater trank Bier.

»Was wollte sie denn? Alles gut bei ihr?« Ich wollte ebenso beiläufig klingen wie mein Gegenüber, aber wahrscheinlich gelang es mir nicht.

»Denk schon. Hat sich vor allem nach dir erkundigt.« Mein Vater studierte die Karte, als überlege er noch immer, was er bestellen sollte. »Allzu viel erzählt hab ich nicht.«

»Und wie geht's ihr?«

»Wie es einem da drüben halt geht.« Mein Vater zuckte mit den Schultern. »Kann nicht klagen, meint sie. In der Klinikapotheke hat sie aufgehört. Arbeitet jetzt wieder in einer normalen.« Er musterte ausgiebig meinen Kopf.

»Was ist das eigentlich für eine Frisur?«, sagte er dann. »Sieht komisch aus.« Der Iro, den Kante am Vorabend geschnitten hatte, war ziemlich gelungen. Mein Wunsch, die Seiten nicht komplett zu rasieren, sondern einen Aufsatz zu benutzen, war allerdings in der auf Anschlag gedrehten Anlage untergegangen. Oder im Alk.

»Mir gefällt's«, sagte ich.

»Weiß nicht, ob du dir damit einen Gefallen tust.« Mein Vater sah aus dem Fenster, als passiere da draußen irgendetwas Spannendes.

»Keine Ahnung, was du meinst.«

»Deine Versetzung. Schule. Und überhaupt.«

»Quatsch. Übrigens lenkst du ab.« Der Blick meines Vaters war leer, ein bisschen wie von jemandem, der gerade erwacht und nicht weiß, wo er sich befindet.

»Hm«, sagte er. »Ich mach mir jedenfalls Gedanken. Nicht erst seit heute.«

»Keine Ahnung, was du meinst«, wiederholte ich.

»Du stehst doch auf der Kippe. Oder?«

»Na und?«

»Denkst du nicht, das hat was mit diesen Klamotten, dieser Musik zu tun ... diesem *Stil*?« Das letzte Wort sagte mein Vater, als würde er es mit Handschuh und Pinzette anfassen. Ich rückte meinen Stuhl nach hinten.

»Papa. Was ist los?«

»Ach, was weiß ich«, sagte mein Vater und winkte mit der Hand, als wolle er Fliegen verjagen. »Deine Mutter hat gefragt, wie es läuft.«

»Also ihr selbst geht's gut, ja?« Mein Vater nickte, drehte sein Bierglas und nahm einen langen Schluck. Einen Moment hoffte ich, dass er noch etwas mehr als den Kommentar über ihre Arbeit auf Lager hatte, aber das war wohl zu viel verlangt.

»Ich krieg das schon hin«, sagte ich.

»Hm«, sagte mein Gegenüber, presste die Lippen zusammen wie eine Dame, die ihren Lippenstift verteilt, und schaute sich um. »Das Essen dauert heute aber lang.« Ich wollte erwidern, dass wir noch keine zehn Minuten saßen, ließ es dann aber bleiben. Ich hatte keine Lust, mich zu streiten, wenn es hier eigentlich um meine Mutter ging.

»Was meintest du vorhin?«, wechselte ich das Thema. »Dass du dir den Samstag bald sparen kannst? Ich dachte, es läuft wieder besser?«

»War ein Strohfeuer.« Mein Vater ließ den Rest seines Biers kreisen, als schwenke er einen edlen Wein.

»Kann's den Leuten ja nicht mal verübeln«, sagte er. »Guck dich doch um! Alles kriegt man jetzt hinterhergeschmissen. Billiger Mist überall.« Er trank sein Glas aus und stellte es ab.

»Aber was soll's. Zeiten haben sich geändert, was? Muss jeder zusehen, wo er bleibt.« Ich sah meinem Vater an, dass ihm das Gesagte sauer über die Stimmbänder ging. Er war kein Typ für allzu großes Selbstmitleid. Ich wusste, dass er sich immer durchgeschlagen hatte. Umso trauriger machte mich, wie er neuerdings mit sich und seinem Laden haderte.

»Warst du damals oft demonstrieren?«, fragte ich. Mein Vater winkte der Kellnerin mit seinem Glas.

»Weiß nicht«, sagte er. »Ein paarmal.« Er bewegte die Schultern, als wäre ihm kalt. Mir selbst stand der Schweiß auf der Stirn, obwohl die neue Haarfreiheit an meinem Kopf bei diesen Temperaturen einen angenehmen Effekt hatte.

»Deine Mutter ist im Sommer weg. Zu der Zeit dachte ich noch, vielleicht wird's ja wieder.« Das neue Bier kam und mein Vater malte einen Strich auf den feuchten Gefäßrand. »Oder zumindest dachte ich es, als die Grenzen dann offen waren.«

So viel zum Themenwechsel, sagte ich zu mir selbst. Ich kannte die Geschichte. Richtig verstanden hatte ich sie nie. Dass die Aussicht auf ein Leben im Westen für meine Mutter so attraktiv gewesen war, dass sie uns beide zurückließ. Ihren Mann, und auch mich. Ohne zu wissen, welchen Verlauf die Entwicklungen im Herbst 1989 noch nehmen würden. Mein Vater hatte den Laden nicht aufgeben wollen. Darüber war alles zerbrochen. Zumindest, wenn man seiner Version Glauben schenken konnte.

Die Kellnerin brachte die Bestellung. *Feel Free* stand auf ihrem Shirt.

5

Kaputte Hosen, Pullover mit Kapuzen und ähnlichen Kram trug ich bereits eine Weile. Mit dem Iro hatte sich mein Äußeres nun komplettiert, gar nicht so großartig verändert – dachte ich. Doch besonders in der Siedlung, in der Max mit seinen Eltern wohnte, wurde ich jetzt angestarrt, als wäre ich aus dem Zoo entflohen. Oder aus dem Knast.

Das Haus von meinem Kumpel zeigte an der Vorderseite Fachwerk und Schnitzereien. Ein bisschen wirkte es, als würde jeden Moment ein altes Mütterchen aus einem russischen Märchen am Fenster erscheinen. Die gepflegten Zierpflanzen im Vorgarten und der raspelkurz gemähte Rasen passten nicht dazu. Außer Familie Barsch kannte ich nur Leute, die in Mehrparteienhäusern zur Miete wohnten. Wie mein Vater und ich.

Ich klingelte an der Gartentür. Der Zaun war weiß und sah aus wie poliert. Am Haus erschien eine schwarze Brille nebst Kurzhaarfrisur. Das hatte ich an Max und seinem Zuhause nie verstanden – dass dort grundsätzlich einer von seinen Eltern die Tür öffnete.

»Ist Max da?«, rief ich.

»Hallo«, sagte Frau Barsch. Sie verschwand und wenige Augenblicke später hörte ich ein leises Summen, mit dem sich das Schloss entriegelte.

»Hallo«, sagte ich, nachdem ich den Gartenweg hinter mir gelassen hatte. Er bestand aus bunten Klinkersteinen, die so sauber waren, dass ich jedes Mal aufs Neue mit der Aufforderung rechnete, mir die Straßenschuhe gleich am Zaun auszuziehen.

»Max ist oben. Komm rein.« Die Garderobe und das Innere des Hauses waren ähnlich aufgeräumt wie der Garten. Allerdings roch es nicht nach Parfüm oder Weichspüler, wie man vielleicht erwartet hätte, sondern immer ein bisschen nach Katzenklo. Max bestritt die Behauptung seiner Eltern vehement, dass es sich bei Tero um seinen Kater handelte. Das Tier hockte unter einem Stuhl in der Küche, deren Tür offen stand, und sah mich träge an. Offenbar überlegte es, ob der Versuch lohnte, sich bei dem Ankömmling ein paar Streicheleinheiten abzuholen. Die Entscheidung fiel zu meinen Ungunsten aus.

Ich lief die Treppe hoch. Max hing kopfüber am Geländer und schnellte zurück, als hätte ihm jemand ins Auge gefasst.

»Alter!«

»Gut, was?« rief ich zurück und strich mir über die Haare. Mein Kumpel brauchte einen Moment, bis er wieder am Geländer erschien. Er schaute wie jemand, der gerade eine richtig beschissene Nachricht erhalten hat.

»Ziemlich gut«, sagte er. Dann packte er mich am Arm, zog mich in sein Zimmer und schloss die Tür.

»Bist du bescheuert, Mann?« zischte er. »Hier bei meinen Eltern mit so einer Frisur aufzukreuzen?«

»Reg dich ab«, sagte ich. »Deine Mutter hat nix gesagt. Hat nicht mal blöd geguckt.«

»Denkst du ernsthaft, das heißt irgendwas?« Max trat

nah an mich heran und flüsterte, als wolle er mir ein wohlgehütetes Geheimnis anvertrauen. »Ich weiß, wie die ticken.« Das Gesicht meines Kumpels war kaum eine Daumenlänge entfernt. Ich sah etwas in ihm, das ich nicht einordnen konnte. War das Angst?

»Sorry«, sagte ich. »Wollte dir keine Schwierigkeiten machen.« Max brummte etwas Unverständliches. Er ging zur Tür, wie um zu prüfen, ob uns jemand belauschte, kratzte sich an der Nase und legte den Kopf schief.

»Ist schon nicht schlecht«, sagte er. »Wer hat dir das verpasst?« Ich erzählte ihm die Geschichte. Max setzte sich auf seinen Drehstuhl, der aussah, als wäre er aus einem Architekturbüro geklaut. Über seinem Schreibtisch hingen Naturfotografien und ein selbst gemaltes Poster mit den Logos mehrerer Punkbands.

»Eigentlich wollte ich dich abholen«, endete ich. »Stadt?« Mit einem surrenden Geräusch fuhr Max seinen Stuhl nach unten.

»Ich kann nicht«, sagte er.

»Du kannst nicht?«, echote ich.

»Hier ist megadicke Luft.« Mein Kumpel fuhr wieder nach oben und deutete einen Würgegriff an.

»So schlimm?«

»Du hast keine Ahnung.« Max stand auf. Neben seinem Schreibtisch befand sich eine Truhe voller Tapes und ein paar CDs. Er kramte in ihr herum, harter Kunststoff klapperte. Triumphierend brachte er schließlich sein Lieblingsalbum hervor und steckte es in das Kassettendeck. Er drückte die Play-Taste seiner Anlage, pegelte das Gedresche auf mittlere Lautstärke und redete weiter.

»Ich wurde gesehen. Oder besser: Wir wurden gesehen.«

»Wie, gesehen?«

»Letzte Woche.«

Ich zuckte mit den Schultern. »Versteh ich nicht.«

Max sang lautlos ein Stück Text mit und schien sich dann wieder zu erinnern, dass er sich gerade unterhielt.

»Die Nachbarn«, sagte er. »Sind offenbar vorbeigelaufen, als wir an der Wiese saßen. Letzte Woche eben.«

»Au Kacke.«

»Ich hab nix mitgekriegt. Und konnte nicht flunkern, als meine Eltern die Show eröffnet haben. War zu überrascht.«

Ich schaute Max fragend an. »Show?«

»Alter, ganz ehrlich. Hab die beiden noch nie so erlebt. Was mir einfällt. In aller Öffentlichkeit. Unser guter Ruf und so. Total ruiniert!« Max spreizte die Finger und zog eine Grimasse.

»Okay«, sagte ich. »Und nun?«

»Ich bin erst mal raus. Komplett.«

»Scheiße«, sagte ich und trat ans Fenster. Auf dem äußeren Sims stand ein Blumenkasten. Der Sommerwind bewegte die gelben Blüten. Es sah aus, als ob sie miteinander tuschelten.

»Gestern Abend hat sich dann auch noch Mila gemeldet«, sagte Max. »Um das Ganze rund zu machen. Ich kann ihr gestohlen bleiben.« Er grinste, aber ich nahm ihm das nicht ganz ab.

»Das war zu erwarten.«

»Schon«, sagte Max. Dann stand er auf und stellte sich neben mich. Wie ein altes Ehepaar schauten wir zusammen aus dem Fenster.

»Wahrscheinlich hast jetzt du Chancen.« Es verging ein Moment, bis ich kapiert hatte, was Max meinte. Ich tippte mir an die Stirn.

»Du spinnst ja.«

»Warum nicht? Ich glaub, sie fährt auf so was ab.« Max tätschelte meine Frisur.

»Pfoten weg«, sagte ich. Im gleichen Augenblick tat es mir leid. Mit Ach und Krach hatte ich es nach der 6. ans Gymnasium geschafft. In der neuen Klasse war Max der Erste gewesen, mit dem ich mich angefreundet hatte. Und der Einzige geblieben, dem ich vertraute. Sein Hang zum Eigensinn hatte mich immer begeistert. Jetzt war da die Ahnung einer Angst, dass unsere Freundschaft nicht alles bestehen könnte.

»Sorry«, sagte ich. Max winkte ab.

»Kein Ding.« Draußen schob ein Pärchen in Sommerkleidung einen riesigen Kinderwagen vorbei. Die Hände in den Hosentaschen, trottete ein kleiner Junge hinterher. Bei uns spielten die *Boskops*.

Ich will nicht wie er sein.
Ich will nicht wie sie sein.
Ich will nicht wie du sein.
Ich will nur eins, ich sein.

6

»Nächstes Wochenende geht's rund!« An einen Baum gelehnt, saß Kante auf der Wiese. Neben sich hatte er eine Pyramide aus 0,3er-Bierdosen aufgetürmt, die schnell kleiner wurde.

»Vorletzter Spieltag, oder?« Andy hatte seine langen Beine in einen Schneidersitz geklemmt und dehnte den Kopf zur Seite, bis es knackte.

»Gegen Chemnitz«, sagte Schröder und nickte.

»Finster.« Kante zerknüllte das Blech in seiner Hand, als wäre es Papier, und öffnete die nächste Dose.

»Hast du Infos?«, fragte er. Schröder blinzelte und schien am Himmel irgendwas zu suchen.

»Nix Konkretes. Entweder kommen die vom VfB. Oder die vom FC, die Chemnitzer. Lassen wir uns überraschen.« Schröder schaute mich an. Es fiel mir nicht leicht, seinem Blick standzuhalten: die schwarze Klappe, daneben ein stechendes Auge. In der kurzen Zeit, die ich den Piraten jetzt kannte, war er mir aufgeschlossen begegnet. Vielleicht lag das aber auch daran, dass mich Andy und Kante so umstandslos aufgenommen hatten. So oder so, ich konnte ihn überhaupt nicht einschätzen. Alles an ihm war ein bisschen zu groß geraten und im Gegensatz zu Andy konnte in seinem Gesicht von Babyspeck keine Rede mehr sein. Er wirkte, als würde irgendetwas in ihm brodeln und er müsste sich permanent zusammenreißen, um nicht zu explodieren. Seine Glatze und seine Lonsdale-Klamotten taten ihr Übriges.

»Könnte natürlich auch noch den dritten Fall geben«, sagte Schröder.

»Welcher wäre?«, fragte ich. Im Auge meines Gegenübers flimmerten Funken wie ein angerissenes Streichholz. Ohne zu fragen, nahm Schröder eine Dose von Kantes Stapel, öffnete sie, nahm einen Schluck und stellte sie wieder ab.

»Sie kommen beide.«

»Ernsthaft?«, fragte Andy. Der Pirat zuckte mit den Schultern.

»Hat's schon gegeben. Die Hools hassen sich. Aber sie respektieren sich auch.« Er trank noch einen Schluck und verzog das Gesicht.

»Mann, das ist echt eine Brühe.«

Kante grinste. »Musst ja nix davon trinken.«

»Jedenfalls«, fuhr Schröder fort, »sieht das bei uns anders aus. Uns Zecken hassen sie nur. Und zwar alle.«

»Ich seh mich nicht als Zecke.« Kante streckte seine kreuz und quer tätowierten Arme in die Luft.

»Das interessiert die einen Scheiß.« Schröder schnippte mit dem Finger an seiner Dosenlasche. Es klang wie eine kaputte Maultrommel.

»Was ist mit Zecken?« Caro war gerade angekommen und machte ihre Runde.

»Blabla«, winkte Schröder ab.

»Aha«, sagte Caro und zeigte auf den Bierhaufen. »Habt ihr auch eins für mich?«

»Gehören Kante. Schmecken kacke.«

Kante rollte mit den Augen und überreichte das Gewünschte. Mit einer Bewegung, als wäre sie eine Tänzerin, ließ sich Caro ins Gras nieder.

»Hi«, sagte sie zu mir.

»Hi«, sagte ich zurück. Andy, der mir gegenübersaß, hob eine Braue. Dann wandte er sich wieder seinem eigenen Getränk zu, einer halbvollen Literflasche Cola, der irgendwas beigemischt war. Caro band ihre blau und schwarz gefärbten Haare zu einem Zopf. Von der Innenseite ihres Oberarms starrte mich ein tätowiertes Auge an, das sofort wieder verschwand.

»Kommt heute jemand mit in die Villa?«, fragte sie.

»Vielleicht«, sagte Andy. »Wenn's nichts Besseres gibt.«

Caro nickte: »Für mich definitiv nicht.«

»Was ist denn dort?«, fragte ich. Die Frage, wo der Ort überhaupt war, sparte ich mir.

»Grufti-Disse«, sagte Schröder und warf seine Bierdose ins Blumenbeet, wo ein schaumiger Rest in die Erde gluckerte.

»Blödmann«, sagte Kante.

Caro lächelte. »Dark-Wave-Party wäre der korrektere Begriff.«

»Okay«, sagte ich. »Kann ich mir ja mal angucken.«

»Geht eh nicht um die Mucke.« Kante sprach langsam und fast etwas väterlich. »Da ist halt was los.«

»Ansichtssache.« Caro zuckte mit den Schultern und stand auf. »Also bis dann.«

»Das war ja nicht sehr charmant«, sagte Andy, als Caro außer Hörweite war. Kante zog eine Grimasse.

»Sie oder ich?«

Andy schwenkte seine Flasche, als wolle er die Kohlensäure loswerden. »Kannste dir aussuchen«, sagte er.

»Wieso weißt du da eigentlich so Bescheid?«, wechselte ich das Thema und sah zu Schröder. »Mit den Hools und so?«

»Unser Schröder war früher auf der anderen Seite«, antwortete Kante an seiner Stelle. »Das, äh … ist manchmal ganz nützlich.« Der Pirat zuckte mit den Schultern. Er machte nicht im Geringsten den Eindruck, als wolle er dieser Aussage irgendwelche Erklärungen hinzufügen. Ich beließ es fürs Erste dabei. Andy erhob sich, als trüge er schweres Gepäck. Von unten sah er lang wie ein Stelzenläufer aus.

»Ich latsch mal ein bisschen rum«, sagte er. »Ich schlaf sonst noch ein.«

»Ich komm mit«, sagte ich. Andy dehnte und schüttelte sich. Wir bewegten uns weg von der Wiese, Richtung Rathaus. Mehrere Leute, die Andy an diesem Tag scheinbar noch nicht gesehen hatten, grüßten ihn und auch mich. Andy sah so jung im Gesicht aus, gleichzeitig bewegte er sich durch die Menge, als wäre er schon seit Jahren da.

»Seit wann gibt es die Clique hier eigentlich?«, fragte ich. »Weißt du das?«

»Kein Plan. Glefe hat mal erzählt, dass hier schon vor der Wende Bunthaarige rumgesessen haben.« Andy zuckte mit den Schultern. »Aber Glefe erzählt viel. Kommt ja nicht mal von hier.«

In der Innenstadt gab es mittlerweile viele glitzernde Warenhäuser, die westliche Ketten übernommen und umgestaltet hatten. Die grauen, leer stehenden Gebäude dazwischen sahen aus wie schlechte Zähne in einem riesigen Gebiss.

»Woher denn?«, fragte ich, während wir durch die Einkaufsstraßen liefen.

»Berlin«, sagte Andy. »Hatte dort wohl Stress mit jemandem. Ist dann hier hängengeblieben.« Er lachte. »Im wahrsten Sinne des Wortes.«

»Heißt was?«

Andy sah mich an, als wäre er nicht sicher, ob meine Frage ernst gemeint war.

»Drogen spielen hier bei vielen eine große Rolle«, sagte er. »Um mit dem ganzen Scheiß klarzukommen. Da drin.« Er tippte sich an die Stirn. »Ich versuch, mich davon fernzuhalten.«

»Von deinem Scheiß im Kopf?«

Andy lachte wieder.

»Von den Drogen.«

»Ist mir auch nix«, sagte ich.

»Gut so«, sagte Andy. »Aber pass auf. Geht manchmal schneller, als du denkst.« Er betrachtete die Flasche in seiner Hand und rieb sich sein flaumloses Kinn. »Zu viel Saufen ist natürlich auch kacke. Prost.«

Wir nahmen beide ein paar kräftige Schlucke. Das Zeug schmeckte, als hätte man mehrere Pfund Zucker in Rasierwasser aufgelöst. Aus einem Schaufenster strahlte uns das überlebensgroße Bild einer Frau in feiner Bluse an, die eine Küchenhilfe vor ihrer Brust hielt wie eine Trophäe. Daneben stand ein Turm aus Kartons des entsprechenden Gerätes, der so hoch war, dass er sich Richtung Scheibe zu neigen schien.

»Wer braucht diesen Quatsch?«, fragte Andy.

»Wir alle. Auch du!«, antwortete ich, während ich das

Gefühl hatte, durch eine Brille mit zu starken Gläsern zu schauen. Harten Alkohol war ich nicht gewöhnt.

»Lass mal gucken«, sagte Andy. In dem Geschäft plätscherte klassische Musik. Nur eine überschaubare Anzahl Kunden interessierte sich an diesem frühen Samstagabend für antihaftbeschichtete Edelstahlpfannen, multifunktionelle Doppelschlitztoaster und Kaffeevollautomaten. Ein Angestellter mit gelber Krawatte musterte uns und zupfte an seinem Hemd, scheinbar scharf nachdenkend, wie er auf uns reagieren sollte. Dann knipste er ein Lächeln an.

»Sie beide suchen was Besonderes. Das seh ich!«

»Und ob«, sagte Andy. »Kriegen wir eine Vorführung?« Er zeigte Richtung Schaufenster. Der Mitarbeiter musterte uns wieder.

»Folgen Sie mir«, sagte er schließlich. Andy grinste und stieß mir den Ellenbogen in die Rippen. Vor dem Wolkenkratzer aus Kartons befand sich ein blauer Tisch, der wohl eigens der Inszenierung des Küchengerätes diente. Aufgebaut erweckte es noch mehr den Anschein einer seltsamen Waffe aus einem futuristischen Film.

»Echt chefmäßig«, sagte Andy und versuchte, an einem winzigen silbernen Regler zu drehen.

»Nichts verstellen!« Der Angestellte schob sich dazwischen.

»Wer interessiert sich für das Produkt?«, fragte er. »Alle beide?« Andy zeigte auf mich.

»Eigentlich nicht«, sagte ich. Es schien eine Ewigkeit zu dauern, bis die zwei Worte vollständig aus meinem Mund waren. Scheiße, war ich schon besoffen.

»Geschenk für die Mutter, was?« Der Mitarbeiter stand

direkt vor mir. Sein Kopf war klein und die gelbe Krawatte riesig. »Muss Ihnen nicht peinlich sein. So, schauen Sie mal.« Er schraubte verschiedene Aufsätze in- und wieder auseinander und lobte die Zweckmäßigkeit der Sonderfunktionen, als hätte er das Gerät selbst entwickelt.

»Soll ich Ihnen was verraten? Meine Mutter hat sich riesig gefreut!« Der Mann lächelte. Er kam ganz nah an mich heran und berührte mich am Arm.

»Wir kommen Ihnen gern mit einem Ratenvertrag entgegen«, sagte er leise. »Sofern Sie volljährig sind.«

»Wir sind einen Scheiß.« Andy, der abwechselnd aus seiner Flasche trank und schwankend Grimassen hinter dem Rücken des Angestellten zog, war auf einmal hellwach, als er meine Stimme hörte.

»Genau«, sagte er. »Und dein Schlips sieht aus wie eingepisst.« Der Mund vor mir öffnete und schloss sich wie bei einem Fisch auf dem Trockenen.

»Da staunst du, was?« Andy tippte dem Mann auf die Nase. »Und wir verstellen hier, was wir wollen!« Er schraubte links und rechts an dem Gerät herum. Der Mitarbeiter wedelte mit den Armen, brachte aber noch immer keinen Satz hervor. Schließlich griff er an Andys Handgelenk, woraufhin dieser einen Schritt in den Mann hinein machte und ihn fast umstieß.

»Sie verschwinden jetzt!«, rief der kleine Kopf mit einer Empörung in der Stimme, die mich an meine frühere Pionierleiterin erinnerte.

»Klar doch«, sagte ich. »Und viel Spaß noch.« Im Gehen nahm Andy einen Aufsatz in die Hand und schwenkte ihn vor dem Angestellten wie eine Wunderkerze.

»Sag noch schnell, wofür ist das?« Im nächsten Moment warf er das Teil in die Luft. »Kleiner Scherz. Fang!« Dann rannten wir. Die leuchtende Warenwelt zog an mir vorbei wie ein Werbefilm.

Vor dem Eingang lag Hundescheiße.

7

Der Bass fuhr mir direkt in den Körper und schien dort zu explodieren. Ich hatte noch nie derart laute Musik gehört. Über dem Rhythmus wogte eine an- und abschwellende Melodie, deren Schwermut sich über den Raum legte wie ein schwarzes Tuch. Ein paar Menschen wiegten selbstvergessen ihre Körper, ein paar andere wiederholten die immer wieder gleiche Choreografie, indem sie abwechselnd vorwärts und rückwärts über die Tanzfläche liefen. Es fiel mir nicht leicht, mich in dem Kellergeschoss zu orientieren. Gerade hatte ich Andy und Kante an der Bar verloren. Jetzt stand ich nebenan in der Dunkelheit, die nur hin und wieder von Lichtblitzen zerschnitten wurde. Die Musik stampfte unaufhörlich.

»Brauchst du was?«, schrie eine Stimme neben meinem Ohr. Ich drehte mich nach rechts, um die dazugehörige Person zu sehen. Der Mann trug ein durchsichtiges Oberteil und weiße Schminke. Instinktiv schüttelte ich den Kopf. Zwei Sekunden später hatte ich die Frage kapiert.

»Das erste Mal hier?« Ich schüttelte noch einmal den Kopf, obwohl das nicht der Wahrheit entsprach. Der Mann entfernte sich und lief durch die tanzende Menge. Ich folgte ihm mit meinem Blick. Dann sah ich Caro. Ihre Augen waren geschlossen und ihre Hände bewegten sich langsam vor ihrer Brust, als befühlte sie etwas Unsichtbares. Ich betrachtete sie eine Weile. Ich war betrunken und das leise, möglicherweise gar nicht vorhandene Interesse, das sie mir gegenüber gezeigt hatte, tat sein Übriges. Ich hatte nicht gelogen, als ich Max erzählt hatte, dass bei mir noch nicht viel gelaufen war. Doch natürlich dachte ich darüber nach, wie es wäre, mit einem Mädchen ins Bett zu gehen. Was man da tat und wie sich das anfühlen würde. Der entfernte Gedanke, Caro irgendwie näherzukommen, drängte sich in meinen Kopf wie ein unhöflicher Kerl in eine Reihe Wartender.

Ich lehnte mich an die Wand, perforierte die Innenseiten meiner Wangen mit den Zähnen und trank Bier. Der Song ging in einen anderen über. Caro bewegte sich schneller und wieder langsamer und wieder schneller. Als zum wiederholten Mal ein neues Stück begann, löste ich endlich den Blick. Mein Zeitgefühl war hinüber und ich musste pissen.

»Wo ist hier das Klo?« Der Typ neben mir schaute mich an, als hätte ich ihn nach seiner Meinung zu meinem Iro gefragt. Einen Moment lang dachte ich, er hätte mich nicht verstanden. Schließlich deutete er raus auf den Gang und nach links.

»Danke«, sagte ich und klopfte ihm auf die Schulter. Ich schob mich durch den mittlerweile übervollen Keller. Stellenweise hatte ich das Gefühl, durch hüfthohen Sand zu waten. Im Gegensatz dazu fand ich die Toilette verlassen vor. Die Fliesen in dem Raum waren schwarz und die Spiegel blind. Auf dem größten über dem mittleren Waschbecken stand ein mit Edding geschriebener Spruch. Die Schrift war verblichen und ich brauchte eine Weile.

Liebe fängt dort an, wo man von seinem Partner nichts erwartet.

Als ich das Ganze endlich entziffert hatte, rührte sich in meinem Inneren ein Gefühl, das ich nicht fassen konnte. Ich schloss mich in einer Kabine ein und dachte nach. War Liebe dasselbe wie eine Beziehung? Hatten meine Eltern irgendwann aufgehört, sich zu lieben? Und sich deswegen getrennt? Und, noch weiter gedacht: Was erwartete ich denn selbst von diesem komischen Wort? Irgendwie drehte sich ja ständig alles darum, aber wann liebte man denn wirklich und wie konnte man das wissen? Mein Geflachse mit Max, was er angeblich schon alles mit Mädchen erlebt hatte, wer für uns eine gute Partie war und wen wir auf jeden Fall Scheiße fanden – das alles war bei diesem Thema keine wirkliche Hilfe. So viel war mir klar.

Ein Schwall von Musik und Gelächter drang herein. Ich hörte Schritte und die wieder zuklappende Toilettentür.

»Da rein«, sagte eine Stimme, die mich an jemanden erinnerte. Stiefel stolperten, Holz traf auf Keramik, etwas klirrte. Neben mir ging die Spülung.

»Ich mach uns mal was Schönes fertig«, hörte ich, während das Wasser noch lief. Glefe.

»Ich würd lieber eine Line ziehen.« Auch diese Stimme kannte ich. Zombies immer leicht aggressiver Tonfall war kaum zu verwechseln.

»Ist tausendmal besser mit Nadel«, sagte Glefe. »Versprochen.« Zombie brummte.

»Mein Zeug ist absolut safe. Hier, alles verpackt.« Nebenan raschelte es, als würden mehrere Stücke Folie gespannt.

»Kein Plan«, sagte Zombie.

»Da geht nix drüber. Glaub mir.« Glefe klang bereits berauscht. Ich hatte das Ohr dicht an die Zwischenwand gelegt und versuchte, so flach wie nur möglich zu atmen. Ein Feuerzeug klickte und der Rauch einer Zigarette zog zu mir rüber. Es fühlte sich brutal falsch an, die beiden nur ein paar Zentimeter neben mir zu haben, ohne dass sie von mir wussten. Als hätte ich mir unerlaubt Zutritt zu irgendetwas verschafft. Doch da war auch ein Reiz, eine seltsame, verdrehte Neugier. Zu viel, um zu reagieren.

»Ich nehm aber nur einen halben«, sagte Zombie.

»Okay«, sagte Glefe. Ein paar Geräusche folgten, die ich nicht richtig einordnen konnte. Draußen ging mehrere Male die Tür. Dann war es wieder still.

»Und?«, hörte ich Glefe schließlich fragen. Zombies Antwort war ein unverständliches Schnaufen.

»Verdammt warm hier drin«, sagte er. An dem Spalt zwischen unseren Kabinen erschien ein Stück schwarzer Kapuzenpullover und blieb liegen wie ein schlafendes Tier. Die Küsse, die jetzt folgten, klangen achtlos und nass. Jetzt spürte ich doch den Drang, aufzustehen und zu verschwinden. Ich tat es aber nicht.

»Wie geht das denn auf?« Glefe flüsterte den Satz wie ein einziges Wort. Zombie fluchte. Handflächen strichen über Stoff und nackte Haut.

»Vergiss es!«, rief Zombie mit einem Mal.

»Entspann dich.« Glefe klang, als redete er mit seinem Hund. Irgendetwas zerriss.

»Vergiss es, hab ich gesagt!« Zombie klang jetzt so richtig sauer.

»Was denn mit dir los«, lachte Glefe. »Ich geb meinen Scheiß doch nicht umsonst raus.«

»Das kannst du mit deinen anderen Schlampen machen«, war die Antwort. Ein Gürtel klapperte. Neben mir wurde die Tür aufgestoßen und knallte gegen meine.

»Hey, du bist hier falsch«, hörte ich eine Männerstimme von irgendwoher sagen.

»Fresse«, rief Zombie. Dann war sie weg. Ich schüttelte mich und mit einem Mal schien all das Bier und Andys Mischung und wieder Bier, das ich an diesem Tag getrunken hatte, auf einen Schlag aus mir raus zu wollen. Während ich aufstand, den Klodeckel hob und mich über die Schüssel beugte, brannte mir die Kotze schon in der Kehle.

»Alles in Ordnung da drin?« Mein Zwerchfell fühlte sich an wie zerknülltes Papier. Ich weiß nicht, ob sich Glefe Sorgen machte oder nur neugierig war, welche würgende Person ihn gerade belauscht hatte.

»Schon gut«, rief ich, die rechte Hand vor dem Mund. Glefe schien noch etwas sagen zu wollen. Ein Lachen folgte, das ich nicht deuten konnte.

»Na dann Prost«, sagte er. Ich wartete. Seine Schritte entfernten sich. Die Musik von draußen wurde laut und wieder leise, als sich die Tür hinter ihm schloss. Als ich zum Waschbecken wankte, schienen die Spiegel Wellen zu werfen wie die von einem Sturm zerwühlte Oberfläche eines Teiches. Ich hielt den Kopf unter den Hahn. Das Wasser war kalt und lief direkt in meinen Bauch. Zurück im Gedränge, schmeckten Mund und Rachen noch immer ekelhaft, doch es ging mir schon besser. Kurz vor der Tanzfläche zupfte mich jemand am Ärmel.

»Mann, was denn mit dir passiert«, sagte Andy. »Siehst echt scheiße aus.« Sein grinsendes Gesicht hing über mir wie an die Decke geknüpft.

»Das willst du nicht wissen.«

»Hat dich Zombie erwischt?« Kante klopfte mir von der Seite auf die Schulter und hielt mir sein Bier hin.

»Was?« Meine Wangen wurden heiß, doch Kante sprach bereits weiter.

»Hat sich hier grad gleich mit mehreren Kerlen angelegt. Klasse Vorstellung. Ich glaub, sie war druff.« Ich nahm einen zaghaften Schluck.

»Und jetzt?«

»Sie ist raus«, sagte Kante und zuckte mit den Achseln. Dann legte er den Kopf schief. »Wo warst du denn? Haben dich gesucht wie blöde.« Ich winkte ab.

»Hab gekotzt.« Kantes Miene war eine Mischung aus Mitleid und Anerkennung. Er roch ein bisschen skeptisch an seinem Bier.

»Okay«, schrie er. Irgendein scheinbar bekanntes Lied hatte eingesetzt. Die Leute um uns sangen und brüllten. Kante wackelte mit den Armen wie ein Lotse auf dem Rollfeld.

»Na dann, abtanzen?«

»Ich brauch erst mal frische Luft.« Das entsprach der Wahrheit, aber noch mehr hatte ich das plötzliche Bedürfnis, nach Zombie zu schauen. Ich ließ Andy und Kante stehen und suchte den Ausgang. Die Treppe war voller Leute. Meine Beine waren noch leicht wacklig und ich gab mir Mühe, niemandem auf die Hände oder den Saum seiner Klamotten zu treten. Als ich endlich das obere Ende erreicht und die Tür nach draußen geöffnet hatte, war es, wie nach einer Woche unter Tage ins Licht zu treten. Eine Amsel sang. Ein hellblauer Morgen.

»Na?« Mir gegenüber auf einer Mülltonne, eine von diesen grauen, runden Dingern, die noch aus der DDR stammten, saß der Typ mit den Lippenpiercings. Sein Rücken lehnte am Zaun, eins seiner Beine hatte er aufgestellt, das andere hing herunter. Ich dachte an eine Heuschrecke und fragte mich, wie lange er da schon hockte.

»Hast du Zombie gesehen?«, fragte ich.

»Weil?«

»Nur so.« Mein Gegenüber kniff ein Auge zu und wiegte den Kopf. Zwischen seinen Fingern hing der bräunliche Stummel eines Joints, den er sich anzündete, noch einmal daran zog und dann davonschnippte.

»Hab dir doch schon gesagt, dass sie keine Hilfe braucht.« Ich bekam Lust, den bescheuerten Mülltonnenthron umzustoßen.

»Wer bist du eigentlich?« Der Typ grinste.

»Ich bin ihr Bruder.«

8

Montagmorgen tat mein Kopf immer noch weh. Die Küche roch nach abgestandener Luft.

»Ausgeschlafen?« Mein Vater saß über eine Fachzeitschrift gebeugt am Tisch. Neben ihm stand eine Kaffeetasse. Ich hatte ihn den ganzen Sonntag nicht gesehen, was auch daran gelegen haben mochte, dass ich erst mittags nach Hause gekommen war und das Bett danach nicht wieder verlassen hatte.

»Morgen«, sagte ich. »Geht so.« Ich nahm ein paar Sachen aus dem Kühlschrank und Geschirr aus der Anrichte, schnitt zwei Scheiben Brot und packte alles auf den Tisch. Dann öffnete ich das Fenster. Risse zogen sich durch das Rahmenholz, weiße Farbe rieselte in kleinen Schuppen auf den Boden. Mein Vater hatte keine Lust, die Fenster zu streichen, da sie seiner Meinung nach ohnehin bald ausgetauscht und erneu-

ert würden. Überall in der Stadt wurde saniert und modernisiert. Die verfallenen Häuser waren eine Goldgrube für Baufirmen, wobei die großen Aufträge hauptsächlich an Unternehmen aus dem Westen gingen.

Eine Straßenbahn grollte und klapperte über das Gleisbett vor unserem Haus und mein Vater verzog das Gesicht. Ich setzte mich, schmierte mir eine Schnitte und atmete die Morgenluft, die von draußen hereinzog. Nach einigen Bissen stand ich auf und schloss das Fenster wieder. Ich weiß nicht, warum mein Vater mit Lautstärke nicht umgehen konnte. Vielleicht lag es daran, dass er sein gesamtes Berufsleben immer allein gearbeitet hatte.

»Noch ein schönes Wochenende gehabt?«, fragte ich kauend und mit Blick auf die Uhr. Mein Vater hantierte mit seinem Magazin und brauchte eine Weile, um zu antworten.

»Schon«, sagte er.

»Warst du unterwegs?« Mein Vater nickte.

»Fahrradfahren. Hat sich einiges getan am Tagebau. Wird bestimmt mal ein hübscher See da hinten.« Er schob seine Brille hoch. »Wenn wir in ein paar Jahren noch hier wohnen.« Ich belegte mein zweites Brot mit einem Stapel aus Scheibchenwurst und schaute ihn an.

»Wie meinst du das?« Mein Vater klappte die Zeitschrift zu und legte seine Hände darauf ab, als wolle er verhindern, dass ein plötzlicher Wind sie davontrug.

»Alle wollen doch hier weg«, sagte er. »Du etwa nicht?«

»Keine Ahnung.« Ich schenkte meinem Vater Kaffee nach.

»Drüben hat man die besseren Chancen«, sagte er, nahm einen Schluck und ließ ihn im Mund kreisen, bevor er ihn herunterschluckte. »Für alles. Das ist mal klar.«

»Warum bist du dann nicht dort?« Ich bereute den Satz schon, als er noch nicht mal ganz raus war. Im Gesicht meines Vaters erschienen so viele Falten, dass es aussah, als würde es von unsichtbaren Händen zerdrückt.

»Gute Frage.« Dann sagte er nichts mehr. Ich aß meine Schnitte, räumte ab und ging ins Bad. Im Spiegelschrank suchte ich nach einer Maßnahme gegen meine Kopfschmerzen und fand eine vergilbte Packung Analgin. Wahrscheinlich die letzte aus dem Bestand meiner Mutter, den sie früher immer von der Arbeit mitgebracht hatte. An irgendwelchen Mittelchen hatte es uns nie gemangelt. Ich pulte mir eine Tablette in die Hand und schluckte sie mit Wasser aus der Leitung. Dann schmierte ich Seife in meine Haare und stellte den Iro auf.

»Bis heute Abend«, rief ich in die Küche. Mein Vater schaute mich an, nickte und trank seinen Kaffee.

Zum Gymnasium musste ich nur ein paar Haltestellen mit der Straßenbahn fahren. Damit hatte ich es ganz gut getroffen, meine früheren Klassenkameraden aus der Grundschule hatten weitere Wege. Ich sah sie ohnehin kaum noch. Ich glaube, wir alle wollten unsere Kindheit abschütteln. Oder versuchten es zumindest.

Das Schulgebäude war ein etwas bröckeliger Gründerzeitbau mit hohen Fenstern und langen Fluren, die den dumpfen Chlorgeruch vom früher sehr großzügig verwendeten Wofasept nicht loswurden.

»Bombenfrisur, Mensch. Was hat das gekostet?« Neben mir lief Dennis, ein schlaksiger Typ, der sich gern überall anbiederte, dabei aber so undurchsichtig blieb wie eine Wand. Seine Frisur erinnerte an Nick Carter.

»Nix«, sagte ich und zog meinen von der Schulter rutschenden Rucksack hoch. »Hat ein Kumpel geschnitten.«

»Sieht echt mega aus.« Ich suchte nach der von mir erwarteten Ironie, aber irgendwie war sie zu fein.

»Danke. Ich leite es weiter.« Dennis grinste.

»Ich meld mich, wenn ich auch so was will. Ja?« Wir liefen die Treppe hoch. Ein Bienenschwarm aus Schülerstimmen surrte um uns herum.

»Vielleicht kommt gleich der nächste Test«, sagte Dennis.

»Schon wieder?« Montags mit Französisch zu beginnen hatte mich schon das ganze Halbjahr genervt.

»Kann gut sein. Vor den Zeugnissen guckt die Lorenz gern, wo alle stehen.« Dennis kräuselte die Nase, aber ich wusste, dass es bei ihm nur um die Frage ging, ob es am Ende eine Eins oder eine Zwei wurde. Im Zimmer traf ich Max, der mich nach meinem Wochenende ausfragte und Dennis' Ankündigung ein paar Minuten vergessen ließ. Als es zur Stunde klingelte, eilte Frau Lorenz herein, schloss die Tür und stellte ihre Tasche ab.

»Guten Morgen«, kam durch zusammengekniffene Lippen. Es klang nach dem Gegenteil. Sie reckte den Hals wie ein Storch und schaute sich um, wie um zu prüfen, ob jemand fehlte. Manchmal meinte ich zu spüren, dass sie sich zu Höherem berufen fühlte – es aber irgendwie nicht geschafft hatte.

»Kommen wir gleich zur Sache.« Spitze Hände kramten in der Tasche und zogen einen Stapel Papier hervor. »Die Ergebnisse von letzter Woche sind wenig zufriedenstellend. Deswegen habe ich mir etwas ausgedacht.« Ein Raunen ging durch die Klasse. Federmappen klapperten.

»Die Stifte braucht ihr nicht. Wir machen heute Leistungskontrollen.« Frau Lorenz machte eine Pause, als halte sie eine theatralische Ansprache. »Mündlich.« Das Raunen wurde zu einem Stöhnen. Ich war nicht allein mit meiner Abneigung gegen das Fach, aber das machte die Sache nicht unbedingt besser. Erst recht nicht bei dem nächsten Satz, den der Strichmund hervorbrachte.

»Nino, bitte an die Tafel.«

»Ich bin noch nicht wach.« Einige kicherten. Es war sinnlos, aber irgendetwas musste ich sagen. Das Analgin tat nur langsam seine Wirkung und wirklich alles in mir sträubte sich, vorgeführt zu werden.

»Na komm, bitte nach vorn.« Frau Lorenz lächelte, als hätte sie vergorene Milch auf der Zunge. »Dann können auch alle deine neue Frisur bewundern.« Max boxte mir in die Seite.

»Du machst das schon«, flüsterte er. Ich wusste, es war aufmunternd gemeint. In diesem Moment machte es mich eher wütend. Ich schob meinen Stuhl nach hinten und stellte mich vor die Klasse.

»Wir fangen mit einer einfachen Konjugation an. Französisch für *glauben* ist dir geläufig. Oder?«

»*Croire.*« Ich sagte es wie ein Schimpfwort. Frau Lorenz nickte.

»Schreib auf.« Die Kreide puderte meine Finger.

»Gut. *Indicatif Imparfait. Complet, s'il vous plaît*!« Die ersten beiden Konjugationen bekam ich hin, es war zweimal dasselbe: *je croyais* und *tu croyais*. Vom Rest hatte ich keinen Schimmer. Ich ließ meinen Blick über die Köpfe schweifen und blieb an Milas Gesicht hängen. Ihr Mund sah aus, als würde sie gerade den Rauch einer Zigarette ausatmen. Die Bemerkung von Max kitzelte in meinen Ohren. *Wahrscheinlich hast jetzt du Chancen.*

»Nino! *Alors!*« Frau Lorenz' Stimme war wie ein nasser Lappen.

»Sorry«, sagte ich. »Wahrscheinlich benötige ich einen Tipp.« Das Klassenzimmer war still. Frau Lorenz wiegte ihren in ein graues Kostüm geschnürten Körper.

»*Qui peut l'aider?*«, fragte sie schließlich. Ein paar Hände schnellten nach oben. Max meldete sich gleich doppelt, wie das Opfer eines Überfalls.

»Dennis bitte.« Der Ausgewählte ratterte die Konjugation herunter. Frau Lorenz nickte. Auf diese Weise ging es noch ein Weilchen hin und her. Mit ein paar Witzen versuchte ich, mich über die Zeit zu retten.

»Das reicht jetzt«, hörte ich irgendwann. »Vier minus, und da sind bereits sämtliche Augen zugedrückt. Ernsthaft, Nino. Du brauchst Nachhilfe.« Frau Lorenz hob eine Braue. »Kann das nicht ... dein Vater machen?« Die Pause in der Mitte des Satzes war zu lang. Am liebsten hätte ich geantwortet, dass mein Vater Geld verdienen musste und anderes zu tun hatte, als sich um eine Fremdsprache zu kümmern, die für die Frau vor mir zufällig der Nabel der Welt war. Dass ich auf ihre Almosen pfiff. Und vor allem, dass sie ruhig sagen durfte, wenn sie die Meinung vertrat, ich wäre hier falsch.

Ich schwieg und ging zurück an meinen Platz.

9

»Ich hab noch ein paar Jungs dabei.« Schröder kam spät. In der Innenstadt war es ruhiger als sonst – als hätte sich auch bei den Einkaufsbummlern herumgesprochen, dass hier Stress bevorstand. Selbst die Spatzen, die sich sonst zu Dutzenden in den buschigen Zierbäumen neben dem Marktplatz tummelten und krakeelten, schienen sich zurückzuhalten. Die Wiese glich einem Flohmarkt für Handwerkerbedarf. Holzlatten, Brecheisen, Hämmer und sogar eine Axt; jeder hatte sich zu Hause irgendetwas geschnappt und in Erwartung des ungebetenen Besuchs mitgebracht. Der Pirat begrüßte Kante, Andy und mich mit Handschlag.

»Wer soll das sein?« Glefe hockte im Gras und kratzte mit einem Taschenmesser unter seinen Fingernägeln. Er machte sich nicht die Mühe, leise zu reden. Schröders Begleitung, vier Typen in Chiemsee- und Replay-Jacken, musterten jeden Einzelnen von uns wie hungrige Wölfe. Keiner von ihnen war besonders groß oder breit, aber die rauen und vernarbten Flecken in den Gesichtern und auf den Fingerknöcheln sprachen für sich.

»Das ist egal. Die haben noch ein paar offene Rechnungen. Sowohl mit den Leipzigern als auch mit den anderen.« Schröder zwinkerte den Kerlen zu, deren Mienen kühl blieben.

»Ich bürge. Das muss reichen.«

Glefes Kiefer bewegte sich, als müsse er seine nächsten Worte abschmecken.

»Okay«, sagte er dann. »Aber wenn hier was schiefläuft ...« Der Pirat winkte ab.

»Schieflaufen kann heute viel.« Er ließ seinen Blick über die auf der Wiese versammelte Gruppe schweifen. Wir zählten vielleicht vierzig Leute und ich schätzte, dass höchstens die Hälfte wirklich Lust auf eine Auseinandersetzung hatte. Ein paar Punks von außerhalb waren wieder abgezogen, als sie erfuhren, mit was sie an diesem Tag rechnen mussten.

»Meine Fresse«, sagte Zombies Bruder, der auf den Namen Stachel hörte, wie ich mittlerweile mitbekommen hatte. »Was ihr alle so nervös seid! Passiert doch bestimmt überhaupt nichts.«

»Bislang war der Sommer ruhig.« Andy lockerte seine Finger. »Zu ruhig.« Stachel schob die Unterlippe vor.

»Wie auch immer«, murrte er. Schröders Begleiter ließen sich auf eine Bank etwas abseits nieder und steckten sich fast synchron Zigaretten an, wie eine einstudierte Choreografie.

»Die Jungs sind echt entspannt.« Der Pirat nickte, als traue er seinen eigenen Worten nicht ganz.

»Schon gut«, sagte Andy. »Ich hab kein Problem mit Verstärkung.«

»Jepp.« Kante trank einen Schluck Radler. Das war sein Kompromiss, um einen klaren Kopf zu behalten, obwohl ich den Eindruck hatte, dass die Flaschen nur umso schneller leer wurden. Alle paar Minuten verschwand er hinter ein paar halb verfallenen Garagen und der Mauer und brachte den Geruch der Pissecke mit.

»Was ist eigentlich mit den Autonomen?« Andy schaute Kante an, als ob dieser bei dem Thema genau Bescheid wüsste. »Kommt von denen auch noch jemand?«

»Na ja.« Kante kratzte sich am Hals. »Die haben genug zu tun. Und ich glaub, für viele von denen ist das hier Kinderkram.«

»Kinderkram«, echote Andy. Er besah das rustikale Waffenarsenal, hob die Axt hoch und wiegte sie in seiner Hand. Glefe stand auf. Seine Lederjacke, die er auch bei der größten Wärme trug, knirschte. Auf dem Rücken hatte er mit Stecknadeln zwei *Sex-Pistols*-Aufnäher befestigt.

»Kannste haben«, sagte er. »Musste aber auch benutzen.« Andy führte das Gerät durch die Luft. Mit seiner riesenhaften Gestalt wirkte er wie ein mittelalterlicher Krieger.

»Lass mal«, sagte er dann.

»Hey, die Bullen sind auch schon da«, sagte Zombie. Sie betrachtete den Mannschaftswagen, der wie ein behäbiges grünes Tier über den Marktplatz kroch und neben einer Imbissbude zum Stehen kam. Glefe reckte den Kopf.

»Ist ja ganz was Neues.«

»Wie meinst du das?«, fragte ich.

»Die interessieren sich normalerweise einen Scheiß, wenn es Stress gibt.«

»Scheint ja heut wirklich ernst zu werden«, sagte Kante. Einige lachten, etwas nervös.

»Ich geh da mal rüber«, sagte Schröder, der in den letzten Minuten geschwiegen hatte. Er stand zwischen unserer Gruppe und den mitgebrachten Typen, als wisse er nicht so richtig, wohin.

»Ich komm mit«, sagte ich. Schröder antwortete nicht,

aber das nahm ich als Zustimmung. Die Fenster an dem Polizeitransporter waren offen. Aus dem Funkgerät rauschten undeutliche Stimmen.

»Na, schönen guten Tag«, sagte der Pirat und steckte seinen Kopf fast zur Fahrerseite hinein. Der Polizist sah erst ihn an und dann mich. Schließlich drehte er sich zu seinem Kollegen, der sich rüberbeugte und uns mit hochgezogenen Augenbrauen betrachtete. Sein Gesicht war so eckig, dass man den Eindruck hatte, er hätte als Kind einen Schraubstock um den Schädel getragen.

»Was wollt ihr?«, fragte er auf die gleiche Weise, wie man »Macht bloß die Flocke!« sagen würde.

»Erkundigen, ob sich die Freunde vom Fußball schon auf den Weg gemacht haben.« Schröder sprach im Plauderton. »Das wär ganz interessant.«

»Die Auskunft ist da drüben.« Der Polizist auf der Fahrerseite grinste, als hätte er einen tollen Witz gemacht. Der Eckenkopf neben ihm zeigte keine Regung.

»Mach dich vom Acker«, sagte er. »Und nimm deinen Kumpel mit, sonst übernehmen wir das!«

»Schon gut, Entspannung.« Schröder gab sich unbeeindruckt.

»Komm«, sagte er zu mir. Ich brauchte noch einen Moment, um mich von den Blicken der Polizisten zu lösen. Ich hatte nicht mit einer derartigen Abfuhr gerechnet, aber ich hatte auch keine Erfahrung. Scheinbar war es mit meinem Äußeren normal, so behandelt zu werden.

»Das ist ja beschissen gelaufen«, sagte ich auf dem Weg zurück. Schröder zuckte mit den Schultern.

»Man kann auch Glück haben.« Er kniff sein unverdecktes Auge zusammen. Ich überlegte zu fragen, ob er es besser gefunden hätte, wenn ich an der Wiese geblieben wäre, aber das brachte jetzt auch nichts mehr.

»Habt ihr die Bullen erschreckt?« Kante klopfte suchend an seinen Taschen herum und öffnete sein Radler schließlich mit den Zähnen.

»Was?« Schröder schaute ihn fragend an. Mit der Flasche zeigte Kante zum Markt. Am anderen Ende des Platzes verschwanden die Rücklichter des Polizeiautos gerade hinter einer Hausecke.

»Ist doch Latte«, sage Glefe. »Im Zweifelsfall kloppen die eh nur auf uns ein. Kapier nicht, was ihr da überhaupt wolltet.«

»Die wissen Sachen, die wir nicht wissen.« Schröder streckte sich. »Kann nützlich sein. Gerade an einem Tag wie heute.« Glefe zog die Oberlippe hoch, zeigte seine grauen Zähne und spuckte ins Gras.

»Mit Bullen redet man nicht, verdammt«, sagte er.

Aus dem Augenwinkel beobachtete ich die vier Typen, mit denen Schröder gekommen war. Sie sahen aus, als warteten sie nur darauf, von der Bank zu springen und loszulegen.

»So, ihr Penner. Schluss jetzt.« Zombie stellte sich zwischen Glefe und Schröder auf und verschränkte die Arme. »Ich hab heute echt keinen Bock auf dieses Gezoffe. Wir haben genug anderes an der Backe.« Sie stand breitbeinig da wie eine Kugelstoßerin. So sehr sich sowohl Schröder als auch Glefe gern als Wortführer gaben, Zombies Auftritt verfehlte seine Wirkung nicht.

»Scheiß-Skinhead«, sagte Glefe.

»Hässlicher Punk«, sagte Schröder. Dann grinsten beide.

Ein Stück weit entfernt, vom Hauptbahnhof her, heulte ein Martinshorn. Bis vor wenigen Minuten war ich relativ ruhig gewesen. Nun meldete sich mein Magen.

»Bin gleich wieder da«, sagte ich. Die Nordsee-Filiale gegenüber der Wiese hatte wenig Kundschaft, aber ich schaffte es, mich an den Angestellten vorbei auf die Toilette zu mogeln. Hinter der Tür führte eine Treppe nach unten zu den Kabinen. Bratenfett und Fisch überdeckte den Geruch nach Reinigungsmitteln und WC-Steinen. Aus einer etwa faustgroßen Box an der Wand dudelte Popmusik.

Als ich erledigt hatte, was ich erledigen musste, wusch ich mir die Hände und betrachtete mich im Spiegel. Bis vor Kurzem hatte ich nicht viel Gedanken daran verschwendet, wie ich aussah und wie ich wirkte. Der Iro machte mich erwachsener. Das gefiel mir.

Ich lief die Treppe wieder hoch und durch das Restaurant. Die Vorderfront Richtung Fußgängerzone bestand komplett aus Glas. Meine Schritte wurden langsamer, schließlich stolperte ich gegen einen Stuhl. Die Wiese gegenüber glich einem verlassenen Acker. Nur ein paar Flaschen und Holzlatten lagen herum, stumme Zeugen irgendeines Geschehens, das keine fünf Minuten gedauert haben konnte.

Mit dem Gedanken, dass ich gerade verarscht wurde und alle aus ihren Verstecken kommen würden, wenn ich erst einmal auf der Wiese stand, eilte ich nach draußen.

»Hey, du da!« Vor einer Telefonzelle an der Ecke stand ein gedrungener Typ mit grüner Bomberjacke. Mit seinen hochgeschobenen Ärmeln sah er ein bisschen aus wie das Michelin-Männchen, aber sein Blick und zwei fehlende Schneidezähne vertrieben diesen Eindruck sehr schnell.

»Was?«, rief ich. Es war keine Herausforderung. Eher Verwirrung. Der Typ kam bereits auf mich zu.

»Na los, du kleiner Pisser!«, rief er. »Mann gegen Mann!« Ich zögerte noch kurz, doch der Instinkt setzte sich durch. Ich rannte. Von hinten brüllten Stimmen. Schaufenster und Freisitze zogen wie ein Film an meinen Augen vorbei. Nicht weit entfernt krachte ein Böller, gefolgt von dem aufgeregten Schrillen einer Alarmanlage. Ich schwitzte und zitterte, doch das Adrenalin trieb mich vorwärts. Ich bog in eine Seitenstraße ab, dann in den Eingang einer Passage. Von der Decke hingen bunte Fahnen, die für irgendeine Ausstellung warben und fast meinen Kopf berührten.

»Scheiße, Mann. Bist du allein?« Zombie war vor mir aufgetaucht wie ein Geist. Ohne die Antwort abzuwarten, packte sie meinen Arm und zog mich hinter eine Säule.

»Diese verdammten Wichser!«

»Was ist passiert?«, japste ich. Zombie kniff die Augen zusammen. Rote Haarsträhnen klebten an ihrer Stirn.

»War nicht da«, fügte ich hinzu. »Nordsee!« Mehr brachte ich nicht heraus. Meine Lunge fühlte sich an, als wäre sie mit heißen Kohlen gefüllt.

»Die kamen von unten, von der Kirche, und …« Zombie brach ab. Ich folgte ihrem Blick um die Säule herum und sah den Typ mit der Bomberjacke, der mit seltsam zäh wirkenden, ausladenden Schritten in unsere Richtung lief. Er sagte kein Wort, aber es bestand kein Zweifel. Er hatte uns bereits entdeckt. Zombies Zähne mahlten so fest über ihre Unterlippe, dass helle Streifen zurückblieben.

»Das ist nur einer«, sagte sie. Ihre Augen waren Steine. »Los jetzt!« Zeit zum Nachdenken blieb nicht. Zombie griff an wie ein kleines, dafür umso garstigeres Raubtier. Stahlkappen trafen auf Beine und Knie. Ein kurzer Hauch der Überraschung im Gesicht des Kerls wich einem zahnlosen Grinsen.

»Willst du mich verarschen, du Vieh?« Tellergroße Hände gruben sich in Zombies Schultern. Eine breite, glänzende Stirn hämmerte mit Wucht in Richtung ihrer Nase, erwischte sie aber nicht ganz. Zombies Fäuste flogen nach oben und der Typ stieß sie weg. Mit aller Kraft, die ich noch hatte, trat ich zu. Es war, als würde ich durch ein Stück Butter laufen. Ehe ich begriff, wohin mein Tritt gegangen war, stürzte mein Gegenüber zusammen, die Hände zwischen die Beine gepresst.

»Nazischwein!« Zombies Stimme hallte durch die Passage. Durch die Scheibe eines Dessous-Geschäfts starrte eine Frau. Ihr Gesicht, eingerahmt von bleichen Puppen mit bunter Reizwäsche, war völlig ausdruckslos. Als wäre sie selbst nur eine Schaufensterfigur. Diesmal packte ich Zombies Arm.

»Wir müssen weg!« Für einen Moment sah es aus, als hätte sie vergessen, dass ich da war.

»Komm mit«, rief sie dann. Zur Melodie von Sirenen rannten wir Richtung Süden.

10

Das Haus lag in einer Seitengasse, nicht weit von der Innenstadt entfernt. An der Fassade fehlte der Putz fast vollständig und die eingeschlagenen Fenster glotzten dunkel auf uns herab. Die Tür war mit Brettern vernagelt. Mit weißer Kreide gezeichnete Strichmännchen erzählten, dass zumindest irgendwo in der Gegend Kinder wohnen mussten, aber die gesamte Straße schien tot wie ein Grab.

»Da rein«, sagte Zombie. Auf den ersten Blick konnte man nicht erkennen, dass das an einer Kellerluke lehnende Gitter nicht befestigt war. Zombie nahm das rostige Metall zur Seite, ging in die Hocke und ließ sich, die Füße voran, nach unten. Als ich nicht gleich hinterherkam, tauchte ihr Kopf in der Öffnung auf.

»Hier steht eine Leiter«, sagte sie. »Kannste nicht verfehlen.« Ich überwand das kurze, merkwürdige Gefühl, das das schwarze Loch in mir auslöste, und tat es Zombie gleich.

»Vergiss nicht das Gitter.« Ich beugte mich noch einmal nach draußen und brachte alles wieder an seinen Platz. Ohne sich nach mir umzuschauen, lief Zombie los. Im matten Licht ihres Feuerzeugs wirkte sie kleiner und anders als sonst. Der Keller stand voller Gerümpel. Wir zwängten uns zwischen abgerissenen Polstermöbeln hindurch, über die scheinbar jahrzehntealter Schimmel großflächige Muster gelegt hatte.

»Aufpassen.« Zombies Stimme klang dumpf. Gleich neben dem Kellerabteil befand sich eine Steintreppe. Die Stufen waren glatt und rutschig. Ich stützte mich an der Wand ab, zog meine Hand aber schnell wieder zurück, als ich in ein Netz aus feuchten Spinnweben griff. Zombies dunkle Silhouette führte mich durch den Hausflur und nach oben in den ersten Stock. Eine der Wohnungen war mit einem Vorhängeschloss gesichert. Zombie tastete unter den daneben liegenden Haufen aus zertrümmertem Porzellan, der mal ein Waschbecken gewesen sein mochte, zog einen Schlüssel hervor und öffnete.

»Hier haben wir erst mal unsere Ruhe.« Nur langsam fiel die Anspannung von mir ab. Der Raum roch feucht, strahlte aber auch eine gewisse Gemütlichkeit aus. Wir saßen auf einer Matte, die um einiges neuer war als der Rest des Hauses. Um uns herum warf eine Kerze tanzende Schatten. Bis auf ein paar Bücher, eine zusammengeknüllte Decke und einen Aschenbecher auf dem Boden war das Zimmer leer. Ich kramte nach meinem Tabak und stellte erleichtert fest, dass ich ihn nicht verloren hatte. Nachdem ich meine Zigarette fertig gedreht hatte, hielt ich Zombie das Päckchen hin. Eine Weile schauten wir schweigend dem Rauch unserer Kippen zu, der schwerfällig Richtung Decke kroch. An die Wand gegenüber war ein Galgen gesprüht, an dem ein Strichmännchen hing. Sein Gesicht grinste.

»Was ist passiert?«, wiederholte ich schließlich meine Frage. Seit unserem Aufeinandertreffen in der Stadt war vielleicht eine halbe Stunde vergangen. Es fühlte sich an wie ein halber Tag. Zombie schüttelte den Kopf.

»Sinnlose Scheiße.« Sie betrachtete ihre Zigarette, als ob

dieser qualmende Stängel das Gespräch fortführen könnte. »Am Anfang kamen da nur eine Handvoll. Spazierten rotzgemütlich von der Thomaskirche hoch. Und wir, wir haben uns noch lustig gemacht.«

»Und dann?«

»Zuerst nur Gelaber. Glefe fing an, mit irgendwas rumzufuchteln. Diese Axt, glaube ich. Auf einmal Leuchtspur von rechts. Ich gucke zum Markt und denk, ich seh nicht richtig.«

»Da kam der Rest?« Zombie schnaubte, dass der Rauch aus ihrer Nase schoss.

»Rest ist gut. Das war eine ganze Scheißwand aus Hools, okay?« Ich versuchte, mir das Bild vorzustellen. Ich konnte nicht fassen, dass ich in diesem Moment wirklich auf dem Klo gesessen hatte. Dann hörte ich, wie auf der Straße vor dem Haus langsam ein Auto vorbeifuhr und mit laufendem Motor zum Stehen kam. Zombie blies die Kerze aus und ging zum Fenster. Es war mit Pappe und Zeitungspapier abgeklebt. An der Seite gab es einen Spalt, gerade groß genug, um nach unten zu gucken.

»Kriegen wir Besuch?«, flüsterte ich. Das Adrenalin kam zurück. Als Zombie nicht reagierte, stand ich auf und versuchte, an ihr vorbeizuspähen. Außer einem dunklen Heck konnte ich nichts erkennen. Die Haare vor mir rochen nach Vanille. Ein Ellenbogen stieß mich weg.

»Rück mir nicht so auf die Pelle.« Zombie drehte sich um. Einen Moment lang schauten wir uns in die Augen.

»Was ist?«, fragte ich und deutete dabei mit dem Kopf auf das Fenster.

»Nichts ist«, sagte sie. »Hier kommt niemand hin. Das ist mein Versteck.« Die letzten beiden Worte waren in einer

Weise betont, dass ich Zweifel bekam, ob Zombie überhaupt schon mal jemanden mit hierher genommen hatte. Ich hörte, wie sich das Auto wieder entfernte.

»Und ehe ich es vergesse – du hältst die Klappe über die Bude hier, klar?« Wir standen uns noch immer gegenüber.

»Schon gut«, sagte ich. »Kein Ding.«

»Und bild dir ja nichts ein.« Zombie warf einen letzten Blick aus dem Fenster und setzte sich dann wieder auf die Matte. »Ich hatte nur keinen Bock, dass wir gekascht werden.«

»Was ist mit den anderen passiert?«, fragte ich.

»Mann, keine Ahnung.« Zombie streckte ihre Beine von sich und lehnte den Kopf an die Wand. »Da war einfach nur noch Chaos. Schröders Spastis haben ihre Gaser gezogen und rumgeballert. Mehr weiß ich nicht. Die meisten von uns sind einfach nur gerannt.« Sie zuckte mit den Schultern. »Genau wie ich.« Ich nickte. Dann zündete ich die Kerze wieder an und setzte mich ebenfalls. Draußen senkte sich die Dämmerung und die abgeklebten Fenster ließen nur noch ein schummriges Grau herein.

»Seit wann hast du das hier?«, wechselte ich das Thema.

»Eine Weile. Kann ich mir noch eine drehen?« Ich übergab das Gewünschte und wartete. Ich hatte verstanden, dass ich nur zufällig und ziemlich weit in Zombies Terrain vorgedrungen war und dass das ebenso schnell wieder vorbei sein konnte. Sie rauchte die Hälfte ihrer Zigarette und betrachtete den Galgen gegenüber, als überlege sie, wie das Graffiti noch verschönert werden könnte.

»Manchmal brauch ich eben einen Rückzugsort. Du nicht auch?«

»Klar«, sagte ich, ohne nachzudenken.

»Ich bin froh, wenn ich nicht zu Hause sein muss. Und immer nur an der Wiese rumhängen, da werd ich bekloppt.«

»Wie alt bist du?«, fragte ich. Halb erwartete ich eine Abfuhr, aber Zombie grinste.

»Schätz mal.« Ich tat, als betrachtete ich sie ganz angestrengt, was sie zu amüsieren schien.

»Siebzehn?« Ich hatte wirklich keine Ahnung. Hinter Zombies fast immer gleicher, harter Miene und ihren rot gefärbten Haaren meinte ich irgendetwas zu sehen, was nicht dazu passte. Woher das Gefühl kam, konnte ich nicht so recht sagen. Zombie zeigte ihre Zähne, zwei gerade Reihen Weiß in einem runden Gesicht.

»Knapp daneben. Nächsten Monat hab ich Geburtstag.«

»Also sechzehn.« Zombie beugte sich nach vorn und warf den Rest ihrer Kippe in den Aschenbecher, ohne ihn auszudrücken.

»Nee«, sagte sie. »Zieh noch zwei Jahre ab.« Ich versuchte, meine Überraschung zu verstecken.

»Da hast du ja noch dein ganzes Leben vor dir.«

»Idiot«, sagte sie, nicht unfreundlich. »Klingst wie ein Opa. Wie alt bist du denn selbst?«

»Schätz mal«, zitierte ich. Zombie sah mich mit einem Blick an, der mir bis in die Magengrube ging.

»Fünfzehneinhalb.«

»Wow.«

»Also richtig?« Ich nickte nur.

»Wusste ich doch«, sagte sie und wickelte eine Haarsträhne um ihren Finger. »Caro dachte, du wärst älter.«

»Aha«, sagte ich. Wir schwiegen wieder. Mit dem letzten

Kommentar hatte sich ein ganzer Fächer von Fragen in meinem Kopf aufgeklappt. Andererseits war das Gefühl von Intimität zu brüchig, als dass ich ein Gespräch über diese Gedanken hätte führen wollen.

»Was heißt denn, du bist froh, wenn du nicht zu Hause sein musst?« Für einen kurzen Augenblick sah Zombie aus wie geohrfeigt. In meinem Bauch zwickte die Angst, zu weit gegangen zu sein. Dann entspannten sich ihre Züge.

»Bist ganz schön dreist«, sagte sie. »Aber ich hab selbst damit angefangen, was.« Sie griff zwischen Wand und Matratze und holte einen Flachmann hervor, der im Kerzenlicht glänzte.

»Hab ich meinem Vater geklaut. Ist ihm gar nicht aufgefallen. Hat eine ganze Sammlung, das Arschloch.« Sie schraubte langsam den Deckel ab, als denke sie über ihre nächsten Worte nach. »Das ist schon die Hälfte der Geschichte.«

»Und die andere Hälfte?« Zombie schloss die Augen und nahm einen Schluck.

»Erzähl ich ein andermal.« Sie öffnete die Augen wieder. »Vielleicht.« Eine kleine Hand hielt mir die silberne Flasche entgegen.

»Hast du auch Bier?«, fragte ich.

»Nee.« Ich nahm den Flachmann und trank ebenfalls. Der Inhalt brannte wie Benzin.

»Ist ein Säufer, okay?«, sagte Zombie, während sie den Flachmann wieder verstaute. »Schon am Vormittag voll. Und ein Schläger. Wenn meine Mutter nicht so viel Schiss hätte, wär sie längst weg.« Die Kerze flackerte und ließ Zombies Gesicht noch unruhiger erscheinen.

»Und bevor du fragst. Er fasst nur Lars nicht an.«

»Stachel?« Sie nickte.

»Bescheuerter Name. Hat er sich selbst gegeben.«

»Tut mir leid«, sagte ich. Es fiel schwer, mir vorzustellen, dass Zombie so etwas über sich ergehen ließ. Ich kannte Gewalt in Familien nur aus Büchern oder Berichten in der Zeitung. Das Problem meiner eigenen lag woanders.

»Kann man da nichts, äh … machen?« Zombie fixierte mich.

»Was genau? Was stellst du dir vor?« Ich zuckte mit den Schultern.

»Keine Ahnung. Eine Abreibung.« Zombie lächelte wie jemand, der ein geschmackloses Geschenk auspackt.

»Das hat keinen Zweck. Totschlagen wäre die einzige Lösung. Und glaub ja nicht, dass ich darüber nicht schon nachgedacht hab.« Ich schwieg, bis sich die Stille anfühlte wie eine dritte Person im Raum.

»Scheiß auf ihn. Scheiß auf alles«, sagte Zombie schließlich und zog ihre Stiefel aus. Ihre Füße waren nackt und die kleinen, hellen Zehen bewegten sich, als winkten sie mir zu.

»Ich schlaf eine Runde. Bleib hier. Oder auch nicht.« Sie drehte sich auf die Seite, legte ihren Kopf auf den rechten Unterarm und bedeckte mit dem anderen ihr Gesicht. »Weißt ja, wo es rausgeht.«

Langsam wurden die Fenster schwarz. Zombie atmete kaum hörbar und die fast heruntergebrannte Kerze spendete nur noch wenig Licht. Ich blies die Flamme aus und starrte in die Dunkelheit.

11

Wie durch eine kaputte Gießkanne tröpfelte der Regen herab. Wir standen unter einer weitverzweigten Platane ein Stück außerhalb des Schulhofs, um die ein Rondell aus Brettern genagelt war und an der sich in der Pause die Raucher und Älteren versammelten.

»Hey Punkis«, sagte Dennis und schaute dann ärgerlich in seine Schachtel Marlboro, in der sich nur noch eine Zigarette befand. »Ich veranstalte am Freitag eine kleine Sause. Im Garten meiner Eltern. Habt ihr Bock?« Max hob eine Braue.

»Wer kommt denn so?« Dennis nahm seine letzte Lunte in die Hand, knüllte die Packung zusammen und zwängte sie in die Hosentasche. Die enge Jeans betonte seine Schlaksigkeit nicht gerade vorteilhaft.

»Ach, einige. Hauptsächlich von der Schule. Mila kommt auch.« Es klang, als ob er Max damit überzeugen wollte. Offenbar waren die jüngsten Entwicklungen noch nicht bei ihm angekommen. Mein Freund ließ sich nichts anmerken.

»Aha«, sagte er. »Tja. Vielleicht.«

»Was ist mit dir?«, fragte Dennis in meine Richtung.

»Ebenso«, räusperte ich mich. »Vielleicht. Bestimmt.«

»Fein. Wenn ihr mögt, bringt noch was zu trinken mit. Ich hab aber wahrscheinlich genug am Start.« Er grinste und zündete seine Marlboro an, als wäre er der Cowboy aus der Werbung.

»Schleimer«, murmelte Max, nachdem sich Dennis zu einem anderen Grüppchen gesellt hatte.

»Haste Bock?«, fragte ich.

»Kann nicht. So wie meine Alten gerade drauf sind.«

»Schleich dich doch raus.« Es war eigentlich scherzhaft gemeint, aber in den Augen meines Freundes leuchtete etwas auf, was ich in den letzten Wochen selten gesehen hatte.

»Eigentlich keine schlechte Idee.« Er schaute in den Himmel. »Müsste aber übers Fenster. Meine Alten sitzen immer bis sonst wann in der Stube.«

»Habt ihr eine Leiter oder so was?« Die Mundwinkel von Max zuckten. Wir liefen ein paar Schritte in den Regen, damit uns niemand belauschen konnte.

»Im Schuppen. Weißt du doch.«

»Dann mach ich den Fluchtweg klar.«

Max boxte mir vor die Brust. »Und ich sorge dafür, dass der Schuppen offen ist.« Er lachte. »Spitzenplan.«

Max schien zufrieden, aber als wir hoch zum Klassenzimmer gingen, drängten sich in meinen Kopf kleine Zweifel. Das Verhältnis zwischen meinem Freund, seinen Eltern und mir war ohnehin belastet.

»Du bist dir sicher?«, fragte ich.

»Was?« Max grinste gerade eine Gruppe von Mädchen aus der Parallelklasse an. Ich winkte vor seinem Gesicht.

»Dass wir das machen wollen.«

Er zuckte mit den Schultern. »Klar.« Ich beließ es dabei.

Am Nachmittag rissen die dunklen Wolken auf und ich ging direkt von der Schule in die Stadt. Die Pfützen auf der Wiese glitzerten im Sonnenlicht. Kante saß auf einer Bank und betrachtete das Bier in seiner Hand, als würde er mit der Flasche ein lautloses Gespräch führen. Seine Lippe war geschwollen und über die Wange zog sich ein ganzes Mosaik aus lila und blauen Flecken.

»Gut weggekommen?«, fragte er, als er mich sah. Ich brauchte einen Moment, um das plötzliche Gefühl herunterzuschlucken, ich hätte mich absichtlich auf dem Klo versteckt.

»Einfach nur Glück. Wie geht es den anderen?«

Kante blinzelte. »Bei den meisten nur Kleinigkeiten. Wie das hier.« Er tippte sich an den Mund. »Aber Andy hat's erwischt. Liegt im Krankenhaus.«

»Scheiße.«

»Kann man so sagen.« Kante streckte sich. Seine tausend kleinen Ohrringe klirrten leise. »Ich wollte mal hin. Haste Zeit?«

»Wo liegt er denn?«

»Im Klinikum St. Georg. Ist ein Stück.« Ich nickte. Langsam liefen wir Richtung Bahnhof. Kante schwieg, aber es war nicht unangenehm. Ich hätte mein Erlebnis mit Zombie gern mit jemandem aus der Clique geteilt. Ihre Aufforderung, die Klappe zu halten, war jedoch deutlich gewesen. Es fühlte sich auch ein bisschen aufregend an, dieses Geheimnis zu haben.

Wir fuhren mit der Straßenbahn nach Norden, wo nächstes Jahr das neue Messegelände eingeweiht werden sollte. Von meinem Vater wusste ich, dass die Messe für viele Leipziger ein kleines Stück Freiheit bedeutet hatte, einen Blick auf den Rest der Welt. Zeitlich begrenzt, innerhalb der Grenzen der DDR, aber immerhin. Die alten Hallen im Osten der Stadt waren natürlich längst hinüber. Der Neubau im Norden hatte angeblich bereits jetzt über eine Milliarde verschlungen – eine Summe, die ich mir beim besten Willen nicht vorstellen konnte.

»Woher weißt du das mit Andy eigentlich?«, brach ich das Schweigen. Kante saß am Fenster und die Sonne schien durch seinen grünen Iro.

»Hab ihn von der Straße gekratzt.« Er sagte das ungefähr so, als erzähle er von seinem Frühstück.

»Wie, von der Straße gekratzt?«

»Die haben uns eingekreist, die Luschen. Im Park hinter der Moritzbastei. Ich selbst hab es noch über den Ring geschafft. Andy nicht.«

»Scheiße«, wiederholte ich. Kante nickte.

»Hab mich eine Weile in einer Einfahrt versteckt. Dann war's mir zu blöd und ich bin wieder raus. Die haben Andy einfach liegen lassen. An so einem Gebüsch. Hat aus dem Ohr gesuppt und mich angestarrt, als würde er mich nicht kennen.« Kante klang weiter ziemlich teilnahmslos, aber das war wohl irgendwie seine Art, damit umzugehen. Noch einmal unterdrückte ich das Bedürfnis, ihm zu erzählen, dass Zombie und ich wenigstens einem dieser Schweine selbst eine Packung verpasst hatten.

Die Straßenbahn hielt. Kante musterte zwei einsteigende Kerle mit Gelfrisuren, deren Blick kurz an uns hängen blieb und die sich dann nach hinten verkrümelten.

»Scheißgegend«, sagte er ohne weiteren Kommentar. »Jedenfalls bin ich zur nächsten Telefonzelle und hab einen Krankenwagen gerufen. Die Sanitätertypen waren in Ordnung. Als sie meinten, die Bullen wären auch gleich da, hab ich den Abgang gemacht.«

»Gehst du eigentlich noch zur Schule?«, fragte ich. Kante hustete, als hätte er einen halben Liter Bier in die Luftröhre bekommen.

»Nee. Maurerlehre. Abgebrochen.« Wir fuhren an einer ganzen Reihe von Häusern mit eingeschlagenen Fenstern vorbei. Vor jedem dritten Eingang standen Müllcontainer, aber es sah nicht so aus, als wären sie in den letzten Jahren irgendwann benutzt worden. In einem der orangenen Ungetüme spielten Kinder.

»Freiwillig?«

»Mehr oder weniger. Auf dem Bau bist du einfach voll am Arsch. Als einer wie wir.« Kante strich über seinen Kopf. »Und du?«

»Gymnasium.«

»Scherzkeks.« Ich zuckte mit den Schultern. Kante schaute mich an und dann wieder aus dem Fenster.

»Scheiße. Du meinst das ja ernst.« Die Straßenbahn hielt erneut. Das Abfahrtssignal klang wie ein verrosteter Wecker. »Ist cool, Mann.« Kante nickte, als wäre er nicht ganz sicher, ob er das wirklich so meinte. »Ich versteh nur nicht ...«

»Was?«

»Vergiss es. Da bist du ja jetzt voll unser Professor.«

»Ein Scheiß. Wenn du wüsstest.«

»Doch, doch. Auf dem Gymnasium.« Er sagte das Wort, als würde er es mit einem chirurgischen Besteck anfassen.

Wie um sicherzugehen, dass ich ihn wirklich nicht verarschte, musterte er mich noch einmal.

»Was?«, fragte ich wieder.

»Vergiss es.« Kante grinste. »Welche Klasse?«

»Komm in die Zehnte. Wenn ich Glück hab.«

»Bist doch so ein Typ, der Glück hat. Hast du doch vorhin gesagt – einfach nur Glück. Oder?«

»Nee. Vielleicht manchmal. Keine Ahnung. Darüber denk ich nicht nach.« Kante nickte, als wäre das genau die Antwort, die er erwartet hatte. Ich kapierte nicht, worauf er hinauswollte, aber vielleicht hatte er ja auch recht.

»Das Ding brennen wir nachher noch ab, okay?« Kante zeigte nach draußen. An einem Fenster im Erdgeschoss hing eine schwarz-rot-goldene Flagge herab.

»Wie du willst«, sagte ich. Mein Begleiter zuckte mit den Schultern.

»Nächste müssen wir raus.« Wir standen auf und Kante drückte den Türöffner. Dann liefen wir eine breite Allee entlang, an deren Ende der Eingang zum Krankenhaus in der Landschaft lag wie das Tor einer herrschaftlichen Burg.

»Ich weiß nicht, ob Glück so ein angeborenes Ding ist«, sagte ich.

»Hä?« Kante hatte sich eine Zigarette angezündet und schlurfte über den Asphalt, als hätte er keine Lust, die Füße zu heben.

»Wegen dem glücklichen Typ und so.«

»Jetzt denkst du wohl doch darüber nach.«

»Gezwungenermaßen.«

»Und?«

»Na, ich glaube, es kommt darauf an, was man daraus

macht. Aus dem Leben. Also, ob man glücklich ist. Mit sich selbst.«

Kante trat an einen Stein, der fast ein parkendes Taxi traf. »Und, bist du das?«

Ich betrachtete das Taxi, dann meinen Begleiter und dann das Eingangsportal des Klinikums.

»Um ehrlich zu sein, keine Ahnung.« Wir liefen noch ein paar Schritte und standen dann unter dem Torbogen. Kante erkundigte sich bei der Pförtnerin, wo Andy zu finden sei.

»Lehmann«, sagte er und schaute mich dann fragend an. Ich hob die Hände. Die Frau tippte auf ihrer Tastatur herum.

»Lehmann gibt's nicht.« Ihre Stimme klang mechanisch. Kante schnippte seine Kippe davon, was ihm einen missbilligenden Blick einbrachte, und kratzte sich am Kopf.

»Ach nee. Neumann. Müsste hier sein seit ... vorgestern.« Die Tastatur klapperte wie die Kastagnetten einer Flamenco-Tänzerin. Dann schob die Frau einen kopierten Lageplan des Klinikums vor sich, kreiste ein Haus in der Mitte ein und hielt Kante des Blatt hin.

»Zimmer 16. Verwandte seid ihr wohl nicht, was?«

»Freunde«, sagte ich. Die Pförtnerin schaute, als hätten wir von ihr aus der Kaiser von China mit seinem besten Kumpel sein können.

»Vielen Dank«, sagte Kante und griff den Plan. »Schönen Tag noch.« Wir liefen durch einen weiteren Torbogen. Vor uns erstreckte sich ein parkähnliches Gelände mit mehreren Gebäuden.

»Wo lang?«, fragte ich. Kante drehte das Blatt wie ein

Lenkrad hin und her und zeigte dann mit dem Kopf nach rechts. Zwei weiße Kittel eilten an uns vorbei. Einer der Typen mochte kaum älter sein als ich.

»Soll ich dir mal was verraten?«, sagte Kante.

»Bitte.«

»Ich scheiß auf das, was morgen ist. Im Ernst. Ich scheiß drauf. Komplett. Das ist das Geheimnis.«

»Von was?«

»Vom Glück, Mann.« Das Krankenhausareal war fast eine kleine Stadt. Wir liefen auf dem Fußweg und überholten eine Frau im Rollstuhl. Ihr rechtes Bein war komplett in Gips.

»Klingt einleuchtend«, sagte ich.

»Nicht wahr? Auch Maurer haben ihre hellen Momente.« Kante grinste. »Sogar nicht ausgelernte.« Er drehte sich nach der Frau um und schaute dann wieder auf seinen Plan.

»Da vorn müsste es sein.« Das Haus war gelb und lang. Vor dem Eingang stand ein übervoller Aschenbecher, dessen runder, halb offener Deckel aussah wie ein gefräßiges Maul.

»Hätten Bier mitbringen sollen«, sagte Kante.

»Für Andy?«

»Na ja. Auch.« Die Tür schwang auf und sofort kroch der

Geruch von Desinfektionsmitteln und frischer Bettwäsche in meine Nase. Die Stiefel von Kante krachten über den glatten Boden, als wiege er ein paar Zentner.

»Wo sind die her?«, fragte ich und zeigte auf sein Schuhwerk.

»Aus dem Turm. Army-Shop in Reudnitz. Ist aber ein Dreckladen. Gehen Haufen Faschos hin und dem Besitzer ist es piepe.« Kante blieb stehen und beäugte meine Füße.

»Ich hab noch ein altes Paar«, sagte er. »Wenn du willst? Könnten sogar passen.«

»Klar«, sagte ich. »Danke.«

»Euer Kumpel ist da drin.« Ein massiger Typ mit Pferdeschwanz deutete nach rechts. Er trug flattrige Hosen und ein weißes Polohemd. Kante beugte den Kopf nach vorn, als wäre er kurzsichtig. *Benjamin Müller, Zivildienstleistender* stand auf dem Namensschild.

»Cool, Benni«, sagte er. »Zigarette?«

»Lass mal«, sagte der langhaarige Berg und trat einen Schritt nach hinten. »Im Aufenthaltsraum könnt ihr euch Kaffee ziehen. Am Automaten. Viel Spaß.«

»Freundliches Personal hier«, fand ich. Wir öffneten die Tür des Zimmers, auf das der Zivi gezeigt hatte. Zu beiden Seiten standen jeweils zwei Betten, hinten ließen mehrere große Fenster die Nachmittagssonne herein. In einem der Betten lag ein älterer schlafender Mann, den Mund geöffnet, eine schwarze Höhle. Ihm gegenüber, nur erkennbar durch den roten Iro, lag Andy. Sein halbes Gesicht steckte unter Bandagen.

»Na, du Mumie?« Kante schmiss sich ans Fußende und klopfte Andy auf den Oberschenkel.

»Penner«, kam zwischen den Bandagen hervor.

»Hey«, sagte ich. Andy hob grüßend die Hand.

»Wie geht's dir, Mann?«, fragte Kante. »Alles okay hier? Essen gut? Schwestern heiß?« Von dem anderen Bett kam ein missmutiges Grunzen.

»Leise«, sagte Andy. »Sonst wacht Erwin auf.« Kante sah zu dem Schlafenden und dann wieder zu Andy. Er senkte seine Stimme.

»Dein Kumpel? Geht klar.«

»Wollten mal nach dir schauen«, sagte ich. Neben Andys Bett stand ein Stuhl mit Zeitschriften. Ich nahm den Stapel herunter und setzte mich.

»Ich mach die kalt«, sagte Andy. Es klang, als fiele ihm das Sprechen schwer. Obwohl der Angriff bereits achtundvierzig Stunden zurücklag, hingen an seinen Zähnen blutige Schlieren.

»Na ja. Gerade im Moment machst du niemanden kalt.« Kante trommelte mit den Fingern auf dem metallenen Bügel am Ende des Bettes. »Aber wen meinst du?«

»Diese feigen Ratten«, sagte Andy und versuchte mit sichtlicher Mühe, ein Stück nach oben zu rutschen. »Einen von denen. Alle! Treten auf mir rum, obwohl ich längst liege. Die Ärzte sagen, ich hätte Glück gehabt.« Er machte eine Pause. Hinter seinen Bandagen meinte ich wenigstens ein ganz kleines Lächeln zu sehen. »Das kommt mir allerdings nicht so vor, wenn ich in den Spiegel schaue.«

Kante grinste. »Ist eigentlich keine große Veränderung.«

»Wichser.« Andy sank in sein Kissen. »Schön, euch zu sehen.«

12

Vor dem dunklen Violett der Dämmerung sah das Haus von Max' Eltern märchenhafter aus denn je. Bis auf das gleichmäßige, aus den Büschen dringende Zirpen der Grillen war in der Siedlung alles ruhig. Weit entfernt tönte das Signalhorn von einem Zug. Ich trug Basecap und schwarze Kleidung und kam wir vor wie ein Bankräuber auf dem Weg zum großen Bruch. Fast wäre ich direkt über den weißen Zaun der Familie Barsch geklettert. Dann entschied ich mich dagegen, lief ein Stück zurück und stieg über die Pforte des Nebenhauses. Zwischen knorrigen Nadelbäumchen hindurch arbeitete ich mich bis zur Hecke vor, die die beiden Grundstücke voneinander trennte. Ich sah mich um und lauschte. Die Nachbarn von Max schienen unterwegs zu sein. Die Fenster waren dunkel und alles still. An einem Gartentisch lehnten vier zusammengeklappte Stühle.

Die Hecke stand dicht wie ein in den Boden gerammter Haufen Speere. Ganz hinten entdeckte ich einen überdachten Fahrradständer. Ich kletterte den seitlichen Balken hoch und schwang mich ins äußere Ende eines Obstbaumes, der von drüben herüberragte. Die Äste raschelten und schaukelten unter meinem Gewicht wie ein Kutter bei Seegang. Ich beeilte mich, Richtung Stamm zu kommen, ließ mich runter und hielt den Atem an. Am Küchenfenster, das nur ein paar

Meter entfernt war, schwebte der Kopf von Frau Barsch vorbei. Sie schien nichts bemerkt zu haben.

Ich wartete ein paar Minuten. Als es an dem Haus vor mir keine weitere Bewegung gab, schlich ich mich durch zwei Rosenbüsche zum Schuppen. Ich zog die Tür auf und huschte hinein. Max hatte seinen Teil der Abmachung erfüllt.

In dem Schuppen war es finster wie in einer Gruft. Ich tastete ein Stück in jede Richtung und versuchte, mich zu erinnern, wo letzten Herbst bei der Apfelernte die Leiter gestanden hatte. Das Innere des Schuppens war wie alles bei den Barschs aufgeräumt und die Gerätschaften fein sortiert, doch das half mir in der Dunkelheit wenig. Schließlich kramte ich nach meinem Feuerzeug und ließ es, die Flamme in der Handmuschel versteckt, einmal kurz aufblitzen. Die Leiter hing an zwei Haken in der Ecke. Ich schob den Rasenmäher zur Seite, steckte das Feuerzeug wieder ein und hob die Leiter runter.

Langsam, um ja nicht irgendwo anzustoßen, bewegte ich mich Richtung Dämmerlicht, das hinter der angelehnten Schuppentür hervorschien. Die Leiter war aus Aluminium, aber ausziehbar und hatte ein ganz ordentliches Gewicht. Ich schwitzte. Dann berührte mich etwas Warmes am Bein.

»Tero, verdammt«, zischte ich. Ich hätte damit rechnen können, dass der Kater draußen herumstromerte. Ich setzte mein Gepäck ab und atmete ein paarmal tief durch. Erst in diesem Moment begriff ich, wie mich die ganze Aktion anspannte.

Die Leiter wie einen schweren Koffer in beiden Händen,

lief ich geduckt um das Haus. Im Zimmer von Max brannte kein Licht. Hatten wir eine Uhrzeit ausgemacht? Noch einmal sah ich mich um. Tero hockte neben einem zusammengerollten Gartenschlauch und beobachtete mich.

Ich stellte die Leiter auf. Wilder Wein rankte an der Fassade unter Max' Fenster entlang. Das Knistern der Blätter klang in der Stille wie zerreißendes Papier. Irgendwo bellte ein Hund. Ich schob das Verlängerungsteil hoch, bis die Leiter ans Fenster reichte, und ließ das Element einrasten. Tero lief um die Leiter herum, als wolle er prüfen, was der Eindringling Merkwürdiges vorhatte.

Ich stieg nach oben. Eine Stufe. Zwei Stufen. Fünf. Das T-Shirt klebte mir am Rücken.

»Was machen Sie da?«, hörte ich eine plötzliche, laute Stimme, einem Schlag ins Genick gleich. Ich drehte mich um, verlor kurz den Halt. Fast stürzte ich ab. Im Garten stand – Herr Barsch. Sein Trainingsanzug schlotterte an seinem Körper wie eine Verkleidung.

»Polizei ist schon unterwegs!«

Ich sprang nach unten. Der Boden stauchte mir die Beine in den Hals. Im nächsten Moment stolperte ich Richtung Tor.

»Ja, spinne ich denn? Nino?«, hörte ich Herrn Barsch hinter mir, überrascht und verwirrt. Wir hatten nie viel miteinander zu tun gehabt, aber alles in allem war mir der Vater von Max immer freundlich begegnet. Überhaupt konnte ich die Angst meines Freundes vor seinen Eltern nicht ganz nachvollziehen, doch ich erlaubte mir darüber kein Urteil. Jetzt allerdings war ich am Arsch. So richtig. Max wohl ebenso. Ich wollte nur weg und das Einzige, woran ich dachte, während meine Füße über die Klinkersteine flogen, war die Hoffnung, dass sich Herr Barsch nicht sicher war, mich erkannt zu haben.

Ich zerrte am Gartentor. Als sich nichts bewegte, setzte ich einen Fuß auf die Klinke und schwang mich über die weißen Streben. Dann rannte ich durch die stumme Siedlung. Kleine Gassen. Die Hauptstraße. Seitenstechen.

Schließlich war ich sicher, dass mich niemand verfolgte. Ich bog ab in einen Park. An einem kleinen Spielplatz, der aussah, als wäre er seit Jahren nicht mehr genutzt worden, fand ich eine Bank. Die Rückenlehne war in der Mitte zerbrochen und formte ein V.

Ich setzte mich und drehte mir eine verkrüppelte Kippe. Während ich rauchte, starrte ich in die immer dunkler werdende Umgebung. Ich ärgerte mich. Ich hatte nicht auf mein Gefühl gehört. Das Ganze war eine echt bescheuerte Idee gewesen. Ich blies Wölkchen in die Sommernacht und überlegte. Nach der zweiten Zigarette stand ich auf, klopfte mir die Kleidung ab und ging zur Straßenbahn.

Von Dennis konnte man halten, was man wollte, Mühe gegeben hatte er sich. Windlichter wiesen den Weg durch die Gartenanlage, Fackeln und Lampions tauchten die Parzelle in bunte Farben. Überall auf dem Gras saßen Grüppchen zusammen. Ein Kassettenrekorder schepperte Popmusik über die Szenerie.

»Hey, Nino! Warst du auf Beutezug? Juwelenraub? Banküberfall?« Sven, ein Typ aus der Parallelklasse, hing breitbeinig auf einem Liegestuhl und hielt sich an einer Literflasche Rotwein fest. Ein paar Hip-Hopper, die ich noch nie gesehen hatte, saßen vor ihm und bedachten mich mit undefinierbaren Blicken.

»Schwachsinn«, sagte ich, nahm mein Basecap ab und klemmte es an den Gürtel. »Hast du einen Schluck?«

»Für dich … doch immer.« Sven grinste, als wären wir die besten Kumpels, und reichte die Flasche in meine Richtung. Mit Sicherheit war Wein nicht der klügste Durstlöscher, doch die Flüssigkeit tat meiner Kehle gut.

»Krasser Zug, Mann. Lass noch was übrig.« Sven grinste noch breiter. Jemand klopfte mir auf die Schulter.

»Mit dir hab ich ja gar nicht mehr gerechnet!« Dennis sprach langsam und ziemlich verstrahlt, er brauchte ewig für den Satz. »Und wo ist Max?« Ich trank noch einen letzten Schluck und gab Sven die Flasche zurück.

»Verhindert«, antwortete ich. Der Gastgeber sah mich schief an. Dann lachte er, als hätte er eine Mega-Pointe kapiert, und zog mich mit sich.

»Komm! Hinten gibt's Bong.« Neben dem Gartenhaus, das vielleicht einen neuen Anstrich gebrauchen konnte, aber ansonsten ganz gemütlich aussah, saß ein gutes Dutzend Leute um ein Lagerfeuer. Ein Campingtisch bog sich unter Gläsern, Schüsseln, Bier- und Schnapsflaschen, dazwischengequetscht der Kassettenrekorder. Michael Jackson begann gerade einen zackigen Beat.

»Null, der Kinderficker! Spul mal vor!« Ich erkannte Jenny, die beste Freundin von Mila. Sie besuchte die Mittelschule zwei Straßenecken weiter und kam in der Hofpause manchmal zum Rauchen vorbei.

»Glaubst du die Geschichten etwa?« Dennis stemmte seine schlaksigen Arme in die Seite. »Auf den King kommt mir nix!« Jenny tat, als würde sie kotzen. Dann sog sie mit einem Strohhalm an ihrem bunten Getränk.

»Hi«, sagte ich. Die Runde grüßte. Jenny hob eine dünn gezupfte Braue und nickte mir zu, ließ sich ansonsten aber nicht von ihrem Was-auch-immer-Gemisch ablenken. Mila war nicht zu sehen. Dennis führte ein paar abgehackte Tanzbewegungen vor. Dann rollte er mit den Augen.

»Schon gut.« Er wechselte die Kassette. Billie Joe Armstrong nölte:

Do you have the time to listen to me whine
About nothing and everything all at once?

Und ich dachte an Max, der *Green Day* als Ausverkauf des Punk bezeichnet hatte.

»Spul mal vor«, hörte ich mich sagen. Jenny lachte. Dennis tippte sich an die Stirn.

»Ihr seid ja bescheuert«, sagte er. »Alle beide. Ich kiff jetzt einen.« Dann verschwand er im Haus. Ich setzte mich. Das Feuer, eingefasst durch eine provisorische Begrenzung aus kaputten Ziegeln, knisterte und schoss kleine Glühwürmchen in die Luft.

»Hübsch hier«, stellte ich fest. »Bis auf die Musik.« Neben mir kniff Jenny ein Auge zu, als ob sie mich so besser sehen könnte.

»Du bist Nino, oder?« Ich nickte, streckte meine Beine aus und ließ mir die Füße wärmen.

»Das sieht auch gut aus«, sagte ich mit Blick auf ihr Glas.

»Sex on the Beach.« Jenny sog wieder an ihrem Strohhalm und schien zu überlegen. »Auch einen?«

»Klar.« Wenn ich schon einmal hier war, dachte ich. Bisher war der Abend beschissen genug gelaufen. Während Jenny am Tisch hantierte, drehte ich zwei Zigaretten und hoffte, dass das Ganze nicht als Anmache interpretiert werden würde.

»Auch eine?« Die Cocktailbereiterin nahm die Kippe, ich nahm das bis zum Rand gefüllte Glas. Auf dem Rand thronte eine Orangenscheibe.

»Vitamine.« Jenny grinste und entblößte ein Piercing im Lippenbändchen.

»Danke«, sagte ich.

»Gleichfalls.« Wir stießen an. Aus dem Gartenhaus wankte ein Typ mit Baggy Pants. Seine Hosen waren dermaßen weit, dass ein gesamter Hausrat hineingepasst hätte. Für einen Moment sah er aus, als wisse er nicht so recht, wohin. Dann entdeckte er Jenny und mich und kam direkt auf uns zu.

»Und?«, begann er geschäftig, als hätte er uns schon vor Minuten eine Frage gestellt. »Was soll das?«

»Reg dich ab«, sagte Jenny. Sie prostete mir noch einmal zu und verdrehte die Augen. So, dass es der Typ nicht sah.

»Da ist man einmal kurz weg! Einmal! Und schon bandelt deine Schnalle fremd! Steht Madame jetzt auf Punker oder was?«

»Cocktails. Ich trinke Cocktails, Mann.« Jenny wandte den Kopf und schwenkte ihr Glas wie ein Beweisstück. »Echt, Marc. Erspar uns diese Nummer.« Ihre Stimme klang fest, doch ihr Zeigefinger rieb nervös an ihrem Getränk herum. Die Runde tuschelte.

»Ich kann dich übrigens hören«, sagte ich. »Sehr gut sogar.«

»Immer dieselbe Kacke«, sagte der Typ, mich komplett ignorierend. »Und dann auch noch mit so einem.«

»Jetzt entspannen wir uns mal wieder«, rief jemand von hinten. »Peace and Love!« Von wegen, dachte ich. Langsam stellte ich mein Glas ab. Ich war absolut und überhaupt nicht in Stimmung für derartige Auftritte. Der Kerl hatte so oder so kein Recht auf diese Show. Aber hier war weder etwas passiert noch hatte sich auch nur irgendetwas angebahnt.

»Deine Hose rutscht«, sagte ich. »Und was ist überhaupt dein Problem?« Der Angesprochene breitete die Arme aus, als wolle er einen Medizinball fangen. Am Handgelenk trug er eine gigantische G-Shock. Seine Worte trafen mich nass wie ein plötzlicher Regenguss.

»Problem? Dass du deine Freundin nicht eine Sekunde aus den Augen lassen kannst! Weil sie sonst gleich eine Null ... am Arsch hat! Das ist mein Problem!« Die Arme noch immer von sich gestreckt, beugte er sich vor. »Und gleich ist es deins!«

Ich schaute zu Jenny, die an ihrer Unterlippe kaute wie an einem zähen Steak. Sie hatte immer einen selbstbewussten Eindruck gemacht, was ich sympathisch fand. In diesem Moment schien sie resigniert.

»Kommt schon! Habt euch lieb! Peace and Love!«, rief es noch einmal von der Seite. Dann spuckte mir der Typ vor die Füße. Das Nächste, was ich sah, war eine weite Hose unter einem Berg aus Flaschen und Nudelsalat. Der Campingtisch war in sich zusammengesackt und mit ihm das gesamte Buffet. Ein Schlachtfeld aus Gläsern, Essen und Alk. Mittendrin ein paddelnder und brüllender Kerl. Mein Stoß war nicht fest gewesen, aber Marc offenbar völlig dicht.

»Seid ihr denn irre?«, schrie Dennis entgeistert. Er stand in der Tür des Gartenhauses, in der Hand seine Bong wie zur Verteidigung. Von allen Seiten kamen Schaulustige.

»Pardon«, sagte ich. Marc wand sich hin und her wie ein überdimensionierter, auf dem Rücken liegender Käfer. Es knirschte und knisterte.

»Scheiße ey,« rief Jenny, offenbar etwas unschlüssig, was sie tun sollte. Dennis stellte die Bong ab und versuchte, Marc aufzuhelfen, erntete aber nur weiteres Gebrüll. Die Umstehenden gafften in einer Mischung aus Schreck und Belustigung.

»Mensch, das gute Essen.« Sven knuffte mir in die Seite. »Was war denn los?«

»Wenn ich das wüsste«, sagte ich. Mühsam kam Marc zurück in die Senkrechte. Seine Hände waren voller Schrammen und Kratzer. Vorwurfsvoll hielt er sie mir entgegen, als könne er nicht begreifen, was gerade passiert war. Dennis blies die Backen auf und schüttelte den Kopf.

»So ein Stress, Kacke«, sagte er. »Muss ich hier nicht haben.«

»Ich hab nicht angefangen«, sagte ich und bemerkte schon beim ersten Wort, wie lahm diese Erwiderung klang. Ich klopfte Dennis auf die Schulter.

»Na ja. Wollte sowieso gerade gehen.« Ich hob mein Glas auf und trank, bis mir die Orangenscheibe auf die Nase glitschte. Irgendjemand stellte den Tisch gerade und schaltete den Kassettenrekorder wieder ein. *Green Day* schrammelten ihre Gute-Laune-Akkorde, als wäre nichts gewesen. Mit dem Gedanken, dass ich heute Abend einfach hätte zu Hause bleiben sollen, zog ich ohne weiteren Kommentar ab.

»Kommst du oder gehst du?« Am letzten flackernden Wegweiser zur Party, direkt neben dem Tor zum Gartenverein, stand Mila. Hinter ihr hohe Bäume vor dem Nachthimmel wie ein Scherenschnitt.

»Hi«, sagte ich.

»Hi«, sagte sie. »Und?«

»Nicht mein Tag«, sagte ich. »Hatte eine Meinungsverschiedenheit. Oder so was in der Art. Lass es dir von den anderen erzählen.«

»Okay.« Milas Zähne blitzten im Sternenlicht. »Klingt ja spannend.«

»Geht so.« Mein Fuß stocherte über den Kies. »Na, viel Spaß.«

»Warte mal.« Mila trat einen Schritt auf mich zu. Duft von Blumen stieg mir in die Nase. Parfüm war nicht so mein Ding, aber dieses roch wirklich gut. »Was denkst du, wollen wir uns mal sehen?« Ich reagierte nicht gleich.

»Außerhalb der Schule, meine ich«, fügte sie an.

»Hm«, sagte ich. »Einfach so?« Mila lachte.

»Einfach so.« Für einen Moment schien in der gesamten Anlage niemand zu sein außer uns. Stumm hockten die Lauben links und rechts des Weges. Irgendwo klingelte leise ein Windspiel.

»Ich überleg's mir.«

13

Am folgenden Vormittag blieb ich zu Hause, in der Hoffnung, dass Max sich melden würde. Ihn anzurufen traute ich mich nicht, seine Eltern wollte ich nicht an der Strippe haben. Mein Vater war auf Arbeit, oder zumindest vermutete ich das. Ich räumte die Küche auf, frühstückte und räumte noch einmal auf. Ich putzte sogar die kleine Kaffeemaschine von Philips auf der Anrichte neben dem Fenster, eine der wenigen Sachen, die sich mein Vater nach der Wende gekauft hatte. Er benutzte sie kaum. Dann begab ich mich in mein Zimmer, legte mich aufs Bett und starrte an die Decke. Ich dachte an Zombie und an Caro und an Mila, bis ihre Gesichter zu einem einzigen verschwammen wie übereinandergepaust. Schließlich blätterte ich in meinen Schulsachen und versuchte, französische Vokabeln zu lernen. Das Telefon blieb still.

Die Innenstadt glich einem Ameisenhaufen. Shorts und kurze Röcke, Cola-Dosen und Eistüten in jeder zweiten Hand, pendelnde Plastiktüten mit bunten Logos. Wie ein Fremdkörper schob ich mich durch die einkaufenden Kolonnen.

Die Wiese war ebenso gut besucht wie der Rest der Stadt. Zwischen den Sitzenden eine ganze Demonstration aus Sternburg- und Reudnitzer-Flaschen, fast ein kleines Kunstwerk.

In der Mitte Andy, eine kreuzförmige Bandage auf Nase und Wangen.

»Du bist schon raus?«, fragte ich.

»Ist halt ein zäher Hund!«, kommentierte Schröder. Sein Gesicht zeigte keine Regung, aber es war wohl ein Kompliment. Der Verletzte nickte mir zu.

»Patientenwunsch. Scheißlangweilig da drin, das kann ich dir sagen.«

»Hier«, sagte Kante und hielt mir zwei Flaschen hin. »Heute haste sogar die Wahl. Haben zusammengelegt. Zur Feier des Tages.« Ich nahm ein Reudnitzer, öffnete es mit meinem Feuerzeug und schaute in die Runde. Zombie saß mit Glefe am Ende der Ansammlung aus Menschen und Bier. Sie grüßte mit nicht mehr als einem Schlag ihrer Lider. Glefe ignorierte mich ganz. Seit letztem Samstag hatte ich Zombie nicht gesehen. Nachdem sie ein paar Stunden geschlafen hatte, war ich irgendwann abgehauen.

»Prost«, sagte ich.

»Prost«, sagte Kante. »Und Scheiß auf die Wichser, was, Andy?« Der Angesprochene hob sein Bier und kniff die Augen zusammen.

»Weiß nicht. Nee.«

»Wie, *nee*?«

»Ich hab das schon ernst gemeint.« Andy sprach langsam, als prüfe er von jedem Wort den Geschmack. »Im Krankenhaus.«

»Die findest du doch niemals wieder.« Kante kramte in seinem Rucksack.

»Worum geht's?« Schröder legte den frisch rasierten Schädel schief.

»Ich lass das nicht auf mir sitzen«, sagte Andy. »Die kriegen von mir noch ’ne Antwort.«

»Haste jemanden erkannt?«, fragte Kante. Er fischte erst einen, dann noch einen zweiten Stiefel aus seinem Gepäckstück. »Die sind übrigens für dich.« Schwarzes, leicht abgewetztes Leder landete vor meinen Füßen.

»Danke«, sagte ich überrascht. Kante zuckte mit den Schultern und verschränkte die Arme mit den zusammengewürfelten Tattoos hinter seinem Kopf. Andy kratzte an seiner Bandage.

»Nee. Aber ich weiß ja, wo die sich treffen.«

»Ach, wo denn?« Die Frage des Piraten klang, als wüsste er es ganz genau.

»Im Biwak zum Beispiel«, sagte Andy. »Der Jugendclub in Grünau. Im WK 4.«

»WK was?«, fragte ich und überlegte, ob ich die Stiefel gleich anprobieren sollte.

»Wohnkomplex«, sagte Kante. Vor ihm wuchs ein sternförmiges Muster aus Kronkorken, auf denen sich die Sonne spiegelte. »Ist so ein DDR-Begriff. Wurde nach und nach gebaut, die Platte. Jedes Stück von Grünau hat eine eigene Nummer. Sind immer so … keine Ahnung, wie viele Blöcke.« Er grinste. »Viele.«

»WK 4 ist in der Mitte«, sagte Andy. Schröder sah sich um.

»Lass uns da mal in Ruhe drüber reden, oder?«, sagte er. »Mit den richtigen Leuten.«

»Von mir aus.« Andy zuckte mit den Schultern. »Bist aber auch nicht der Einzige, der Leute kennt.« Schröder hob die Braue über seinem gesunden Auge. Dann entschied er, die Bemerkung an sich abperlen zu lassen. Egal, wie jung Andy im Gesicht aussah, er war zwei Meter groß und schlechter Laune. Eine Kombination, mit der sich wohl auch der Pirat nicht anlegen wollte.

»Bei einer Sache könntest du mir allerdings helfen.« Andy nahm einen Schluck Bier und schaute Schröder über die Flasche hinweg an. Er sprach leise. »Ich brauch eine Gaser. Und nicht so ein Handtaschenteil. Was Richtiges. Wie du sagen würdest.«

Schröder rieb Daumen und Zeigefinger aneinander. »Das kostet.«

Andy nickte. »Hab mir schon was überlegt.«

»Na dann …«, sagte der Pirat. Inzwischen hatte ich mich aus meinen Turnschuhen geschält. Meine Socken waren völlig verschwitzt. Ich beeilte mich, in die Stiefel zu kommen.

»Top!« Kante grinste. »Den Senkel wickelst du paarmal drum rum und klemmst ihn fest.« Ich fummelte alles zurecht, stand auf und lief einige Schritte. Das neue Schuhwerk fühlte sich an wie ein Panzer.

»Danke«, sagte ich noch einmal und fing einen Blick von Glefe auf, den ich nicht deuten konnte. Zombie starrte in die Luft. Ich setzte mich wieder.

Der Nachmittag entwickelte sich zu einem gigantischen Besäufnis. Ein paar Punks aus Wurzen tauchten auf, düstere Gestalten, die unentwegt von Schlägereien sprachen und geklaute Wodka-Flaschen kreisen ließen.

»Totale Faschostadt, Wurzen«, raunte mir Andy zu. »Ganz raues Pflaster.« Kante, der das hochprozentige Zeug trank wie Kräutertee, kotzte nach einer Weile in ein Beet mit bunten Primeln und kippte im Anschluss ein Bier, als wäre nichts gewesen. Für Stunden war alles einerlei, es gab nur noch uns. Irgendwann legte ich mich auf dem Rückweg von der Pissecke ins Gras. Ich beobachtete einen Schwarm Mauersegler, der zwischen dem weißen Turm der Thomaskirche und dem Messehaus am Markt hin und her wogte. Dann wurde mir schwindlig.

»Na?« Andys Bandagengesicht hing über mir wie ein plötzlich aufgegangener Mond.

»Na?«, sagte ich.

»Wollt dich mal was fragen.« Andy ging in die Hocke und polkte am Etikett seiner Bierflasche herum. Ich lehnte mich auf meinen Ellenbogen.

»Kennen uns ja noch nicht so lang«, begann mein Gegenüber. »Aber du machst einen zuverlässigen Eindruck.«

»Okay«, sagte ich, neugierig, was jetzt kommen würde.

»Ich muss was erledigen«, sagte er. Ich wartete. Andy ließ ein paar Fetzen Papier auf die Wiese regnen.

»Also, ich plane eine ... Geldbeschaffungsmaßnahme. Einen Bruch. Wegen der Kohle für die Knarre.«

»Okay.« Das Ganze klang ein bisschen nach Sonntagabendkrimi, aber ich sah den Augen zwischen den Bandagen an, dass Andy es völlig ernst meinte. »Wo denn?«

»Bei mir in Schleußig. Da gibt es so einen Tante-Emma-Laden. Fast nur ein Kiosk. Auf den Hof kommt man über ein paar Garagen und die Hintertür ist bröselig. Den Rest macht die Brechstange.« Er klopfte auf die Taschen seiner abgeschnittenen Army-Hose, als hätte er gerade eine dabei. »Hab schon alles gecheckt.«

»Okay«, sagte ich noch einmal. Dann sah ich zu den anderen. Andy folgte meinem Blick.

»Typen wie Kante oder Schröder kann ich da nicht mitnehmen«, sagte er. »Ich weiß, wovon ich rede.« Ich zögerte. Wie Schauspieler hinter einem schnell gelüfteten Vorhang standen plötzlich meine Eltern vor mir. Gemeinsam. Schließlich siegte das gute Gefühl, dass Andy mir solches Vertrauen entgegenbrachte.

»Gut, ich bin dabei.«

»Fein.« Andy erhob sich. »Wir machen das unter der Woche. Sind weniger Bullen unterwegs.«

»... Pack!« Das Wort klang wie ein Schuss. Aus Richtung der Fußgängerzone schwappte Gebrüll. Zwischen Hemden und feinem Zwirn wimmelten bunte Haare. Eine ganze Kompanie Anzugträger lief über die Einkaufsmeile, sie sahen aus wie eine Delegation Banker oder Politiker. Mittendrin Leute von uns. Glefe schwenkte gerade sein Bier und verteilte schäumendes Sternburg auf Köpfe und Krawatten wie ein kaputter Rasensprenger. Sein wie immer perfekt gestylter Iro überragte alle. Ein dicker Mann, an dessen Hals ein weiß-blaues Namensschild baumelte wie eine Kuhglocke, versuchte, ihm die Flasche aus der Hand zu reißen.

»Bonzenschweine«, schrie Zombie, spuckte und schnitt Grimassen. Während Glefe einen Mordsspaß zu haben schien, machte sie den Eindruck, als würde sie die Herren in der edlen Kleidung am liebsten vierteilen. Der Anblick der beiden ärgerte mich und ich konnte nicht so recht fassen, warum.

»Geht klar«, sagte ich zu Andy, der sich eine Zigarette drehte und keine Anstalten machte, sich an dem Tumult zu beteiligen. »Ich hau jetzt ab. Hab genug für heute.« Ich spreizte Daumen und kleinen Finger und machte die Trinkergeste, aber eigentlich meinte ich was anderes. Andy nickte und puffte Schwaden in die Luft wie ein riesiges Räuchermännchen.

»Wir sehen uns.« Ich ging, ohne mich zu verabschieden. Die meisten waren mit den Anzugtypen beschäftigt, es sah aus wie die Kneipenkeilerei in einem schlechten Film.

Ich lief zu Fuß nach Hause. Den gesamten Weg über versuchte ich erfolglos, das Bild meiner Eltern aus dem Kopf zu bekommen. In meiner Hand baumelten die Turnschuhe.

14

»Was sind denn das für Dinger?« Irgendetwas war passiert. Dass sich mein Vater zu meiner neuen Frisur erst mit Verspätung geäußert hatte, die Stiefel aber sofort kommentierte, war merkwürdig – Schuhmachermeister hin oder her. Seine Stimme klang angespannt und er saß am Küchentisch wie ein Wachposten. Vor ihm ein halb geleertes Glas Bier. Keine Zeitschrift.

»Geschenkt«, sagte ich. »Hallo Papa.« Mein Vater nickte und schob sich die Brille hoch.

»Hallo.«

»Schon gegessen?« Ich konnte die dicke Luft mit Händen greifen. Den ersten Schritt zu machen, hatte ich keine Lust.

»Hatte einen Imbiss.« Mein Vater drehte sein Glas nach rechts und nach links, als überlege er, von welcher Seite das Bier am besten schmecken würde. »Im Kühlschrank sind noch Bratkartoffeln.« Erst jetzt bemerkte ich, wie hungrig ich war. Ich wandte meinem Vater den Rücken zu, nahm die Pfanne mit Deckel aus dem Kühlschrank und stellte mich an den Herd. Bis auf die in heißem Öl brutzelnden Kartoffelscheiben blieb die Küche still. Einen dampfenden, gelben Haufen auf dem Teller, setzte ich mich schließlich an den Tisch.

»Du wolltest nichts mehr, oder?«, fragte ich, die Gabel

schon in der Hand. Mein Vater schüttelte den Kopf. Ich aß. Mein Gegenüber nahm einen Schluck, dann räusperte er sich.

»Ich habe vorhin einen Anruf bekommen.«

»Mama?« Die Brille rutschte ein Stück runter.

»Nein.« Ich kaute.

»Und? Wer?«, fragte ich.

»Eine Frau Barsch. Mutter von ... deinem Schulfreund. Max.« Mein Vater schien bemüht zu sein, ernst oder gar streng zu schauen. Dabei sah er eher müde aus.

»Aha«, sagte ich.

»Du weißt, worum es geht?« Es hatte wohl keinen Zweck, irgendetwas abzustreiten. Ich zuckte mit den Schultern.

»Warum machst du so was?«

»Keine Ahnung.« Ich legte die Gabel weg. »Was hat sie denn gesagt?«

»Sie war sehr freundlich. Gesagt hat sie, dass sie keinen Umgang mehr wünscht.« Mein Vater schob sich die Brille wieder hoch. »Von euch beiden. Miteinander.« Ich hörte die Sätze. Bis sie wirklich bei mir angekommen waren, vergingen einige Momente.

»Das bestimmt sie allein?«

»Klang, als wäre da nichts dran zu rütteln.« Mein Vater ließ sein Bier kreisen. »Hat dich als Einbrecher bezeichnet.« Die Unterredung mit Andy lief mir heiß in die Wangen.

»Ich war nur im Garten.« Wieder wurde es still in der Küche. Mehrmals schien mein Vater noch etwas erwidern zu wollen, sagte aber nichts. Ich aß den Rest meiner Kartoffeln, er trank den Rest seines Biers. Draußen fuhr eine Straßenbahn vorbei.

»Mache ich irgendetwas falsch?«, fragte mein Vater plötzlich. »Fehlt dir was?«

»So ein Quatsch. Mir geht's gut.« Die Heftigkeit meiner Antwort tat mir leid. Ich wusste nicht, worüber ich mich am meisten ärgerte. Über die Eltern von Max, die mich einfach verpfiffen und am Telefon so eine Forderung stellten, über meinen Vater, der das einfach so schluckte, oder über mich selbst.

Die gesamte folgende Woche fehlten zwei Leute. An der Wiese Andy. In der Schule Max. Ich kam nicht wirklich dazu, darüber nachzudenken. Freitag war Zeugnisausgabe. Die Fünf in Biologie war mir sicher, meine Versetzung hing nun von Frau Lorenz ab. Es kostete mich viel Überwindung, aber am Mittwoch konnte ich nicht mehr länger warten. Nach der Stunde Französisch, in der wir Arbeitsblätter durchgingen, als winkten übermorgen nicht die Sommerferien, sondern ein Testat, stellte ich mich vor das Lehrerpult.

»Kann ich Sie was fragen?« Frau Lorenz kramte in ihrer Tasche. Die Klasse strömte zur Mittagspause, als gäbe es Pommes und Pizza. Ich hatte neugierige Ohren befürchtet, aber so kurz vor Jahresende hatten es selbst die Streber eilig, aus dem Unterrichtsraum zu kommen.

»Bitte, Nino?« Frau Lorenz sah hoch. Eine ihrer spitzen Hände blieb in der Tasche ruhen. Mit einem Mal hatte ich alles vergessen, was ich mir an Formulierungen überlegt hatte.

»Wenn ich eine Fünf kriege, falle ich durch.« Der Satz schien einmal bis zur hintersten Bankreihe und wieder nach vorn zu laufen. Frau Lorenz nickte.

»Ist mir bekannt. Ich rede ja mit den Kollegen.«

»Lassen Sie mich …?«, begann ich. Mein Hals kratzte. Ich brachte nicht mehr heraus. Frau Lorenz hob die Augenbrauen. Zwei schwarze Dreiecke.

»Was denn?« Auch ohne ihre gespielte Ahnungslosigkeit war die Situation erniedrigend genug. Schon begann meine Beherrschung zu schwinden wie Wasser aus einer undichten Kanne.

»Geben Sie mir eine Vier? Bitte.« Seit drei Jahren war Frau Lorenz meine Lehrerin. Lachen hören hatte ich sie bisher noch nie. Es klang wie eine Hyäne. Ich schaute aus dem Fenster. Äste und Blätter einer Kastanie.

»Meine Notenvergabe ist kein Wunschkonzert.« Das Lachen verstummte so schnell, wie es gekommen war. Frau Lorenz nahm die Hand aus ihrer Tasche und zog den Reißverschluss zu. »Mal ehrlich, würdest du sie dir selbst geben? Diese Note?« Ich zuckte mit den Schultern.

»Bestimmt.« Draußen auf dem Gang quietschten Schuhe. Der Mund meiner Lehrerin war wieder ein Strich.

»Das ist Unsinn. Du machst dir was vor.« In der Stimme schwang Mitleid. In meine Wangen kroch Wut. Ich riss mich zusammen. Frau Lorenz rückte den Stuhl unters Pult und hängte sich ihre Tasche um.

»Aber keine Sorge. Ich habe deine … Umstände berücksichtigt.« Es klang, als hätte sie etwas Abstoßendes zwischen den Zähnen. »Ein letztes Mal.« Sie ging Richtung Tür. Die Klinke bereits in der Hand, schaute mich Frau Lorenz über die Schulter an. Das Sonnenlicht reflektierte die Schnalle ihrer Tasche.

»Ist ohnehin alles egal«, sagte sie. »In zwei Wochen ziehe

ich nach drüben. Nächstes Schuljahr bekommt ihr jemand Neuen.« Ihre Augen ruhten auf mir, so als ob sie irgendeine Reaktion erwartete. Die Anspannung fiel von mir ab. Frau Lorenz hatte mir nie etwas geschenkt. Aber das hier war ein Geschenk, eindeutig. Eigentlich hätte ich mich freuen sollen. Warum ich es nicht tat, wusste ich nicht.

»Wohin genau?«, fragte ich schließlich.

»Lübeck. Lehrkräfte aus der Heldenstadt sind dort heiß begehrt.« Die Hyäne lachte noch einmal. Noch kürzer. »Na, nicht wirklich. Das Gehalt ist trotzdem besser.« Wir sahen uns an. Ich atmete einmal tief ein und aus.

»Danke.« Frau Lorenz reckte den Storchenhals. Dann zuckte auch sie mit den Schultern.

»Tschüss«, sagte sie. Dann war sie weg.

»Tschüss«, sagte ich in das leere Zimmer. Eine Weile stand ich noch da. Als die Ersten vom Essen wieder eintrudelten, packte auch ich meine Sachen.

Ich schwänzte die letzte Stunde, kaufte mir an einem Kiosk zwei Bier und ließ mich durch die Straßen treiben. Nachdenken tat gut, zumal ich das in der Vergangenheit nie viel getan hatte. Die Stadt war voll mit Abrisshäusern, von denen der Putz auf die Wege bröckelte wie zu groß geratenes Konfetti. Manchmal waren sie mit Bauzäunen blockiert, *Betreten verboten* war auf den gelben Schildern zu lesen, aber kaum jemanden interessierte das. Die Absperrungen hingen lose in den Halterungen und nur wenige der Gebäude waren wirklich zugemauert. An einem Haus neben einem Sexshop standen die kaputten Fenster vom Erdgeschoss offen. Ich trank den Rest meines ersten Biers, stellte die Flasche auf den Fußweg, steckte die andere in die Hosentasche und kletterte hinein.

Im ersten Raum nur weißer Staub und ein Gewirr aus Kabeln, das sich in der Ecke wand wie ein Knäuel dünner Schlangen. Daneben der Durchgang zum Flur, im Rahmen lange Spinnfäden, die vielleicht irgendwann mal kunstvolle Netze gewesen sein mochten. In der Wohnung gegenüber geflieste Böden und schwarz von der Decke hängende Haken, zu einem noch früheren Zeitpunkt musste das hier mal eine Fleischerei gewesen sein. Ich sah das Treiben in dem Geschäft einen Moment lang vor mir. Morsche Stufen sangen eine Melodie des Verfalls, als ich das Treppenhaus nach oben stieg. Schon als Kind hatte ich in solchen Häusern gespielt. Damals standen in meiner Gegend ganze Straßenzüge leer. Das halbe Viertel sollte abgerissen und durch Neubauten ersetzt werden, hatte mir mein Vater später erzählt. Dann kam die Wende. Nichts war mehr wie vorher, so hieß es überall. Aber der Einschnitt, der mich persönlich viel mehr betraf, lag damals schon einige Monate zurück.

Die Wände des Treppenhauses waren zerkratzt, als hätten riesige Tiere versucht, ihre Krallen zu schärfen. Farbreste und Fetzen von alten Tapeten knisterten unter meinen Stiefeln. Das steife Leder weigerte sich, meinen Füßen wirklich zu passen, fühlte sich aber schon besser an als letzte Woche. Im oberen Stockwerk hing ein Geruch, der mich an die alten Futtertonnen bei uns im Hof erinnerte; die Ursache konnte ich nicht ausmachen.

Ein Rahmen ohne Tür führte zu einer Treppe. Ich stieg auf den Dachboden. Zwischen von Holzwürmern zerfressenen Balken lange Schnüre, an denen noch Wäscheklammern hingen wie kleine, tote Vögel. Ein Fenster in der Ecke stand offen, darunter ein vom Regenwasser modriger Sessel. Ich schaute nach draußen. Zwischen Türmchen und Schornsteinen zog sich eine Spur Steigtritte über die Ziegel. Ich zögerte. Im Schwimmunterricht war schon das Dreimeterbrett immer eine Herausforderung für mich gewesen. Aber die Eisen sahen sicher aus und ein Vorsprung unterhalb der Dachrinne verdeckte zumindest teilweise die direkte Sicht abwärts. Ich zwängte mich Richtung Sonne. Lauer Wind kühlte Schläfen und Nacken. Auf der Schräge neben einem Giebelreiter befand sich eine Nische. Zum Sitzen gerade groß genug.

Ich öffnete mein zweites Bier und sah über die Stadt. Schwarze und rote Dächer überall, auf denen die Antennen tanzten wie wunderliche Strichmännchen. Dazwischen Kirchturmspitzen, graue Essen. Ein paar Bäume. Was meine Mutter wohl machte? Jetzt, genau in diesem Augenblick? Hin und wieder hatte sie uns in den letzten Jahren besucht, bei uns im Wohnzimmer geschlafen, eine Nacht oder zwei, mit mir einen Stadtbummel unternommen, einmal waren wir auch im Zoo gewesen. Mein Vater hatte sich dann meist zurückgezogen, lang im Laden gearbeitet, selbst an den Sonntagen. Ob das ein Vorwand war oder er wirklich so viel zu tun hatte, war immer schwierig einzuschätzen gewesen. Für mich hatte es den Eindruck gemacht, dass ihn die Besuche meiner Mutter irgendwie überforderten, die Gründe konnte ich nur ahnen. Ich hätte mich selbst um mehr Kontakt bemühen können, zumal ich, wenn sie bei uns war, immer zwischen den beiden stand. Mich nie einfach nur freuen konnte, dass meine Mutter Zeit mit mir verbrachte.

Doch da war noch was: dieses Gefühl, dass sie sich damals einfach davongemacht hatte, und dieses Gefühl blieb in mir drin liegen wie ein Stein. War ein Vorwurf, den ich mit mir herumschleppte, ohne ihn rauszulassen. Weil ich einfach nicht wusste, wie. Die Überzeugung, dass ihr das klar sein musste, war bequem. Aber unbefriedigend. Irgendwann würde ich mit ihr sprechen müssen.

15

»Und? Alles schick?« Zombie hockte auf einer Bank und schnitzte mit einem Taschenmesser Muster ins Holz, ein bisschen so, als würde die Hand gar nicht ihr gehören. Ihre Stimme klang grantig wie immer, obwohl die Frage vermutlich ernst gemeint war. Der Rucksack mit meinem Zeugnis lehnte an einem Papierkorb.

»Ferien. Kann mir Schlimmeres vorstellen.« Die Hand hebelte ein Stück aus der Sitzfläche heraus, groß wie ein Würfel.

»Hm.« Ein weiterer Würfel folgte.

»Und selbst?«, fragte ich.

»Scheiße kommt und Scheiße bleibt.« Zombie klappte das Messer zusammen und schaute mich an. »Kennst du? Ist von *Wizo*. Gute Band.« Ich zuckte mit den Schultern.

»Okay.«

»Ich bin gerade zum zweiten Mal durchgerasselt. Wenn du es genau wissen willst. Zwei Mal. Dieselbe Klasse. Deswegen. Scheiße kommt und Scheiße bleibt.«

»Scheiße.« Ich fühlte ein schlechtes Gewissen, obwohl ich für Zombies Noten nichts konnte. »Und jetzt?«

»Keine Ahnung.« Das Gesicht unter den roten Haaren sah tatsächlich etwas ratlos aus. »Nach Hause kann ich heute jedenfalls nicht. Mein Vater prügelt mich windelweich.« Ich kramte nach einem klugen Kommentar, aber mein Kopf blieb leer. Schweigend hielt ich Zombie das Päckchen mit meinem Tabak hin. Sie steckte das Messer in die Tasche ihres Kapuzenpullovers, den sie trotz der sommerlichen Wärme trug, und nahm das Rauchzeug. Kleine Hände mit angekauten Nägeln drehten eine perfekte, kerzengerade Zigarette, so wie ich sie nie hinbekam.

»Du kannst bei mir schlafen, wenn du willst.« Zombie hatte ihren eigenen Unterschlupf und ich wusste nicht, wie sie auf so ein Angebot reagieren würde. Aber irgendwas musste ich sagen. Dunkle Augen spießten mich auf, hängten mich einmal verkehrt rum in die Luft und ließen mich dann wieder runter. Mein Tabak wanderte zurück.

»Hast du irgendwas vor?«

»Quatsch«, sagte ich. Zombie rauchte und reckte ihren Nacken.

»Ist nur ein Vorschlag«, fügte ich an. »Mein Vater ist in Ordnung. Egal, wenn ich jemanden mitbringe.« Überzeugt war ich davon nicht, aber das musste ich ja nicht verraten. Auch nicht, dass überhaupt noch nie jemand bei mir übernachtet hatte.

»Ihr wohnt allein?«, fragte sie. Ich nickte. Zombie schnaufte, dann zuckte sie mit den Schultern.

»Machen wir los.«

»Jetzt? Sofort?«

»Geht doch keinen was an, oder?« Zombie hatte ihren Rucksack bereits aufgesetzt, ein schwarzes Ungetüm von der Bundeswehr, das aussah, als wäre ein komplettes Möbelhaus hineingestopft. Ich schaute mich um. Es war Mittag und die Wiese noch leer.

»Okay.« In Gedanken hatte ich mich heute mit den anderen im Gras liegen sehen, fünf, sechs Bier im Hals. Die Aussicht, den Tag mit Zombie allein zu verbringen, gefiel mir allerdings auch. Fast noch mehr.

»Laufen wir?«, fragte sie. »Ich laufe immer.«

»Wir laufen.« Wie ein Paar auf Wanderschaft zogen wir los. Die Innenstadt lag bald hinter uns. Auf der Hauptstraße Richtung Süden dröhnten Tatra-Wagen über die Schienen, Schlangen von Autos vor sich herschiebend. Nach der Wende hatten sich die PKW-Händler vermehrt wie Unkraut in einem verlassenen Garten. Ich hatte das Gefühl, dass mittlerweile jeder in der Stadt eine Karre besaß – ob er sie sich leisten konnte oder nicht. Selbst mein Vater hatte sich ein Auto gekauft, einen weißen Ford Escort, obwohl wir praktisch nie etwas damit unternahmen. Der Honigtau von den Linden auf unserer Straße verklebte im Herbst regelmäßig den Lack. Dann konnte es Wochen dauern, bis mein Vater endlich in die Waschanlage fuhr.

»Heute auch Zeugnisse bekommen?«, fragte Zombie plötzlich.

»Hm«, sagte ich.

»Und?« Ihr Gesicht sah aus, als hätte ich gerade einen Bogen Rubbellose für sie freigekratzt – gespannt, aber ohne viel Hoffnung.

»Na ja. Ich hatte Glück.«

»Bist durch, was?«

»Hm«, wiederholte ich.

»Super.« Das Wort blieb ohne Inhalt, blass und durchsichtig wie eine Qualle am Strand. Freute Zombie sich für mich? Wie sah es aus, wenn Zombie sich freute? Wie hörte es sich an? Ich dachte an das Gespräch mit Kante. *Bist doch so ein Typ, der Glück hat.*

»Hast du eigentlich einen Freund?«, wechselte ich das Thema. Zombie schob zwei Daumen unter die Riemen ihres Rucksacks, als wäre er plötzlich zu schwer.

»Du stellst Fragen.« Mehr Reaktion kam nicht. Im Laufen drehte ich mir eine Zigarette, was gar nicht so einfach war.

»Ich mein ja nur … also. Weil du bei mir schläfst, meine ich.«

»Ich sagte doch. Das geht keinen was an.« Ein Kombi mit schwarzen Scheiben fuhr an uns vorbei. Durch den Spalt am Beifahrerfenster schaute ein ausgestreckter Mittelfinger. An den unverhohlenen Hass, der einem mit dieser Frisur, diesem Auftreten entgegenschlug, hatte ich mich noch nicht so richtig gewöhnt und besonders abends oder in der Nacht war ich immer auf der Hut. Mir selbst war noch nichts weiter passiert, aber die Geschichten der anderen über Nasenbeinbrüche und ausgeschlagene Zähne hinterließen ihre Wirkung. Im Moment allerdings war mir das fast egal – wichtiger war, dass ich nun schon zum zweiten Mal ein Geheimnis mit Zombie teilte.

»Wichser«, sagte meine Begleitung und spuckte auf den Boden. Der Kombi schlich weiter.

»Schon oft Ärger gehabt?«, fragte ich. »Mit Faschos?«

»Ein paarmal.« Zombie zeigte ihre Zähne. »Hatten öfter Ärger mit mir. Sind wir bald da?« Ich nickte.

»Wir wohnen da vorn. Ist nicht mehr weit.« Ich tastete meine Taschen ab und fühlte einige Münzen. »Brauchst du noch was?« 1990, im Sommer, war die Kaufhalle am Connewitzer Kreuz für ein paar Tage geschlossen geblieben. Die Menschen hatten sich ihre Nasen an der Glasfassade plattgedrückt, gierig nach Jakobs Krönung, Haribo und Coca-Cola. Ich auch. Währungsunion: das Wort, das alle mal gewesenen Absichten und Überzeugungen mit einem süßen Film aus Überfluss und Lust am Konsum verklebte. Neues Geld, neue Produkte. Ein Strom aus bunten Tüten, schmissigen Slogans, Rabattangeboten und freizügigen Magazinen. In meiner Klasse klauten damals alle, selbst die größten Streber und die bravsten, nun ehemaligen Pioniere. Es war geradezu zwangsläufig, ein Naturgesetz, wie das Kratzen an einem Mückenstich oder das Gaffen bei einem Unfall. Im Gegensatz zu einigen anderen wurde ich nie erwischt.

»Klar«, sagte Zombie. »Alles.« Ihre roten Haare tanzten. »Lass uns saufen heute. Ja?« Wir legten zusammen. Unser Reichtum von etwas mehr als zehn Mark reichte für schäbigen Wodka, vier Sternburg und Sauren Apfel. Die Frau an der Kasse, weiße Schürze und Kirschohrringe, die bei jeder Bewegung klapperten wie Billardkugeln, musterte uns skeptisch. Schließlich verkaufte sie den Alk ohne Kommentar. Die Flaschen landeten bei mir, gepolstert von zwei Heftern, einer Federmappe und meinem Zeugnis. In Zombies Rucksack war kein Platz.

»Sag mal, was schleppst du denn eigentlich alles mit?«, fragte ich auf dem Weg nach draußen.

»So dies und das.« Es war ein heißer Tag. Trotz ihres Pullovers und ihres Gepäcks schien Zombie nicht im Mindesten zu schwitzen. »Ich weiß noch nicht, wann ich wieder nach Hause will. Klar?« Es klang nicht unfreundlich, aber mehr Fragen waren offenbar nicht erwünscht.

Wir liefen über die Kreuzung, an einem Typ mit Hund und Krücke vorbei, dessen Bart aussah wie graues Lametta. Er erinnerte mich an den Pionierleiter meiner Grundschule, den man nach der Wende nur noch auf der Straße gesehen hatte, wenn er Pfandflaschen in seinem Handwagen sammelte. Ich schaute dem Mann hinterher, konnte aber nicht mehr ausmachen, ob er es vielleicht wirklich gewesen war.

Im Treppenhaus zerbrach ich mir noch schnell den Kopf darüber, ob mein Zimmer vorzeigbar war für weiblichen Besuch. Die Episode mit Katrin hatte sich auf gelegentliche Rendezvous im Eiscafé beschränkt und außer Max war in den letzten Jahren ohnehin kaum jemand bei mir gewesen. Auf die alten Lego-Kartons in der Ecke konnte ich ja vielleicht noch irgendwas legen. Dann waren wir auch schon da.

»Neben uns wohnt niemand«, sagte ich mit einer Kopfbewegung, dachte kurz, was für eine sinnlose Information, und schloss die Tür auf. Der Flur roch nach Schuhpflege. Zombie schwang ihren Rucksack ab.

»Ich muss erst mal.« Während mein Gast das Bad besetzte, klaubte ich Zeitschriften, Klamotten und Comics zusammen und schmiss alles in den Schrank, das Lego hinterher. Das *Obituary*-Tourplakat über meinem Bett, vergangenen Herbst mit Max von einem Schaltkasten an der Straße abgelöst, durfte bleiben. Die Flaschen stellte ich in einer Reihe auf meinen Schreibtisch. Verstaubte Stifteköcher blinzelten durch die Lücken. Zombie brauchte lange, daher holte ich zwei Gläser aus der Küche, öffnete den Wodka und schenkte ein. Danach schlich ich durch die Bude, um mich zu vergewissern, dass mein Vater wirklich nicht zu Hause war. Als Zombie immer noch nicht erschien, schmierte ich ein paar Brote und garnierte sie mit Scheiben einer schon etwas wabbeligen Gurke. Den Teller in der Hand, setzte ich mich auf mein Bett.

»Sieht ja lecker aus.« Zombie stand im Türrahmen.

»Für dich. Uns. Alles gut?« Zombie nickte, während sich ihre dunklen Augen überhaupt nicht zu bewegen schienen. Sie gefiel mir. Sehr sogar. Aber das hier war rein freundschaftlich. Oder? Ich hielt ihr den Teller hin. Die Matratze schwang wie bei einem leichten Seegang, als sich Zombie neben mich setzte.

»Nett hier«, sagte sie. Mir war nicht klar, ob sie die Wohnung, mein Zimmer oder mein Bett meinte.

»Ist okay«, sagte ich. Wir aßen die Brote. Zombie schlang wie bei einem Wettbewerb.

»Hast du Geschwister?«, fragte sie mit vollem Mund.

»Nee. Meine Eltern haben es nach mir wohl noch eine Weile probiert.« Ich zuckte mit den Schultern. »Hat nicht geklappt.« Ich klaubte ein paar Krümel von der Decke auf den Teller.

»Was ist mit deiner Mutter?« Zombie hob die Augenbrauen. »Ich meine, ist sie … ist sie tot?« Ich lachte, etwas gedankenverloren.

»Quatsch. Nee. Sie ist nach drüben.« Die Augenbrauen zogen sich zusammen, trafen sich fast.

»Ach so.« Ich wollte das letzte Brot nehmen und zögerte.

»Schon vor sechs Jahren. Halb so wild.« Zombie machte ein Geräusch, das ungefähr so klang, als hätte ich behauptet, aus dem Stand einen doppelten Salto zu können, fragte aber nicht weiter. Ich stand auf und kramte in meinen Kassetten.

»Willst du Musik hören?« Zombie nickte, gleichzeitig zuckte sie mit den Schultern.

»Kann ich?«, fragte sie. Ich überließ ihr den Rest auf dem Teller und wählte einen von Max überspielten Sampler mit englischen Bands.

One more year and nothing changed
government policies still the same
the futures bleak and life's a bore
so what the fuck are we living for?

»*One Way System*«, sagte ich, halb zu mir selbst. Dann setzte ich mich zurück auf das Bett. Zombie kaute und wippte mit dem Fuß, das nahm ich als Zustimmung.

»Prost«, sagte sie, als sie aufgegessen hatte, streckte sich nach einem der Gläser und lud sich den Wodka in den Mund wie einen allerletzten Bierrest. Der nächste Song begann.

»Prost.« Ich beließ es fürs Erste bei einem Schluck. Zombie schenkte uns nach. Dann schnürte sie ihre Stiefel auf und legte sich, den Rücken an die Wand gelehnt, quer auf mein Bett. Lila Socken wippten zur Musik wie zwei Fabelwesen in einem Puppentheater.

»Glefe ist ein Arschloch.« Wir hatten bestimmt mehrere Minuten geschwiegen. »Aber ich mag ihn irgendwie.«

»Okay«, sagte ich, etwas ratlos, was ich mit dieser Auskunft anfangen sollte.

»Ich mein nur.« Die Fabelwesen hielten inne. »Weil du gefragt hast. Ob ich einen Freund habe.«

»Also hast du.« Zombie stand auf und öffnete ein Bier an der Kante meines Schreibtischs.

»Irgendsowas in der Art.« Sie lief ein Stück durch mein Zimmer und ließ das leicht schimmernde, rote Tuch durch die Hand gleiten, das an zwei Nägeln an der Wand hing. Ich hatte ein Anarchiezeichen draufgemalt.

»Du warst noch Thälmann-Pionier?«

»Der letzte Jahrgang«, sagte ich. »War schon klar, dass die DDR bald weg sein würde.« Zombie brummte und trank.

»Deutschland einig Vaterland, Scheiße.« Sie klapste auf das Halstuch wie auf die Schulter eines Freundes. »Ich hab den ganzen Mist verbrannt. Pioniere, dieses Gelaber von Kollektiv und Zusammenhalt! Wenn du nicht eingetreten bist, warst du doch nur Dreck.« Meine Matratze schaukelte erneut, als sie sich wieder setzte und an die Wand lehnte. »Aber denkst du nicht auch manchmal, dass wir besser dran wären? Wenn alles noch wäre, wie es mal war?«

»Keine Ahnung.« Ich wusste es wirklich nicht. Ich wusste ja nicht einmal, ob ich mir dazu überhaupt eine Meinung bilden konnte. Mein Gemeinschaftskundelehrer, Herr Kramer aus Heidelberg, scheiterte regelmäßig mit seinen Fragen über staatliche Kontrolle und Überwachung im überwundenen System, wie er es nannte. Ein Schleier aus Schweigen hing über diesen Versuchen, Diskussionen in Gang zu bringen, aber ich war mir nicht sicher, ob es sich dabei um generelles Desinteresse am Thema handelte oder schlicht um Ratlosigkeit.

»Mein Vater hätte jedenfalls noch Arbeit.« Zombie spuckte das zweite Wort aus wie Asche.

»Ist heute eigentlich ein andermal?«, fragte ich. Mit einem zugekniffenen Auge wurde ich argwöhnisch betrachtet.

»Mir fehlt doch noch die andere Hälfte der Geschichte«, sagte ich und ergänzte, als Zombie weiter nicht zu verstehen schien: »Du wolltest mir noch was erzählen. Als wir in deinem … Versteck waren.« Für einen Moment lief ein Schatten über ihr Gesicht.

»Richtig«, sagte sie, ungefähr so, wie man bestätigt, dass eins und eins zwei ergibt. Im Hintergrund leierte die Kassette an einer Stelle, die ich mal geklebt hatte. Zombie schien nach den richtigen Worten zu suchen und ich nahm mir ein Bier, um die Situation zu überbrücken.

»An die Dresche hab ich mich gewöhnt«, sagte sie, als ich wieder neben ihr saß. Sie sprach leise, etwas undeutlich, als wolle sie die Bedeutung oder den Wahrheitsgehalt ihrer Ausführung verwischen. Ich überlegte, einen Rückzieher zu machen, sie darauf hinzuweisen, dass sie mir gegenüber keinerlei Verpflichtungen hatte, irgendetwas zu offenbaren, wo obendrein nur ein *vielleicht* gefallen war. Dann erschien mir das überflüssig. Zombie tat nur, was sie wollte. Oder?

»Irgendwie jedenfalls«, fuhr sie fort. »Dass er nachts an mein Bett kommt, daran nicht.«

»Wie, an dein Bett kommt?«

»Das passiert nur, wenn er richtig besoffen ist. Keine Ahnung, ob er dann denkt, ich sei meine Mutter, oder was.« Ein saures Gefühl lief von meinem Hals herunter bis in alle Glieder. Ich stand auf und schaltete die Musik ab.

»Was genau … macht er?« Ich setzte mich an den Bettrand, darauf bedacht, Zombie jetzt nicht zu nah zu kommen.

»Nichts macht er.« Sie sprach wieder laut. Sachlich. »Er versucht es nur. Klar?« Ich forschte in dem Gesicht, das geradeaus an die Wand starrte, als wolle es jedes einzelne kleine Körnchen der Raufasertapete zählen. Ein weiches Profil mit roten Haaren und Augen wie Steine. Ich dachte an die Mädchen und Jungs in meiner Klasse und die immer gleichen Gespräche über Partys, Kosmetik, die richtigen Klamotten und die richtigen Zensuren.

Dann stand ich auf und schaltete die Musik wieder an.

16

Irgendwann im Frühjahr hatte mein Vater davon gesprochen, im Sommer zelten zu fahren. Wie früher. Meine Begeisterung war etwas halbherzig gewesen, im Grunde fühlte ich mich nicht mehr nach solchen Unternehmungen. Andererseits war sein Alltag seit Jahren derselbe, eine endlose Aneinanderreihung von Tagen, gefüllt mit nichts anderem als seiner Werkstatt, dem Fernsehapparat und gelegentlichen Radtouren. Kneipmesser und Hammer, heute-journal und Krimis, Auwald und Tagebau. Ein Leben, das zumindest von außen gesehen ziemlich monoton wirkte. Abgenutzt und grau. Urlaub wäre, vielleicht, eine schöne Abwechslung gewesen, umso mehr bedauerte ich die knappe Bemerkung, dass mein Vater eine Pause im Laden aufgrund der finanziellen Lage für nicht machbar hielt. Sommerferien zu Hause.

Der Rest des Abends mit Zombie hatte sich angefühlt, als würde jemand Drittes mit uns im Zimmer sitzen. Wir hörten Kassetten und tranken bis nach Mitternacht, aber der Moment der Nähe war dahin. Wenn ich mir irgendwo, leise rufend im hintersten Winkel meines Kopfes, vorgestellt hatte, dass zwischen uns irgendetwas laufen könnte, war es nach den Bemerkungen über Glefe und vor allem über ihren Vater abgehakt gewesen. Ich mochte Zombie, vielleicht war ich sogar ein bisschen verknallt, aber gleichzeitig hatte ich keinen Schimmer, wie ich mit ihr nun umgehen sollte.

»Ich muss heim«, hatte sie am Samstagmorgen gesagt. »Mutter dreht sonst durch.« Dann war sie verschwunden, als wäre alles, was an dem Abend davor gewesen oder nicht gewesen war, völlig bedeutungslos.

»Nur eine Freundin«, so meine Antwort auf die Frage meines Vaters, ob da jemand bei uns übernachtet hatte, und seine anschließende Erkundigung, ob ich eigentlich aufgeklärt sei, hatte ich mit einem Brummen weggewischt. Was dachte er denn – mit seinem fast sechzehnjährigen Sohn ein Gespräch über Bienen und Blumen führen zu müssen? Zwar hatte ich mit Zombie in meinem Bett geschlafen, doch Berührungen hatte es dabei nicht einmal zufällig gegeben.

Die Sache mit Max ließ mir keine Ruhe. Er war mein bester Freund. Vielleicht der einzige. Die Vorstellung, dass diese bescheuerte Aktion unsere Freundschaft ernsthaft gefährdete oder gar schon kaputt gemacht hatte, lastete mir wie ein Zentnersack Kohlen auf der Brust.

Draußen drückte die Hitze. Der Himmel ein riesengroßer Fleck schwarzblauer Wolken, die Menschen auf der Straße schon vorsorglich mit Schirmen unter den Armen. Ich lief zu der Siedlung, in der Max wohnte. In meinem Kopf schwammen die Gedanken. Noch nie in meinem Leben hatte ich so viel nachgedacht wie in den letzten Wochen, aber es waren auch noch nie so viele komische Sachen auf einmal passiert. Vermutlich machten Max und seine Eltern längst Urlaub auf den Kanarischen Inseln. Wie jeden Sommer. Ich lief weiter.

Der Zaun, der Garten, das gesamte Grundstück sah aus, als hätten die Barschs vor ihrer Abfahrt jede einzelne Kleinigkeit geputzt, gestrichen oder aufgeräumt. Das Haus war verlassen, schon auf Entfernung fast fühlbar menschenleer. Ich klingelte, trotzdem oder gerade deswegen, und zählte einen Teil der bunten Steine auf dem Weg.

»Suchen Sie jemanden?« Ein dürres Männchen, dessen rundes, weißes Gesicht vor dem dunklen Himmel aussah wie eine fahle Sonne, stand neben mir. Zu seinen Füßen wuselte ein Hundewelpe mit knopfigen Kulleraugen und nasser Nase, mit der er meine Stiefel betupfte.

»Familie Barsch ist nicht daheim«, kam aus der Sonne.

»Weiß ich«, kam von mir, etwas kleinlauter als beabsichtigt. Der Welpe hatte mich ausreichend begutachtet und ließ sich auf die Hinterläufe fallen. Sein Herrchen besah sich den vor uns befindlichen Garten und nickte, als wäre er sehr zufrieden.

»Nette Leute sind das. Wirklich nette Leute.«

»Ja«, sagte ich.

»Bist ein Freund von ihrem Sohn?« Der Mann hob herzlich die Augenbrauen. Mein Äußeres schien ihn nicht im Mindesten abzuschrecken. Vielleicht ließ ich mich deswegen auf die Plauderei ein.

»Kann man so sagen«, wich ich der Frage wenigstens ein bisschen aus. »Aber Max hat in der Schule gefehlt und … na ja.« Der Mann roch in den Himmel, witterte Richtung Wolken wie sein winziger Hund.

»Wird Regen geben«, sagte er. Nach einer Pause fügte er hinzu: »Sind nicht Ferien?«

»Ja«, sagte ich, unsicher, ob mein Gesprächspartner überhaupt bei der Sache war. »Letzte Woche, meinte ich.«

»Klar«, sagte der Mann. Er kramte ein Stofftaschentuch

hervor, schnäuzte sich die Nase und klopfte mir auf die Schulter. »Schön, solche Freunde zu haben.« Als wäre der Satz ein geheimes Kommando, erhob sich der Welpe vom Fußweg und lief los.

»Werd nicht nass«, sagte der Mann noch. »Hast keinen Schirm.«

»Danke«, murmelte ich. Ohne dass ein Blitz zu sehen gewesen wäre, grollte ein Donner über der Siedlung. Ich warf einen letzten Blick auf das Haus und den Garten, die Apfelbäume, an deren Ästen die Blätter im langsam aufkommenden Wind schaukelten, und den fingerbreit gemähten Rasen, jedes einzelne Hälmchen auf exakt gleicher Länge. Dann ging ich auch.

Auf halber Strecke in die Stadt platzte das Gewitter auf die Straßen, als würden sich über den Dächern gigantische Wesen mit Wasserbomben duellieren. Ich saß in der Bahn und schaute Passanten zu, die eilig Zuflucht in Hauseingängen suchten oder ihre gepunkteten Regenschirme festhielten, als wären sie ihr kostbarster Besitz. An einem Spielplatz sprangen ein paar Kinder in Sandalen durch Pfützen.

Keinen trockenen Millimeter mehr am Leib, erreichte ich schließlich die Wiese. Kante und eine Handvoll andere standen unter dem Dach eines Kiosks, grinsten und tranken Bier. Ganz am Rand Glefe mit verschränkten Armen, den Iro sauber frisiert, als wäre allerschönstes Wetter. Vielleicht waren das gar keine Haare, sondern irgendeine Spezialanfertigung.

»Ein Bad genommen?« Kante prostete mir zu.

»Fresse«, sagte ich freundlich und spähte auf die Plastiktüte zu seinen Füßen.

»Hast du was über?«

»Immer.« Kante fischte eine Dose Spar-Bier heraus. »Oder sagen wir, meistens.« Wir stießen an. Schaum lief mir über die Finger.

»Schon gehört?« Kante wackelte mit den Augenbrauen. »Ende des Jahres sollen *Exploited* hier spielen. *Exploited*!« Er sagte den Bandnamen wie eine Kostbarkeit. »Das wird Hammer!« Ich schlürfte an meinem Bier. *Exploited* waren legendär, das wusste jeder, und ein richtiges Punkkonzert hatte ich noch nie besucht. »Glefe hat's gerade erzählt. Stimmt doch, Glefe, oder?«

»Stimmt«, äffte der Angesprochene nach. »Ist aber nix für Kiddies.«

»Wo siehst du hier Kiddies?« Kante schaute sich theatralisch um. Glefe blies den Rauch einer unsichtbaren Zigarette in die Luft und musterte mich. Dann zuckte er mit den Schultern.

»Ich sag ja nur.«

»Hab ich irgendwas verpasst?« Kante schüttelte seine Dose, als wolle er die Kohlensäure loswerden.

»Schon gut. Wir sind hier ja unter Freunden.« Glefes Zunge wanderte über seine Zähne. »Schnaps, Nino?« Aus den verschränkten Armen wuchs ein Flachmann.

»Lass mal.«

»Ich würd seinen Schluck nehmen!«, sagte Kante und bekam ein paar Lacher. Für einen Moment schien Glefe sich zu ärgern, dass Kante ihm die Show stahl. Dann war sein Gesicht wieder regungslos.

»Trink aus«, sagte er, reichte Kante den Flachmann und fing an, sich eine Zigarette zu drehen, als ob ihm alles andere egal wäre.

Wir hingen rum. Der Regen stoppte, als hätte Petrus mit den Fingern geschnippt, und als sich auch die Wolken langsam verzogen, stand ich mit meiner Bierdose in der Sonne und ließ meine Kleidung trocknen wie eine Vogelscheuche im Wind. Glefe blieb schweigsam und bedachte mich mit merkwürdigen Blicken, aber vielleicht bildete ich mir das auch ein. Von Schröder oder Zombie war nichts zu sehen. Ich hielt mich an Kante, kaufte beim Plus neues Bier, weil ich keine Lust auf Klauen hatte, und war am späten Nachmittag schließlich angenehm abgefüllt, genau das Maß, das meistens misslang: bei dem die schlechten Gedanken wegschwammen und den Kopf nicht doppelt und mehrfach überspülten. Komplettiert wurde mein kleines Glück mit dem Erscheinen eines Riesen, dessen aufgestellter Iro Glefes Kunstwerk kaum nachstand. Darunter Andys Knabengesicht.

»Auch mal wieder da?« Mit einer schon etwas schlaffen Hand klatschte Kante mit dem Ankömmling ab. In der Zeit meiner drei, vier Bier hatte er sich die doppelte Menge reingestellt.

»Habt mich ja wiedererkannt.« Andy grüßte in die Runde und gab mir die Faust.

»Nino.«

»Schön, dich zu sehen«, sagte ich. Das war es wirklich. Andy nickte leicht, wellenartige Bewegungen wie von einem leichten Seegang geschaukelt. Er drehte sich eine Kippe und ließ sich die News von dem Konzert erzählen.

»Pflichtprogramm«, sagte er, während ich im Kopf zu rechnen versuchte, auf welchen Wochentag das Ganze fallen würde. Abends wegbleiben, wenn am nächsten Tag Schule ist, hatte mein Vater nicht so gern, aber es war ja noch ein Weilchen hin. Nach und nach füllte sich der Bereich um den Markt: Einkaufsbummler, die das Gewitter abgewartet hatten, Touristen mit noch nassen Regenschirmen, Grüppchen von jungen Leuten mit Bier in der Hand wie wir. Als ich mich zum Pissen an die Mauer verdrückte, kam Andy hinterher.

»Bist du noch dabei?« Vor mir bröckeliger Backstein mit eingeritzten Sprüchen oder Nachrichten, vereinzelt Liebesschwüre, meistens das Gegenteil.

»Dein … Vorhaben meinst du?« Andy summte eine kurze Melodie der Bestätigung.

»Denke schon«, sagte ich. »Muss aber wirklich sicher sein, die Kiste. Kann mir grad nicht so gut neuen Stress erlauben, zu Hause.«

»Wem sagst du das.« Andy streckte den Nacken, dass die Knochen knackten. »Seit der Sache hier springt meine Mutter im Dreieck.« Er tippte an seine Wange. Das Andenken an die Stahlkappen der Nazis, Reste von Blutergüssen und eine dicke Nase, war noch immer nicht zu übersehen.

»Und dein Vater?« Ich ahnte die Antwort schon, eine plötzliche Eingebung.

»Meine Alten sind getrennt.«

»Willkommen im Club«, sagte ich. Andy schien kurz nachzudenken, ging aber nicht weiter auf meine Bemerkung ein.

»Mach dir keine Platte«, sagte er. »Das Ding ist safe.« Er schaute in den Himmel, als wäre dort irgendwas Wichtiges abzulesen.

»Kannst du Montag? Montagnacht?« Ein letztes Zögern, das mir durch den Körper lief. Dann nickte ich.

17

Es war die wärmste Nacht des Jahrhunderts. Selbst ohne Klamotten hätte ich geschwitzt wie ein Pferd beim Springreiten. Nach nur fünf Minuten auf dem Fahrrad fühlte sich mein Körper an, als würde er nicht durch den Wald, sondern durch eine gigantische Sauna strampeln.

Wir waren in der Nonne verabredet, ein schmales Stück des sich durchs Stadtgebiet ziehenden Leipziger Auwaldes, gelegen in direkter Nachbarschaft zu Schleußig, wo Andy wohnte.

»Da gibt's die große und noch eine kleinere Wiese. Dort treffen wir uns«, war die Abmachung gewesen, nun fuhr ich mit weit aufgerissenen Augen und nassem Arsch die kleinen, verschlungenen Wege unter den Bäumen entlang. An meinem Fahrrad befand sich kein Licht, der Dynamo baumelte aufgabenlos an der Vordergabel. Diese mangelnde Verkehrstüchtigkeit des Nachts in einer Ecke, in der ich mich nicht wirklich auskannte, hatte ich unterschätzt. Mein Vater hatte das alte, aber stabile Rad von Mifa, einer in der DDR wohl recht angesehenen Marke, schon oft wiederherrichten wollen, bislang war es bei dem Vorhaben geblieben.

Kies und Holz knirschten unter den Reifen, ansonsten nahezu vollständige Stille. Jeden Moment rechnete ich damit, gegen einen Draht oder irgendein anderes Hindernis zu fahren, vielleicht hatte ich als Kind zu viele Indianergeschichten gelesen, in denen das Fallenstellen zur Dunkelheit gehörte wie die Plane zum Tipi. Endlich fand ich die Stelle, die es sein musste. Mitten auf der Lichtung stand ein einzelner Baum, dessen schwarzer Wipfel sich vor dem Himmel abhob, als wäre er aus Tonpapier.

Ich stieg ab und schob mein Fahrrad über die Wiese. Hohes Gras kitzelte an den Beinen. Der Wald rundherum schien mich anzustarren. Ich lief langsamer, auf den Baum zu. Gerade als ich mich fragte, ob ich hier wirklich richtig war, löste sich ein Schatten vom Stamm. So plötzlich, dass ich zusammenfuhr.

»Scheiße, Mann«, sagte ich.

»Hi«, sagte Andy. »Alles klar?«

»Klar. Hab mich nur erschrocken. Dachte, du wärst noch nicht da. Oder ich falsch.« Ich lehnte mein Rad an den Baum. Andys lag daneben, im Gras kaum zu sehen.

»Hi«, fügte ich an.

»Nervös?«

»Geht. Bisschen warm.« Ich bemühte mich, meine Stimme gleichmütig klingen zu lassen. Ich hoffte, dass Andy wusste, was er tat. Ein paar Momente standen wir uns unschlüssig gegenüber.

»Okay«, sagte er. »Wollen wir?« Ich bejahte, während ich das Gefühl hatte, dass mir mit einem Mal jemand die Kehle zudrückte. Trocken schleifte das Wort aus meinem Hals. Andy schien nichts zu bemerken.

»Ist noch ein Stück. Lichter bleiben aus. Halt dich hinter mir.«

»Hab eh keins«, flüsterte ich, halb zu mir selbst. Unsere

nächtliche Miniaturausgabe einer Karawane setzte sich in Bewegung. Das Schutzblech an meinem Rad schepperte, als ich über Unebenheiten im Gras fuhr, viel zu laut für die schlafende Szenerie. Mit Andys Umrissen vor mir war das Fahren jetzt etwas leichter. Ein einzelner Laternenpfahl hinter einer Biegung wies den Weg aus dem Wald. Rostiger Schein, in dem Insekten in einem fortwährenden Gewimmel wogten, vor uns eine menschenleere Straße. Andy fuhr nach links und hielt neben einem Stromkasten. An den Häusern offene, glotzende Fenster.

»Nimm mal.« Ein Fahrradlenker schob sich in meine Hand. Andy stieg ab, zwängte sich zwischen Kasten und Mauer und kam mit einer Plastiktüte zurück, in der etwas Längliches eingewickelt war.

»Unser Werkzeug. Da vorn noch um zwei Ecken.« An einer Art Hofzufahrt, die den Blick auf eine Reihe schemenhafter Garagen freigab, waren wir am Ziel.

»Da rein.« Andy flüsterte und spähte noch einmal die Straße entlang. Mir kam der Gedanke, dass wir so für etwaige Beobachter erst recht verdächtig wirken mussten. Dann verschluckte uns der Schatten. Wir ließen die Fahrräder ausrollen.

»Hast du was zu trinken dabei?«, fragte ich leise. Ich schwitzte noch immer wie verrückt. Mein Körper fühlte sich an, als wäre er ausgelaufen, um die Hälfte leichter, seit ich die Wohnung verlassen hatte.

»Drin gibt's genug«, sagte Andy knapp. Vielleicht bildete ich mir das nur ein, aber ein bisschen klang es, als wäre er gar nicht sicher, ob wir in den Laden hineinkämen. Auf einer der Garagen tappte eine Katze, hielt inne und verschwand über eine Mauer. Wir schlossen die Räder an. Der Löwenzahn vor den hölzernen Toren wuchs kniehoch, die Stellflächen hatten wohl niemals etwas anderes gesehen außer Wartburgs und Trabis. Verflossene Statussymbole, die nach der Wende zu Tausenden verschrottet oder einfach am Straßenrand stehen gelassen wurden, stumme Zeugen einer Mangelwirtschaft, die zwischen den Neuanschaffungen wirkten wie kleine, schäbige Geschwister. Ich maß den Abstand vom Boden bis zur Dachrinne, die in einer langen Wellenlinie in ihrer Verankerung hing, als würde sie beim leisesten Wind abstürzen. Andy las meine Gedanken.

»Die Geheimtür ist dort.« Aus den Ziegeln neben der Garage am Ende wuchsen ein paar rostige Streben, undefinierbar, was daran mal befestigt gewesen sein mochte, als Leiter aber durchaus zu gebrauchen. Weit entfernt schallte ein Martinshorn, so kurz, dass es vielleicht auch Einbildung war. Wir konnten nicht gemeint sein. Noch.

»Dann mal los.« Andys langer Körper kroch flink nach oben, jedem Sportlehrer sicher ein anerkennendes Kopfnicken wert. Ich folgte nicht ganz so schnell. Wir schoben uns über das warme und etwas klebrige Dach. Auf der gegenüberliegenden Seite halfen Mülltonnen beim Herunterkommen. In der Ecke des Hofes standen wie vergessen mehrere Umzugskartons. An einem winzigen Ständer drängelten sich Fahrräder. Andy zog die Brechstange heraus, das Plastik raschelte und knisterte.

»Dreck«, fluchte er.

»Was?« Andy zeigte auf die schmale Tür neben dem Hintereingang des Hauses. Sie war mit einem Rolltor gesichert.

»Das ist neu. Scheiße, verdammt.« Er schaute abwechselnd auf das unerwartete Hindernis und den gebogenen Stahl in seiner Hand. »Das gibt's doch nicht, Mann!«

»Kriegen wir das damit nicht auf?«, fragte ich, mit wenig Überzeugung in der Stimme. Als Antwort setzte Andy die Brechstange zwischen Stufe und unterste Lamelle, doch das Rolltor schien wie mit dem Stein verschraubt, bewegte sich kaum einen Zentimeter.

»Dreck, Mann. Dreck!« Ohne Hoffnung, dass selbiges vielleicht locker wäre, untersuchte ich das Gitter an dem Fenster neben der Tür. Nur um irgendetwas zu tun. Andy lief im Hof auf und ab wie ein Tiger in seinem Käfig. Ich nahm ihm das Werkzeug aus der Hand, um es selbst zu versuchen, er hielt es kurz fest, schüttelte den Kopf. Zu Recht, ich hatte ebenso wenig Erfolg.

»Und jetzt?«

»Das Ding ist gelaufen.« Andy mahlte mit seinen Kiefern, als wolle er ersatzweise ein paar seiner Zähne herausbrechen. Er packte die Brechstange zurück in die Tüte. Ich spürte, wie er sich beherrschen musste, sie nicht einfach in die Ecke zu schleudern. Ich hatte Andy aus einem Gefühl der Freundschaft begleitet, dem Gefühl, ihn unterstützen zu wollen. Im Grunde hatte ich an dieser wahnwitzigen Aktion von Anfang an gezweifelt, doch jetzt war auch ich enttäuscht. Die Mülltonnen waren unsere Leiter zurück aufs Dach. Innerhalb einer Minute standen wir wieder bei den Fahrrädern. Mittlerweile hatte ich einen so trockenen Hals, dass ich mein Rad auf der Stelle gegen ein Glas Wasser getauscht hätte. Andy werkelte an seinem Schloss. Dann hob er den Kopf.

»Lass mal noch an den Vordereingang gucken.« Dort war die Hauptstraße.

»Da sieht uns doch jeder«, sagte ich. Andy spitzte die Lippen, als zöge er an einer Zigarre.

»Nur mal gucken.« Er lief bereits los, verblühter Löwenzahn zerstob unter seinen Stiefeln zu zartem Schnee. Ich ließ mein Fahrrad ebenfalls stehen und eilte hinterher. Vorn an der Kreuzung rauschte ein Auto vorbei, danach gleich noch eins, beide mit gut dreißig Sachen zu viel. Das war nichts Ungewöhnliches, nächtlichen Rennen mit teils privaten, teils gestohlenen Karren konnte man praktisch überall in der Stadt begegnen, auch wenn die Hochzeit dieser Art Freizeitgestaltung schon eine Weile zurücklag. In diesem Moment aber vergrößerten die beiden Raser meine Sorge, erwischt zu werden. Andy stand an der Vordertür des Ladens, neben ihm im Schaufenster stapelten sich Dosengerichte. Wieder wanderte die Brechstange aus der Plastiktüte.

»Das ist kacke so«, flüsterte ich.

»Eine Minute. Nur eine Minute!« Andy wandte mir den Rücken zu und schob das gewinkelte Ende der Stange zwischen Rahmen und Türknauf. Am Ende der Straße rollte das nächste Auto heran, zwei weiß strahlende Augen. War das ein Signalbalken der Polizei auf dem Dach oder nur ein Gepäckträger?

»Bullen! Da sind Bullen, glaub ich!« Andy fuhr herum.

»Zur Ecke«, entschied er binnen einer Sekunde. »Und dann Tempo! Jeder für sich!« Unter größter Anstrengung zwang ich meine Beine zur Ruhe. Ein paar Schritte, noch ein paar und nach rechts. Dann rannte ich. Mit Fingern, die sich anfühlten, als hätte ich den ganzen Tag Steine geschleppt, löste ich das Schloss von meinem Fahrrad, schwang mich auf und trat hinein, dass die Pedalen knackten. Von der Hauptstraße weg, zurück zum Wald. Irgendwie. Schräg hinter mir Andy, der plötzlich abbog. Eine Gasse, mit Efeu bewachsene kleine Villen. Ich wusste nicht, ob ich im Kreis gefahren oder ob es Zufall war. An der nächsten Kreuzung fuhr der vermutlich selbe Wagen, den ich gerade gesehen hatte, von der Seite heran und fast an mein Vorderrad. Blaues Rundumlicht flammte auf und mir direkt in den Bauch.

Einen Moment lang bewegten sich meine Beine nur noch von selbst, langsam, fast meinte ich zu stehen. Im nächsten Augenblick eilte ich an der Streife vorbei. Die Tür auf der Beifahrerseite schwang auf und riss an meinem Knie. Hatte mich der Polizist zu Fall bringen wollen? Es blieb keine Zeit, darüber nachzudenken. Die Straße war eng, links und rechts parkende Autos, keine Chance, schnell zu wenden. Noch konnte ich entkommen. Vor Angst und Adrenalin in den Gliedern fast taub, trat ich, was mein Körper konnte, gejagt vom Jammern des Rückwärtsganges, der gemeinsam mit dem Heulen der Sirene zu einer scheußlichen Melodie wurde.

Alles Mögliche schoss mir durch den Kopf, während ich in dem Labyrinth aus kleinen Gassen mal in die eine, mal in die andere Richtung raste: eine vom Zahnrad springende Kette, mein Vater am Küchentisch, Zombie. Knast? Einem jähen Traumbild gleich kam eine Brücke ins Blickfeld, für ein Auto zu schmal. Ein dunkles Maul aus Bäumen am anderen Ende. Ich warf mich hinein, blind, egal ob ich jetzt stürzte oder irgendwo gegenfuhr. Der Klang meiner Verfolger wurde ebenso verschluckt wie ich, war schließlich nur noch ein fernes Echo. Als der Nachthimmel wieder über mir auftauchte, stand ich am Elsterflutbecken. Ein lang gestreckter, schwarzer Spiegel. Stille.

Mein Rad sank ins Gras und ich mit, eine einzige Bewegung, wie als wäre alle Luft aus mir gewichen. Langsam, ganz langsam kam ich wieder zu Atem, während ich dalag und die letzte halbe Stunde in einer Endlosschleife lief, ein schlechter Film mit mir als Hauptperson, der noch einmal und noch einmal abgespult wurde. Irgendwann kam Gefühl in meine Gliedmaßen zurück. Ich streckte mein rechtes Bein, das Knie protestierte heftig. Ich kroch zum Ufer. Dann trank ich, direkt aus dem Fluss, das köstlichste modrige Wasser des Jahrhunderts.

18

Ich schlief ebenso lang wie unruhig. Gegen Mittag schob ich meinen steifen Körper endlich aus dem Bett und besah als Erstes mein Knie, das sich dunkel eingefärbt hatte, als säße ein Dämon unter der Haut. Die Verletzung sah aus wie eine schwarzblaue Figur mit unförmigen, rötlichen Gliedmaßen. Dann machte ich mir aus nahezu allem, was ich im Kühlschrank vorfand, ein großes Frühstück, humpelte mit dem Teller in die Stube und sah Talkshows, bis sich mein Kopf anfühlte wie eine Schüssel Wackelpudding. Ob Andy ebenfalls davongekommen war? Ich hatte seine Telefonnummer nicht, verspürte aber keinerlei Lust, in die Stadt zu gehen, erneut auf der Suche nach irgendjemandem. In mehreren Etappen hatte ich es nach Hause geschafft, hatte mich in Höfen und Gebüschen versteckt, getrieben immer noch von Anspannung und Angst, um dann wieder weiterzueilen. Zu guter Letzt endlich an der Wohnung, wäre ich fast auf dem Treppenabsatz liegen geblieben.

Träge räumte ich die Küche auf und stand eine Weile unschlüssig in meinem Zimmer. Ich war kurz davor, den Comicstapel, der wegen Zombie in meinen Schrank gewandert war, zur Papiertonne zu bringen. Schon in der Tür, überlegte ich es mir noch einmal anders. Um irgendetwas zu tun, was nicht völlig sinnlos war, ging ich zum Briefkasten. Der

Schlüssel klemmte, aber als ich die Klappe endlich aufgefummelt hatte, fiel mir zwischen den üblichen Werbeprospekten und Briefen für meinen Vater eine bunte Postkarte in die Hände, wie ein Kuckucksei. Palmen, Strand und Sonnenuntergänge. Fuerteventura. Ich drehte die Karte um und fand auf ihr genau acht Worte.

Hallo Nino,
bitte mach dir keine Sorgen.
Max

Langsam, als wollte ich die Festigkeit jeder einzelnen Stufe prüfen, lief ich die Treppe hoch. Wieder in der Wohnung las ich die Karte noch ungefähr ein Dutzend Mal, wandte sie hin und her in der seltsamen Hoffnung, dass sich auf ihr noch mehr Informationen offenbaren würden. Dann ging ich mit einer Untertasse als Aschenbecher auf den Balkon und rauchte mehrere Zigaretten. Dabei schaute ich den weißen Wolkenklumpen am Himmel zu, die sich vor die Sonne schoben und sie wieder freigaben, bis mir die Augen schmerzten. *Mach dir keine Sorgen.* Schließlich zog ich mir die Stiefel an und lief los.

Es war das erste Mal, dass mein Vater nicht sofort in dem Rahmen hinter seinem Tresen erschien. Ich betrachtete die alte Registrierkasse, ein wuchtiges, verziertes Etwas, das er zärtlicher behandelte als alle anderen Dinge, den Zeitungsartikel an der Wand und die Schuhe in den Regalen. Als ich nach hinten rief, blieb der Laden still. Ohne lange nachzudenken, klappte ich den Durchgang an der linken Seite des Tresens nach oben.

»Papa?« Mein Vater saß in der Werkstatt, den Blick an der Wand, als hinge dort ein sonderbares Bild. Dann wandte er den Kopf.

»Hallo«, sagte ich. »Alles in Ordnung?« Für einen Moment schien mein Vater die Person, die plötzlich in seinem Arbeitsraum aufgetaucht war, nicht einordnen zu können.

»Nino. Was machst du denn hier?« Ich konnte nicht sagen, ob er sich ärgerte oder freute.

»Wollte fragen, ob du Hilfe brauchst.« Ich zuckte mit den Schultern. »Bei irgendwas.« Mein Vater kniff die Augen zusammen. Seine Brille rutschte fast von der Nase. Es dauerte einen Moment, bis er antwortete.

»Sommerferien«, sagte er dann. »Willst du die Zeit nicht anders nutzen?« Die Aufforderung, Schulsachen nachzuarbeiten, schwang in dem Satz mit, aber vielleicht bildete ich mir das auch nur ein.

»Ja oder nein?«, fragte ich. Nach einer weiteren Pause stand mein Vater auf, zupfte sich die Schürze zurecht und schob zwei kniehohe Pakete in meine Richtung.

»Neue Ware«, sagte er. »Sohlenplatten, Absätze, Farben. Alles Mögliche. Steht hier schon seit letzter Woche.« Er zeigte auf ein Regal mit unzähligen Schubladen und kleinen Abteilen. Es reichte bis unter die Decke.

»Kannst du dort einräumen. Ordnung erklärt sich von selbst.« Ich bekam eine hölzerne Trittleiter, die mit ihren kunstvoll gedrechselten Füßen fast antik wirkte. »Die Farben ganz oben. Und kontrollier bitte die Packscheine.« Mein Vater sah mich an, als erwarte er, dass ich einen Rückzieher mache.

»Okay«, sagte ich.

»Gut.« Mein Vater klopfte einen kleinen, unschlüssigen Rhythmus auf seinem Oberschenkel. »Gut. Ich mach mich dann mal wieder an die Arbeit.« Er setzte sich an die aus zwei miteinander verschraubten Tischen bestehende Werkbank, deren Oberfläche durch jahrzehntelange Benutzung völlig zerfurcht war.

»Danke«, sagte er, schon mit dem Rücken zu mir. Dann schwiegen wir. Ich öffnete die Pakete mit einer Ahle und begann, den Inhalt auf das Regal zu verteilen. Es klappte ganz gut. Die Bezeichnungen waren mir geläufig, mein Vater hatte mir schon als kleinem Jungen alles Wichtige erklärt, wenn ich bei ihm im Laden gewesen war. Auf die Arbeit meiner Mutter hatte ich nie mitgedurft – die Apotheke war kein Ort für kleine Kinder, hatte es immer geheißen. So fiel es mir nicht schwer, die Lieferung zu prüfen. Nach einer Weile ging draußen die Türglocke, die er diesmal hörte und sich beeilte, in den Verkaufsraum zu kommen. Ich achtete nicht weiter auf das Gespräch, aber es schien ein erfreulicher Auftrag zu sein, mein Vater pfiff, als er in die Werkstatt zurückkam.

»Was ist denn mit deinem Bein?«, fragte er. Die rechte Seite schonend, stieg ich gerade von der Trittleiter.

»Nichts, was soll sein?« Eins der Pakete war fertig ausgeräumt und ich schwenkte den Karton wie zum Beweis meiner guten Arbeit. »Brauchst du die Pappe noch?«

»Kein Bedarf«, winkte mein Vater ab. »Hat ein bisschen komisch ausgesehen, wie du da runter bist.« Er schaute, als hätte ich ihm einen Fehlbestand gemeldet.

»Alles gut«, sagte ich und lief ein paar Schritte, während ich die Zähne zusammenbiss. Mein Vater brummte, setzte sich und studierte einen Zettel. Unmut packte mich. Oft genug hatten mich seine Ausflüchte geärgert, wenn ihn irgendwas beschäftigte, aber von letzter Nacht konnte ich ihm einfach nicht erzählen. Langsam leerte ich das zweite Paket.

»Was hältst du davon, wenn wir Mama mal besuchen?« Der Satz erschreckte mich ein wenig. Ich hatte nicht vorgehabt, diese Frage heute zu stellen. Mein Vater rückte seinen Hocker von der Bank und ließ den Stiefel sinken, den er in der Hand hielt. Der Schaft klappte zur Seite wie ein schlaffer Luftballon.

»Du hast Ideen«, sagte er, als hätte ich vorgeschlagen, zum Mond zu fliegen.

»Wenn du meinst«, sagte ich, drückte ein in den Seitenwänden des Pakets verkeiltes Behältnis heraus und überlegte, wie ich das Gespräch in Gang halten konnte.

»Kannst du es dir wenigstens vorstellen?« In der Hoffnung, eine Antwort zu bekommen, schwieg ich eine Weile. Mein Vater untersuchte den Stiefel wie ein seltenes Artefakt.

»Irgendwann?«, fügte ich schließlich hinzu. Das Leder sank wieder nach unten.

»Ich wüsste nicht, wann. Ich komm hier nicht weg. Das weißt du.« Mein Vater sah sich in der Werkstatt um, als würde das alles erklären.

»Und ein Wochenende?«, fragte ich. »Samstag läuft kaum noch, hast du gesagt.« Es war mein letzter und einziger Trumpf in dieser Diskussion, aber der falsche.

»Ich bin auf alles angewiesen«, sagte mein Vater. Dann ist das Geschäft nicht mehr das Richtige, wollte ein Teil in mir entgegnen. Einen einzigen Tag zu schließen, das muss doch möglich sein. Aber das brachte ich nicht über die Lippen.

Ich sortierte die letzten Kleinigkeiten, faltete beide Kartons und fegte den Boden, auf dem sich eine ganze Milchstraße aus Verpackungsresten befand. Dann schaffte ich Eimer und Pappe in den Hof, räumte Besen und Kehrschaufel beiseite und rückte die Trittleiter zurück in die Ecke.

»Ich würd dann mal wieder.«

»Ist gut«, sagte mein Vater, ließ seinen Blick über das gefüllte Regal gleiten und nickte mir zu. »Danke für deine Hilfe.« Ich unterdrückte das Verlangen, ihn bei den Schultern zu greifen und kräftig zu schütteln.

»Gern geschehen«, sagte ich im Gehen. Das Glockenspiel verabschiedete mich und ich stand wieder auf der Straße. Seit letzter Nacht hatte es sich nur leicht abgekühlt. Aus den heruntergelassenen Fenstern der vorbeifahrenden Autos drangen kurze Musikfetzen, *Saturday Night* oder das derzeit unvermeidliche *Be My Lover*. Die Leute auf dem Weg trugen Shorts und Eistüten. Mein Bein, das mich nur halb so schnell vorankommen ließ wie gewohnt, nahm mir die Entscheidung ab, was ich mit dem Rest des Tages machen sollte.

Der Abend dämmerte, als ich in meinem Zimmer fertig war. Vor der Tür standen drei große Müllsäcke, gefüllt mit Baukästen, bunten Heften und Spielfiguren.

»Gute Reise«, sagte ich und brachte sie nach unten.

19

Die Ferien zogen sich hin. Wie ein Film, den man als Kind geliebt hat und der Jahre später irgendwie fade scheint, wie ein großes Geschenk mit glitzernder Schleife und buntem Papier, bei dem man feststellt, dass man mit dem Inhalt nichts anfangen kann. Die schönsten Tage hatte ich in der Stadt, wenn Glefe nicht auftauchte und Zombie dafür meine Nähe suchte. Gerade so wenig, dass die anderen nicht auf dumme Gedanken kamen, und gerade so viel, dass es kein Zufall sein konnte.

Andy, der sich auf der Flucht vor der Polizei mehr als eine Stunde auf der Ladefläche eines Kleinlasters versteckt hatte, blieb von seinem Vorhaben besessen, Geld für eine Knarre zu besorgen und irgendwann ins Biwak einzureiten. Wochenlang stritten Schröder und er über Sinn und Unsinn dieser Unternehmung. Bei einer Klautour im Supermarkt unterbreitete Andy den Vorschlag, seinen Vater, einen wohlhabenden Mann, zu überfallen, es folgten noch andere, ähnlich abstruse Ideen. Darauf musste ich einräumen, dass ich für solche Sachen nicht zur Verfügung stünde, was sich seltsamerweise nicht gut anfühlte. Warum bereitete einen niemand darauf vor, dass die Wahrung der eigenen roten Linie keineswegs zwingend mit edlen Empfindungen von Anstand und Ehrlichkeit einherging?

Caro hatte mit Kante angebandelt. Für eine Weile konnten sie kaum die Finger voneinander lassen, was sich mit dem gegen Abend regelmäßig steigenden Alkoholpegel zu einer Art Peepshow auswuchs. Die ebenso regelmäßigen Kommentare der Anwesenden zerplatzten an den beiden wie Seifenblasen. Wenn Glefe ähnliches mit Zombie versuchte, konzentrierte ich mich auf mein Bier. Ärger mit Nazis oder pöbelnden Passanten gehörte zum fast täglichen Ritual, mit der Zeit rief das eine seltsame Mischung aus Wachsamkeit und Abstumpfung hervor. Stachel, der zuweilen platt gekifft auf irgendeiner Bank in der Stadt einschlief, wurde eines Nachts mit Stiefelabsätzen im Gesicht geweckt und sah danach aus wie ein zerdroschener Kürbis. Das Einzige, was ihm wirklich nahzugehen schien, war allerdings nur der Verlust seiner hölzernen Haschpfeife.

Und dann war da noch Mila. Mila, die mich kurz vor den Ferien gewissermaßen nach einem Date gefragt hatte. Der Abend bei Dennis schien mir so weit weg wie ein fremdes Land. Ich saß in der Küche, als das Telefon klingelte. Die Vormittagssonne schien durchs Fenster, ich blinzelte gerade über einem Einkaufszettel. *Bitte Besorgungen machen*, drei Worte auf dem Rand einer Zeitung, die ich ohne den darunter winkenden Geldschein gar nicht entdeckt hätte. Die Aufforderung meines Vaters, mich um fehlende Lebensmittel zu kümmern. In ein paar Tagen würde die Schule wieder beginnen.

Der Apparat stand im Flur. Ich meldete mich etwas lustlos, in Erwartung eines Werbeanrufs oder irgendeiner Information, die nicht mich betraf.

»Hallo, Nino, bist du das da am anderen Ende?« Der Satz streckte sich, als ob ihn mir jemand diktieren würde. Ich erkannte die Stimme nicht sofort. Die Einzelteile der Situation passten nicht zusammen, wie zwei durcheinandergeworfene Puzzles.

»Ja. Und wer ist dort?«

»Dreimal darfst du raten.« Ein helles Lachen, und ich sah klar. Diesen Klang kannte ich aus der Raucherecke, wenn Jenny zu Besuch war und ihrer Freundin irgendetwas Schweinisches erzählte.

»Mila?«

»Korrekt. Volle Punkte!«

»Glück gehabt«, murmelte ich. Den Hörer in der Hand stützte ich mich auf den Flurschrank und fummelte an der Wählscheibe. »Und? Was läuft?«

»Das wollt ich dich fragen. Wie steht's denn mit deinen Überlegungen?« *110 Volkspolizei* las ich unter meinen Fingern.

»Was denn …«, begann ich, doch in diesem Augenblick schlich sich das Blumenparfüm in meine Nase zurück. »Ach so.«

»Ja?«, fragte Mila.

»Ja«, wiederholte ich. »Genau, ja. Also, das heißt, können wir machen.« Mila lachte erneut.

»Wir können, aber wir müssen nicht, meinst du?«

»So in der Art«, antwortete ich. »Aber wir können gern.« Ich wusste nicht, warum ich den Coolen spielte, meinem Selbstbild entsprach das keineswegs, aber irgendwie hatte Mila mir diesen Ball zugespielt. Mila, dieses große und über den Dingen schwebende Mädchen, Mila mit den Lippen wie ein breit gezogenes Herz, in jeder imaginären Topliste der Jungs meiner Klassenstufe an ebensolcher Top-Position, wollte sich mit mir treffen, rief mich sogar an. Hätte mir das jemand vor einem halben Jahr erzählte, er hätte ebenso gut von der Landung Außerirdischer auf dem Marktplatz berichten können, ganz abgesehen davon, dass sich damals Max für sie interessierte. Gewissermaßen blieb mir gar nichts anderes übrig, als entweder vor Schüchternheit aufzulegen oder auf leichtfertig zu machen.

»Wo hast du eigentlich meine Nummer her?«, fragte ich.

»Telefonbuch«, sagte Mila etwas verzögert und mit vollem Mund. Ich stellte mir vor, wie sie im Sessel saß, die Beine übereinandergeschlagen und einen Becher Fruchtjoghurt auf dem Oberschenkel. Genau wie im Unterricht, wenn keiner mitkriegen sollte, dass sie heimlich aß. »Na ja, deinen Vater zu finden ist nicht gerade schwer und die private steht gleich daneben.«

»Klar«, sagte ich. Die kleine Hoffnung, dass sie vielleicht mit Max Kontakt gehabt und die Nummer von ihm hatte, war ohnehin unsinnig. So wie die Geschichte auseinandergegangen war.

»Jedenfalls bin ich jetzt wieder da.« Sie schnaubte. »Der Familienurlaub war vielleicht scheiße, sag ich dir.«

»Okay.« Eine Pause entstand. Das Telefon rauschte ein wenig, als würde jemand Drittes in der Leitung sitzen und sanft in den Hörer pusten. Ich holte tief Luft und kniff ein Auge zusammen.

»Wollen wir uns gleich nachher treffen?« Die Frage kam etwas zu grell, aber immerhin in einem Stück. Am anderen Ende raschelte Papier.

»Können wir machen.« Ich konnte Milas Grinsen geradezu hören. »Wie du sagen würdest. Ich hab nix vor.«

»Wo wohnst du denn?«, fragte ich.

»Mozartstraße. Musikviertel. Aber lass mal rausgehen, oder?«

»Klar«, sagte ich. So machte man das wohl.

»Kannst mich ja abholen. Ist am Clara-Park, hm?«

»Ich weiß.« Mein Vater war immer bemüht gewesen, mir Wissen über die Stadt zu vermitteln. So wusste ich auch, dass die Bezeichnung des Viertels nichts mit den Namen der Straßen zu tun hatte, sondern mit dem früheren Gewandhaus, das im Krieg stark beschädigt und schließlich abgerissen worden war.

»Na dann«, sagte Mila. »So in einer Stunde?« Ich dachte an den Geldschein und meinen Zettel in der Küche.

»Schaff ich nicht ganz. Muss noch einkaufen.«

»Süß«, sagte Mila. Darauf wusste ich keine Antwort.

»Komm, wenn du fertig bist«, fügte sie an. »Ich bin da.«

»Gut, so machen wir das.« *Eier, Waschmittel, Milch.* Und der Gedanke, dass ich jetzt nur noch Unsinn reden würde, wenn das Gespräch nicht schnell ein Ende fand. Mila erlöste mich.

»Bis dann«, sagte sie. Das Telefon klickte und ich stand noch eine Weile da, auf den Schrank gestützt und den Hörer in der Hand, als wäre er etwas Kostbares, das nicht herunterfallen durfte. Ich beeilte mich mit meinen Besorgungen, sah in den Stadtplan, um sicherzugehen, dass ich den richtigen Weg fuhr, und schwang mich dann auf mein Rad, das ich seit der Nacht mit Andy nicht mehr benutzt hatte. Den Fahrtwind im Gesicht, der fast schon ein wenig nach Herbst roch, begann ich mich zu fragen, was Mila eigentlich von mir wollte. Hatte sie ernsthaft Interesse an mir? Wollte sie über Max sprechen? Oder war der Grund ein ganz anderer, ein Grund, den ich nicht durchschaute?

Ich erreichte das Musikviertel. Zwischen den Villen und prächtigen Gründerzeithäusern immer wieder hochgeschossige Plattenbauten, die selbst für den größten Ignoranten wie Fremdkörper wirken mussten. Hinterlassenschaften der DDR-Architektur, die sich im Stadtbild festgesetzt hatten und dort für immer daran erinnerten, dass Zweckmäßigkeit mal vor Schönheit gegangen war.

Am Straßenrand parkten Neuwagen, auf denen sich die Sonne spiegelte. Ich lehnte mein Fahrrad an den Stamm einer Eiche und sah mich als Zwölfjährigen, mit Schraubenzieher in der Tasche und dem Rucksack voller Autozeichen. Ein richtiger Sport war das, inklusive blühendem Tauschhandel, eine Zeit lang konnte man sich auf dem Schulhof fühlen wie in einer zwielichtigen Hafenbar. Zwei Mercedes-Sterne gegen Chrysler, drei für das Porsche-Wappen, die weniger Mutigen zahlten mit ihrem Taschengeld und die ganz Verrückten sammelten möglichst vollständige Alphabete aus den Buchstaben an großen LKW: Iveco, Scania, MAN. Nachdem mehrere Eltern die glitzernden Chrom- und Aluminiumlager entdeckt und ausgehoben hatten, war das Ganze eingeschlafen.

Ich klingelte bei Sommerfeld. Mila Sommerfeld, allein der Name klang wie eine Verheißung, wie erfunden, sich selbst gegeben, um bereits auf einem Heft oder der Rückseite eines Briefumschlags unmissverständlich klarzumachen, mit wem man es zu tun hatte.

»Ja?« Die Gegensprechanlage rauschte wie vorhin das Telefon.

»Ich bin's«, sprach ich in den Metallkasten.

»Wer ist denn ich?«

»Äh … Nino. Ist Mila da?« Das bekannte Lachen, so sternenhaft wie schweinisch, schob sich durch das Raster aus winzigen Löchern.

»Komm gleich.« Etwas unschlüssig trat ich ein Stück von der Tür zurück und drehte mir dann eine Zigarette. Mila rauchte nicht, so zumindest der Stand vor den Ferien, ihr Schatten Jenny konnte bei ihren Schulhofbesuchen jedoch locker drei Kippen verqualmen, weswegen ich den kurzen Gedanken von Unschicklichkeit wieder verwarf. An der Wiese war nur Caro Nichtraucherin, fiel mir ein, und daraufhin tippte ich mir selbst an die Stirn. Über Caro zu sinnieren, während ich Mila zu einem Spaziergang abholte und gleichzeitig rätselhaft verknallte Gefühle für Zombie hegte, kam wohl schon einer beginnenden Schwachsinnigkeit gleich. Diesen Kram musste ich dringend mal ordnen, diesen Berg aus Empfindungen, der mich in einem Moment auf seiner Spitze herumhüpfen ließ und im nächsten unter sich begrub. Im Grunde genommen konnte ich darüber nur mit Max reden, doch wir hatten seit über einem Monat keinen Kontakt, seine Eltern hielten mich für einen Ganoven und obendrein hatte ich ein Date mit seiner Verflossenen. Ich schnippte die nur zur Hälfte gerauchte Zigarette auf die Straße. Ein Auto fuhr darüber und ließ die Funken stieben. Fast hätte ich auf der Stelle kehrtgemacht.

»Na?« Mila stand in der Tür und grinste, als wäre sie schon die ganze Zeit da gewesen.

»Hi«, sagte ich, und da ich nicht wusste, ob ich zur Begrüßung noch irgendwas anderes tun sollte, war das alles.

Zwei Sekunden verstrichen, oder vielleicht zehn, Mila grinste weiter, das Gesicht gebräunt von mehreren Wochen Urlaub an der Sonne, hinter mir fuhr noch ein Auto vorbei.

»Also, runter zum Park?«, fragte ich.

»Können wir machen«, zitierte Mila, legte zwei Reihen Weiß unter ihrem Grinsen frei und knuffte mich in die Seite.

Die Mozartstraße führte direkt zum Clara-Zetkin-Park. Mila erzählte von ihren Ferien an der Adria, vom Krach mit den Eltern, weil ihre Schwester immer bevorzugt wurde, davon, dass sie kurz davor gewesen war, eher abzureisen, davon, dass sie kein' Bock aufs Gymnasium hatte, weil sie lieber eine Lehre machen wollte, und schließlich von Jenny, die ihren Freund Marc abgeschossen hatte und noch immer jeden Tag Anrufe bekam.

»Ein richtiger Volltrottel, dieser Typ. Geschah ihm ganz recht.« Ob Mila mit diesem Kommentar das Schlussmachen oder meine Tätlichkeit auf der Gartenparty meinte, war mir nicht ganz klar, aber ich fragte nicht nach. Ihre Offenheit gefiel mir, war mehr, als ich erwartet hätte, in der Schule hatten wir uns mehr oder minder immer ignoriert. Ich erzählte von meinem eigenen urlaubslosen Sommer, von der Clique in der Stadt und auch von meinem Vater. Das Thema Max mieden wir beide. An einem Eiswagen, der plötzlich an zwei sich kreuzenden Alleen auftauchte wie nachträglich in ein altes Gemälde gesetzt, kauften wir Kugeln in der Waffel. Dann setzten wir uns auf die Mauer einer Brücke und hätten vielleicht sogar wie ein Paar ausgesehen, wenn nicht der äußerliche Unterschied und die Armlänge Abstand zwischen uns gewesen wären. Irgendwann blieb Milas Blick an meinen Haaren hängen.

»Darf ich dich mal was fragen?«

»Klar«, sagte ich. Spatzen stritten um ein paar Pommes, die wie gelbe Würmer um einen vollgestopften Mülleimer gegenüber herumlagen, während Mila nach den richtigen Worten zu suchen schien.

»Wieso bist du Punk?«, sagte ihr Herzmund schließlich. Vier Worte und eine Frage, die mir noch niemand gestellt hatte, nicht mal ich selbst. Punk, das war man halt. Dafür musste man sich nicht rechtfertigen. Ich zermahlte den Rest meiner Waffel zwischen den Backenzähnen. Als ich fertig war, hatte ich immer noch keine bessere Antwort als das, was Kante zum Thema Glück gesagt hatte.

»Ich scheiß auf das, was morgen ist.«

»Okay«, sagte Mila. Die Mittagssonne strahlte ihr direkt ins Gesicht, sie blinzelte, schaute in die Ferne wie auf einem Ausguck und dann wieder mich an. »Und wieso wirklich?« Eine Pause entstand, lang wie ein ganzer Tag, aber Mila hatte recht. Ich war selbst unzufrieden mit der Antwort.

»Vielleicht ist es das Gefühl, nirgendwo so richtig dazuzugehören«, sagte ich. »Draußen zu stehen. Das vielleicht auch so zu wollen. Aber irgendwie auch Wut darauf zu haben.« Mila nickte eine Weile, eine Bewegung wie ein fast unmerkliches Schaukeln. Sie schwieg. Auf dem Fluss unter uns trieb ein breitnackiger Mann in einem winzigen Motorboot mehrere Ruderer mit seinem Megafon vor sich her.

»Darf ich dich auch was fragen?«

»Na los«, sagte Mila, halb zu den Ruderschülern, halb zu mir. Ich überlegte noch einen Moment, ob die Frage nicht zu direkt war, aber die Neugier war schon auf meiner Zunge.

»Wieso wolltest du dich mit mir treffen?« Mila lächelte. Nicht das spitze und ironische Lächeln, dass ich aus der Schule kannte und das sie zu fast jeder Gelegenheit zeigte. Es sah mehr so aus, als höre sie ein schönes Lied.

»Weiß nicht, Nino.« Sie strich über ihre kurze Hose. »Weiß nicht. Vielleicht geht's mir wie dir.«

20

Die Chaostage standen kurz bevor. Am nächsten Morgen würde ich wieder in die Schule gehen und in der Stadt gab es an diesem Abend kein anderes Thema als die Frage, wer am kommenden Wochenende zu dem großen Punkertreffen nach Hannover fahren und vor allem wie man hingelangen würde, so ohne Knete.

»Legendär, Mann. Legendär«, wiederholte Glefe wie eine Schallplatte mit Sprung. Er hockte breitbeinig auf dem Rand eines Blumenbeets, seine Weinflasche in der Hand wie eine Keule. Zombie und er wollten trampen, Stachel am liebsten ein Auto klauen, ein paar der Älteren meinten, dass die Züge ohnehin voll mit Lederjacken sein würden und man auf die Schaffner scheißen könne. Ich hielt mich zurück. Ich hatte keine Idee, wie ich meinen Vater von einem solchen Trip überzeugen könnte, und einfach so wollte ich nicht fahren. Ohnehin hatte ich wenig Lust, mehrere Tage mit Zombie zu verbringen, wenn Glefe an ihr klebte wie ein Schatten. Auf seiner steinernen Bank schwankend, hinter sich umgepflügte rote und gelbe Stiefmütterchen, ahnte er wohl meine Gedanken, denn er grinste mir unablässig ins Gesicht, während er von den Anfängen in den Achtzigern und der Punkerkartei dozierte, als hätte er alles selbst erlebt. Ich hielt mich an Kante, der noch nicht wusste, ob er nach Hannover wollte, an Andy, der lieber seine Geldbeschaffungsprojekte verfolgte, als Party zu machen, und an Schröder, der sich zu fein war, auf der Straße oder in besetzten Häusern zu pennen, auch wenn er das so offen nicht sagte.

Der Soundtrack des Tages waren unablässig scheppernde Dosen, wir hatten zusammengelegt, am Bahnhof mehrere Paletten Billigbier gekauft und spielten mit der Begeisterung von Kleinkindern Büchsenwerfen.

»Stell wieder auf!« Es war eher eine Art primitiver Laut als ein Satz, ich hatte schon mindestens sechs Hülsen mit der schlichten Brühe getrunken und ein Ende war nicht in Sicht. Bereitwillig baute Kante eine neue Pyramide, wenn jemand besoffenes Gestammel entschlüsseln konnte, dann er. Mein Ball, eine so platt wie eine Briefmarke getretene Dose, flog kunstvoll über sein Ziel hinweg. Ich holte das Geschoss zurück und wiederholte die gesamte Aktion ein paarmal, Schröder und Kante feuerten mich mit närrischer Inbrunst an. Endlich traf ich ins Zentrum des Bauwerks, das auseinanderplatzte wie eine Silvesterrakete. Zur Belohnung öffnete ich mir noch ein Bier. Als sich die Nacht senkte und die Stadt langsam still wurde, saß ich auf einer Bank und hatte komplett den Überblick verloren, wie viel ich an dem Tag gesoffen hatte.

»Du solltest nicht allein hierbleiben.« Stachels Zeigefinger bohrte sich in meine Schulter. Er hatte noch immer zwei blaue Augen, die einfach nicht abschwellen wollten. Ein bisschen sah es aus, als trüge er eine Schwimmbrille. »Ich weiß, wovon ich rede.«

»Klar«, murmelte ich. »Weißt ja alles.« Ich rutschte ein

Stück hoch. Mein Magen brannte. »Was kümmert es dich?« Stachel legte seinen Kopf schief. In meiner dumpfen Wahrnehmung lief die Bewegung wie in Zeitlupe ab.

»Hör mal«, sagte er, ganz langsam, aber vielleicht kam mir das auch nur so vor. »Lass deinen Frust über meine Schwester nicht an mir aus. Ich geb dir hier nur einen Tipp.«

»Scheiß drauf«, sagte ich und hatte keine Ahnung, was ich meinte.

»Na komm«, sagte Kante, der von hinten herangewankt kam. »Ich mach auch heim.«

Mit Glück erreichten wir die letzte Straßenbahn. Kante war schneller und hielt die Tür aufgedrückt, während das Abfahrtssignal brummelte wie ein Schwarm wild gewordener Hornissen. Krachend ließen wir uns in die Plastiksitze fallen. Die Bahn fuhr los. Ich schaute nach draußen. Im Fenster spiegelte sich Kantes Profil und seine tausend Ohrringe.

»Was wollte Stachel denn gerade von dir?« Durch das Donnern der Schienen, das mir doppelt so laut vorkam wie sonst, hörte ich Kantes Stimme nur gedämpft. »Also, irgendwas mit Zombie? Biste verknallt?«

»Blödsinn.« Wenn offiziell würde, was ich zu verbergen versuchte, vor den anderen und auch ein bisschen vor mir selbst, wäre das nur Futter für Glefes Spott. Gleichgültig, wie benebelt ich war, diese Tatsache stand klar in meinem Kopf. Kante hob seine frisch versilberte Braue, sein neuestes Projekt. Ich erwiderte seinen Blick und schwieg. Schließlich zuckte er mit den Achseln.

»Na dann. Noch einen Absacker?«, fragte er, kramte in seiner Tasche und schwenkte eine kleine Flasche Goldkrone unter meiner Nase. Ich nahm einen tiefen Schluck, die Bahn hielt, Kantes Station, und als sie wieder anfuhr, bemerkte ich es. Dieser Schluck war der entscheidende zu viel gewesen, der berühmte eine Tropfen, der brechende Krug, der absolut letzte Nagel am Sarg. Unaufhaltsam wie ein freier Fall pumpte mein Inneres die Zecherei des Tages Richtung Hals. Ich presste die Hand vor den Mund, aber ebenso gut hätte ich versuchen können, einen platzenden Hydranten festzuhalten. Unter mir rumpelte das Gleisbett, oben kotzte ich zwischen die Reihen. Die Sitze, der Boden, meine Stiefel, meine Hose, nichts ließ ich aus. Würgend und von immer neuen Krämpfen geschüttelt, hätte ich fast meine Haltestelle verpasst. Der Wagen war fast leer, die wenigen Mitfahrer schauten angestrengt nach vorn. So schnell es mein Zustand zuließ, flüchtete ich nach draußen. Mein ganzer Körper fühlte sich an wie auseinandergerissen und falsch wieder zusammengefügt. Irgendwie, mit letzter Kraft, schaffte ich es bis nach Hause.

»Was ist das denn?« Es war hell und in den Gardinen an meinem offenen Fenster spielte der Wind. Abwechselnd nahm mein Vater seine Brille ab und setzte sie wieder auf, als könne er damit eine Verbesserung des Anblicks vor sich bewirken. Ich lag im Bett, angezogen und verdreckt, und anstelle eines Kopfes war mir eine eiserne Kugel gewachsen, die unablässig von einem Hammer bearbeitet wurde.

»Steh auf, Mensch. Du kommst zu spät.« *7:20* leuchtete rot auf dem Wecker, in nicht mal einer halben Stunde würde das neue Schuljahr beginnen. Mein Vater ging aus dem Zimmer, als hätte sein Sohn einfach nur verschlafen und müsse sich nun ein bisschen beeilen. Zum Denken noch unfähig, brachte ich mich so mühsam wie mechanisch in die Senkrechte, zog mich um und wusch mir im Bad das Gesicht. Das kalte Wasser vertrieb, vorerst zumindest, das Gefühl von Totalschaden. Fluchend stellte ich fest, dass die Analgin im Spiegelschrank alle waren. Ich ging in die Küche.

»Haben wir noch Schmerztabletten?«

»Mensch, Nino!« Mehr Antwort kam nicht. Mein Vater schob mir eine Kaffeetasse hin und kippte sie beinahe um. Schneller als er war ich an der Spüle, nahm das Schwammtuch, wischte die Pfütze auf und trank den unverschütteten Rest. Die plötzliche Lust auf Spiegelei und saure Gurken ignorierte ich. Die Küchenuhr zeigte halb acht.

»Kannst du mich fahren?« Für einen kurzen Moment schaute mein Vater, als hätte er keine Ahnung, womit. Dann stand er auf.

»Los«, sagte er. Ich eilte in mein Zimmer, schmiss ein paar Sachen in den Rucksack, die ich vielleicht gebrauchen konnte, und schlüpfte in meine Stiefel, die noch die Spuren der letzten Nacht trugen, aber es blieb keine Zeit. Der Ford parkte gegenüber, mehr grau als weiß, die Beifahrertür klemmte und mein Vater musste sie von innen öffnen. Immerhin, der Motor startete, kurz darauf rasten wir über Seitenstraßen Richtung Schule. Die Fahrweise meines Vaters ließ mich fast erneut übergeben, ich fixierte die Klappe des Handschuhfachs und umklammerte meinen Rucksack wie eine Rettungsboje. Die an den Fenstern vorbeirauschenden Häuser verschwammen zu einem bunten Brei. Mein Kopf dröhnte unerträglich, am liebsten hätte ich ihn abgerissen. Das Kopfsteinpflaster neben meiner Schule gab mir praktisch den Rest, aber ich fokussierte die verbliebenen Hirnwindungen darauf, in einem Stück und vor allem noch rechtzeitig anzukommen, fünfzehn Minuten zuvor hätte ich das für unmöglich gehalten.

»Danke«, brachte ich noch heraus. Die Tür offen lassend, stolperte ich aus dem Auto, auf den Schulhof und durch das kunstvoll geschnitzte Tor, das sich mit einem Krachen hinter mir schloss, als wolle es irgendein Schicksal besiegeln. Ich erreichte das Klassenzimmer mit dem Gong zur ersten Stunde. Abgehetzt stand ich da, als würden mir auf den letzten Metern endgültig die Kräfte versagen. Alle saßen auf ihren Plätzen, vorn am Pult Herr Kramer, ernst wie ein Staatsmann vor der großen Rede.

»Dann sind wir ja vollzählig«, hob er an, ohne meinen Auftritt weiter zu beachten. Mit einem schnellen Blick erfasste ich drei Personen. Dennis, der an seiner Federmappe nestelte, als müsse er dringend und genau jetzt seine Stifte zählen, Mila, die mir ein Lächeln schenkte, so klein, wie ein Mund sich nur bewegen kann, und – Max. Er hatte die Arme verschränkt und trug ein Hemd, das mich unweigerlich an einen Bankkaufmann denken ließ, aber immerhin war der Platz neben ihm frei. Er blieb stumm, als ich mich setzte. Herr Kramer dozierte über den Beginn des zehnten Schuljahres, den gewichtigen Schritt Richtung Erwachsenwerden, über unsere Pflichten und die seinen als neuer Klassenlehrer. Ebenso gut hätte er aus dem Telefonbuch vorlesen können. Ich stieß Max in die Seite.

»Mann, ich bin vielleicht durch«, flüsterte ich.

»Nicht zu übersehen«, raunte Max zurück. Es klang nicht unfreundlich und ich schöpfte Hoffnung.

»Wo warst du denn den einen Abend? Und überhaupt die ganze Zeit?«, fragte ich, scheinbar zu laut, denn Herr Kramer stoppte seinen Vortrag mitten im Satz und reckte sein sauber rasiertes Kinn.

»Schön, dass ihr euch so viel zu erzählen habt. Aber jetzt ist Unterricht!«

»Sie unterrichten doch noch gar nicht.« Die Antwort platzte aus mir heraus wie Wasser aus einer kräftig geschüttelten Flasche. Im selben Moment bereute ich sie. Ich hatte nichts gegen Herrn Kramer. Ihn schon in der ersten Minute nach den Ferien gegen sich aufzubringen war eine doch etwas zweifelhafte Leistung. Zwanzig Münder und Nasen hielten den Atem an. Schnell fand mein Lehrer seine Sprache wieder. Jemand anders hätte mich vielleicht rausgeworfen, nicht so Herr Kramer.

»Ein gewisser Punkt«, sagte er. »Mithin, auf das Organisatorische können wir nicht verzichten. Und um ehrlich zu sein, glaube ich, dass du erst mal wach werden solltest, Nino.« Die Anspannung, die für einen Augenblick über der Klasse gelegen hatte wie eine plötzliche Lähmung, löste sich in gedämpftes Kichern und ich wusste nicht, ob ich mich ärgern oder erleichtert sein sollte.

Reden später, schrieb ich auf einen Zettel und schob ihn zu Max. Mein Nachbar nickte, was die Abmachung besiegelte, für den Rest der Stunde die Klappe zu halten. Ich massierte meine Schläfen und trank in der kleinen Pause auf dem Klo bestimmt drei Liter Wasser aus dem Hahn. Gegen Ende der Deutschstunde bei Frau Stein, die ähnlich salbungsvolle Worte über die Bedeutung des anbrechenden Schuljahres an uns richtete wie Herr Kramer, fühlte ich mich wieder einigermaßen klar, dafür zwickte jetzt das fehlende Frühstück.

»Geh'n wir zum Bäcker?« Zwanzig Minuten Hofpause. Zwanzig Minuten, um zu quatschen und etwas Essbares zu besorgen. Max und ich liefen die Treppe hinunter, um uns herum ein Gewühl aus Schülern, die lautstark von den Ferien schwärmten oder wahlweise taten, was sie am besten konnten – lästern. Mit Ausnahme für die Oberstufe war das Verlassen des Schulgeländes erst in der Mittagspause gestattet, aber auch der Gang zur Raucherecke wurde geduldet, außerdem knurrte mein Magen wie der eines Bären kurz nach dem Winterschlaf. Max brauchte etwa vier Stufen, um zu antworten.

»Ist gut.« Die Schultern durchgedrückt, schoben wir uns an der Pausenaufsicht vorbei zur Platane. Dennis stand bereits da und zog an seiner Zigarette wie an einem Strohhalm. Ich beachtete ihn nicht weiter und lief mit Max Richtung Hauptstraße. Etwas zu sagen fiel mir schwer, zu zerbrechlich schien dieser Moment, und auch ein wenig irreal. Fast zwei Monate hatten wir nicht miteinander gesprochen. Schließlich siegte die Neugier.

»Also, Mann, was hast du getrieben?« Max schnaufte, ein Ton, der aus dem tiefsten Grund seines Körpers zu kommen schien.

»Scheiße alles«, sagte er. »Weiß gar nicht, wo ich anfangen soll.«

»Von mir aus am Anfang.« Das war vielleicht etwas zu spitz, aber zu den widerstreitenden Gefühlen in mir gehörte auch Ärger. Max forschte in meinem Gesicht und wurde wohl selbst nicht ganz schlau aus dem, was er dort sah. Dann nickte er.

»Hast recht.« Max verlangsamte seinen Schritt, als ob er

so seine Gedanken besser ordnen konnte. »Also, meine Alten sind an dem Abend pausenlos um mich rumgehüpft. Ich glaub, die haben Lunte gerochen. Telepathie oder was, keine Ahnung. Hatte mir schon die Docs hochgeholt, Mutter kam rein und hat mich richtig gelöchert. Schuhe im Zimmer, wieso und weshalb. Totales Theater.« Mittlerweile standen wir an der Hauptstraße und warteten auf eine Lücke in der Autoschlange, durch die wir auf die andere Seite schlüpfen konnten.

»Die nächste Stunde war das reinste Katz-und-Maus-Spiel«, fuhr Max fort, während wir nach links und rechts schauten. »Docs wieder raus, heimlich Turnschuhe hoch, Mutter wieder rein, nächster Stress. Spätestens da hat sie nicht mehr lockergelassen. Fand tausend Vorwände, wieder und wieder in mein Zimmer zu kommen. Das war wie so ein bescheuerter Sketch.« Wir überquerten die Straße und betraten die Backstube.

»Gleich«, sagte Max und bedeutete mir damit, dass er keine Zuhörer wollte. Die Frau vor uns kaufte Brötchen, ich selbst wählte eine Käsestange.

»Ach, geben Sie mir gleich zwei«, schob ich hinterher. Max grinste matt und die Hoffnung, dass zwischen uns alles wieder so werden könnte wie früher, sickerte in mein Inneres wie Tinte in ein Glas Wasser.

»Jedenfalls«, sagte er, als wir wieder draußen waren und jeder eine Käsestange in der Hand hielt, »bin ich irgendwann ins Bad und hab Zähne geputzt. Blieb mir ja nichts anderes übrig. Schlafanzug, Licht aus, das volle Programm. Unser Telefon steht unten, anrufen konnte ich nicht. Mein Plan war, am Fenster auf dich zu warten. Und Bescheid zu geben, dass du allein zur Party musst.« Er machte eine Pause. »Wie war's denn überhaupt?«

»Kurz«, sagte ich kauend. »Und schmerzhaft.« Ich winkte ab. »Nicht für mich. Erzähl erst mal weiter.«

»Na ja«, sagte Max. »Ich hab mich hingelegt, gewartet und gelauscht. Auf der Treppe war Ruhe, aber kaum bin ich am Fenster und will die Lage checken, steht da schon wieder meine Mutter hinter mir. Wie ein Geist. Ich bin fast ausgeflippt. Vor Schreck und weil ich so sauer war.« Er betrachtete sein Gebäckstück.

»Weißt du, wir haben nie gestritten. Meine Mutter ist mir schon so oft auf den Sack gegangen, aber streiten? Keine Ahnung. Das war immer so ein Tabu. Aber da, da haben wir uns gefetzt. Ich hab Sachen gesagt, puh. Aber wirklich eskaliert ist das Ganze erst in dem Moment, in dem mein Vater reinkam. Und erzählte, er hätte gerade jemanden vom Grundstück gejagt. Dich.« Max sah mich an und ich meinte, in seiner Miene den Hauch eines Vorwurfs zu sehen, einem winzigen Luftzug gleich. Dann war der Moment vorbei. Die Schule kam wieder in Sicht, die Platane, das Gewühl auf dem Hof, fremd und vertraut zugleich. Wir blieben stehen.

»Mann«, sagte ich. »Ja. Eine richtige Scheiße war das. Wie der da auf einmal aufgetaucht ist. Einfach superschräg. Was anderes als abhauen ging nicht. Und dann?« Max biss ein Stück Käsestange ab und schluckte es runter, wie es war.

»Zum Vergessen«, sagte er. »Ernsthaft. Haben gezofft, wie man nur zoffen kann. Den ganzen Sonntag ging das so weiter. Als ich mitbekommen habe, wie meine Mutter deinen Vater angerufen hat, war der Ofen endgültig aus. Komplett.« Max runzelte die Stirn, eine Bewegung, die nicht aufhören wollte, bis sie das ganze Gesicht erfasst hatte. »Ich war so wütend, dass ich gesagt hab, ich schmeiß die Schule. Um meinen Eltern eins reinzuwürgen. So richtig. Deswegen bin ich nicht mehr gekommen.« Max nickte, ein Nicken von der Art, wie man einen Vortrag beendet. Ich atmete tief aus und versuchte, das Gehörte zu verarbeiten. Ein schlechtes Gewissen meldete sich. Alles Mögliche hatte ich mir zusammengereimt, nur das nicht. Hatte ich meinem Freund zu wenig vertraut? Mich zu wenig darauf verlassen, dass es für all die Verwirrung einen plausiblen Grund geben muss?

»Heftige Geschichte«, sagte ich.

»Ja, heftig«, sagte Max, leiser als vorher, als hätte ihn seine eigene Erzählung betroffen gemacht. »Glaub mir, ich wollte mich ja melden, aber ich hab's einfach nicht auf die Reihe bekommen. Meine Eltern wollten sogar den Urlaub abblasen. In dem Moment hab ich kapiert, wie beschissen es ihnen selbst mit der Situation ging.« Die Schulglocke kündigte das baldige Ende der Pause an und der Hof begann sich zu leeren. Wir standen noch immer außerhalb, als würden wir überlegen, entweder die dritte Stunde zu besuchen oder abzuhauen.

»Wir sind dann gefahren«, sagte Max. »Zusammen. Hast du die Karte bekommen?«

»Klar«, sagte ich. »Danke. Hättest nur nicht so einen Roman schreiben müssen.« Max lachte, etwas unsicher noch, aber immerhin.

»Ich hab's versucht.« Die Aufsicht, irgendein neuer Referendar mit einer Föhnfrisur wie Luke Perry, lief Richtung Zaun und tippte auf seine Uhr.

»Kommt ihr?«

»Wir kommen«, antwortete Max für uns beide. Mit meinen Gedanken beschäftigt, fiel ich im Treppenhaus ein Stück zurück. Auf der letzten Stufe drehte sich Max um.

»Eins noch, Nino. Meine Eltern … ich will denen erst mal keinen neuen Stress machen. Irgendwie meinen die es ja nur gut. Haben es immer gut gemeint. Mit allem.«

21

So sehr ich mich darüber freute, mit Max wieder quatschen zu können – zumindest in der Schule, hier konnten seine Eltern uns ja nichts verbieten – drängten sich in den folgenden Tagen zwei neue Probleme herein, ungebetenen Gästen gleich, die sich nicht abwimmeln ließen. Das erste war die sich verändernde Garderobe von Max, seine feinen Hemden, zu denen sich schon bald ein Paar Halbschuhe der Sorte Sonntagsausflug in Kultureinrichtungen gesellte. Ich verkniff mir meine Kommentare, letztlich ging mich nichts an, wie sich mein Freund kleidete. Das Gefühl, dass Max vor seinen Eltern kapituliert hatte und diese Tatsache damit für jeden sichtbar machte, wurde ich dennoch nicht los. Das zweite, schwerwiegendere Problem war Mila. Die ganze Woche zerbrach ich mir den Kopf, ob und, wenn ja, wie ich Max von unserem Treffen in den Ferien berichten sollte. Dass ich mich selbst in die Situation gebracht hatte, gewissermaßen zwischen den beiden zu stehen, machte die Sache nicht besser. Zu allem Überfluss mogelte sich ein seltsames Gefühl in mein Inneres, wenn mein Blick in einer langen, langweiligen Stunde mal wieder an Mila hängen blieb, ein Gefühl, das ich nicht deuten konnte. Starrte ich zu lange, fragte Max so arglos wie amüsiert, ob ich träumte, oder machte irgendeinen Spruch, woraufhin ich mich so unbeteiligt wie möglich gab. Er schien nicht das Geringste zu ahnen, woraus ich schloss, dass die Behauptung mit dem Iro und den Chancen eben doch nur ein Witz gewesen war, allerdings brachte mich das nur noch mehr in Konflikt. Andererseits, die beiden hatten sich getrennt. Ich tat also nichts Verbotenes. Oder doch?

Ein neuer Französischlehrer war noch nicht gefunden. Die Nachricht, dass Frau Lorenz weggezogen war, wurde von Herrn Kramer einigermaßen umständlich verkündet, offenbar hatte sie nicht nur mich mit ihren Plänen überrascht. Die Vertretungsstunden schleppten sich mit Arbeitsblättern und Diktaten dahin. Max ließ mich abschreiben.

Am Freitagnachmittag ordnete ich, noch unschlüssig, ob ich in die Stadt fahren und Abschiedskomitee für die Reisenden nach Hannover spielen wollte, gerade einen Berg Schulmaterial, als das Telefon klingelte. Ich wusste, wer anrief, noch bevor ich den Hörer abhob.

»Hi«, sagte ich.

»Hi.« In Milas Stimme war eine Spur Überraschung, als hätte sie gar nicht damit gerechnet, mich zu erreichen.

»Alles klar bei dir?«, fragte sie. »Erste Schulwoche und so?«

»Ich hab's überlebt«, sagte ich. »Nach diesen feierlichen Verkündungen am Anfang war der Rest ganz okay. Aber, wie Herr Kramer meinte, wir werden uns anstrengen müssen.« Mit meiner freien Hand malte ich ein Gänsefüßchen in die Luft.

»Na ja, für mich ist es vielleicht das letzte Jahr.« Mila lachte. »Muss nur noch meine Eltern überzeugen.«

»Viel Glück«, sagte ich, spöttischer als beabsichtigt. Mila räusperte sich.

»Hör mal, Nino«, sagte sie. »Die sind heute Abend nicht da. Meine Eltern, mein ich. Und Sandra schläft bei ihrer Freundin.«

»Sturmfrei. Super.«

»Genau.« Mila machte eine Pause.

»Und?«, fragte ich, ein bisschen unwillig, auf den Subtext einzugehen. »Schon was geplant?«

»Na ja«, sagte Mila so sachlich, dass ich grinsen musste. »Eigentlich hatte ich überlegt, jemanden einzuladen. Dich.«

»Okay ...« Ich zog das Wort lang wie der Moderator einer Fernsehshow. »Und was machen wir dann so?«

»Quatschen natürlich. Was denn sonst?« Diesmal war ich es, der lachte.

»Natürlich.« Ich schaute an die Decke, auf der Suche nach einer intelligenten Fortführung des Gesprächs. Raufaser und eine Lampe aus Pressglas, die aussah wie ein umgedrehter Aschenbecher. Und meine Mutter, groß und hell wie ein überbelichtetes Dia, als sie die Lampe anbrachte und mein Vater die Leiter hielt. Ich schloss die Augen, um die plötzliche Erinnerung abzuschütteln.

»Okay«, sagte ich noch einmal. »Wann?«

»Nicht vor acht«, sagte Mila. »Sandra kann ihre Klappe nicht halten, darauf hab ich kein' Bock. Dann ist sie aber sicher weg.«

»Ist gut. Soll ich was mitbringen?« Der Satz war bereits heraus, als mir auffiel, dass man ihn auch zweideutig interpretieren konnte, aber Mila hatte mich verstanden.

»Ich trink gern Sekt«, sagte sie. »Trocken.«

»Geht klar. Bis neun bin ich da.«

»Schön«, sagte Mila, hielt noch einmal kurz inne und beendete dann das Telefonat, wie um zu verhindern, dass ich es mir anders überlegte. »Bis nachher.«

Den Hörer in der Hand wie beim letzten Mal stand ich im Flur und wiederholte im Kopf unser Gespräch. Hatte ich zu schnell zugesagt? Wo führte das Ganze hin? Die Schnur des Telefons war verdreht und ich brauchte eine Weile, um sie zu entwirren. Ich ahnte, dass mich Milas neuerliche Einladung zu irgendeiner Positionierung zwang, vor Max und vor mir selbst. Schließlich wischte ich den Gedanken beiseite und legte auf. Im Supermarkt kaufte ich zwei Flaschen Sekt, das grüne Glas baumelte an meinen Händen wie kleine Gewichte. Wieder zu Hause machte ich mich ans Abendessen. Ich holte Kartoffeln aus der Kammer, wählte den größten Topf, weil ich zu viele schälte, schüttete zwei Dosen Erbsen in einen kleinen und briet dazu gewürfelte Jagdwurst, die in der Pfanne wabbelte wie Teros Katzenfutter. Ich war gerade fertig, als der Schlüssel zur Wohnungstür ging. Mein Vater kam in die Küche, schaute auf das Essen und warf mir über den Rand seiner Brille einen Blick zu, der in etwa die Frage enthielt, was ich jetzt schon wieder ausgefressen hatte.

»Hallo«, sagte ich. »Hunger?« Ein paar Sekunden blieb der Blick derselbe, dann nickte mein Vater, indem er seinen Kopf genau einmal nach unten senkte.

»Kann nicht behaupten, dass ich keinen hätte. Abend erst mal.«

»Abend. Ist gleich so weit.« Ich holte Teller und Besteck aus dem Schrank und kramte in der Schublade nach Untersetzern, bis ich drei Stück beisammen hatte: ein Frühstücksbrettchen, ein Metallgitter, das mein Vater von einer Kundin geschenkt bekommen hatte, und ein Viereck aus Walzenperlen, von mir vor ungefähr hundert Jahren gebastelt. Dann platzierte ich alles auf dem Küchentisch. Töpfe und Pfanne dampften ein ganzes Wolkenband in den Raum. Wir setzten uns gegenüber.

»Nach dir«, sagte ich. Mein Vater spießte mit seiner Gabel mehrere Kartoffeln auf. Eine nach der anderen zerfiel und er wechselte zum Löffel.

»Hab ich was verpasst?«, fragte er.

»Glaub nicht.« Dass ich kochte, fand ich nicht so ungewöhnlich, wie mein Vater gerade tat. Die Hausarbeit teilten wir schon lange. Andererseits war es eine Weile her, dass wir abends zusammen gegessen hatten. Ich füllte meinen Teller.

»Wie läuft's denn im Geschäft?« Es interessierte mich wirklich, auch wenn diese Erkundigungen immer ein bisschen klangen, als würde ich nur aus Höflichkeit fragen. Mein Vater kaute und konstruierte winzige Schaschliks aus Erbsen und Wurst auf der Gabel.

»Ganz ehrlich?«, sagte er zwischen zwei Bissen, und da er auf diese rhetorische Frage offenbar tatsächlich eine Antwort wollte, nickte ich.

»Klar.« Das Besteck wanderte zur Seite.

»Flaute, seit Wochen. Die Lieferung, die du letztens ausgepackt hast, in den Ferien, weißt du noch? Habe gerade mal die Hälfte bezahlen können bis jetzt. Die Kunden sagen mir nun schon direkt ins Gesicht, dass es sie billiger kommt, Neuware zu kaufen.«

»Echt Mist«, sagte ich, etwas Besseres fiel mir nicht ein.

Mein Vater zuckte mit den Schultern, als ginge ihn das nicht im Geringsten irgendetwas an. Ich aß weiter, langsam und mit wenig Genuss.

»Hast du eigentlich mal überlegt, was anderes zu machen?« Diese Frage lag auf der Hand, fand ich, aber ich merkte sofort, dass sie ein Fehler war. Für einen Moment sackte mein Vater zusammen, als würde plötzlich die Hälfte von ihm fehlen. Dann richtete er sich auf und sah mich an, mit einem Blick, so befremdet, als hätte ich ihm eröffnet, in Zukunft in einer Waldhütte hausen zu wollen.

»Wo? Und was?« Seine Stimme klang fern, wie von jemand Drittem im Wohnzimmer oder Flur. Mir blieb nichts anderes übrig, als selbst mit den Schultern zu zucken. Mein Vater hatte recht. Was wusste ich schon. Ich wusste ja nicht einmal, was ich selbst wollte oder konnte. In meiner Klasse gab es Leute, die von ihrer Zukunft sprachen, als wäre das Leben ein Baukasten mit beliebigem Inhalt, eine Maschine, die schon laufen würde, drückte man nur die richtigen Knöpfe. Offenbar musste man nur ganz fest daran glauben.

Ein leichter Regen hatte eingesetzt, als ich mich auf den Weg zu Mila machte, mehr Nebel als wirklicher Niederschlag. Die Sektflaschen klapperten dumpf in meinem Rucksack,
und ich gab mir Mühe, nicht an Zombie und Glefe zu denken, die in diesem Augenblick bestimmt eine ganz grandiose Zeit hatten. Ich freute mich auf Mila, war sogar ein bisschen aufgeregt. Gleichzeitig ahnte ich, dass ich Zombie den Vorzug gegeben hätte, wenn sie mich an diesem Abend ebenfalls hätte sehen wollen. Aber war das Grund genug, ein derartiges Angebot auszuschlagen? Zu guter Letzt er-

schienen mir diese Gedanken sinnlos. Ich hatte ohnehin schon zugesagt.

Mit einem noch immer unbestimmten Gefühl lehnte ich mein Rad an denselben Stamm wie beim letzten Mal, zog den Schlüssel vom Schloss und fuhr mir über die Stirn. Das Gemisch aus Regennässe und Schweiß wischte ich an meiner klammen Hose ab. Ich ging zur Tür und drückte das Kästchen mit dem Namen Sommerfeld. Nur einen Herzschlag später summte der Öffner. Das Treppenhaus hatte was von dem Aufgang einer fürstlichen Residenz. Marmorstufen hallten unter meinen Stiefeln und statt der sonst üblichen, wahlweise frischen oder abblätternden weißen Farbe zogen sich bunte Mosaiken an den Wänden entlang. Mila empfing mich in der dritten Etage. Sie stand am Treppenabsatz wie eine Staffelläuferin und grinste.

»Schick habt ihr's hier«, sagte ich.

»Es gibt Schlimmeres.« Mila berührte mich an der Schulter, die Andeutung einer Umarmung. »Aber ist mir reichlich wumpe.« Sie trug kein Make-up, was selten vorkam und sie erwachsener aussehen ließ, entgegen der Überzeugung der wahrscheinlich meisten Mädchen meines Alters.

»Komm rein.« Ich folgte Mila in den Flur ihrer Wohnung, ein schier endloser Gang voller Bilder und Schränke mit feinen Schnitzereien, poliert wie für ein Museum.

»Und bitte Schuhe aus«, sagte sie, fast entschuldigend, was hier aber logisch erschien.

»Klar.« Ich entledigte mich meiner Stiefel. Mila verschwand in einem Raum, in dem ich die Küche vermutete.

»Willst du was trinken?«, rief sie von Weitem. Mir fiel mein Gepäck ein.

»Zwei Gläser«, rief ich zurück. Milas Kopf erschien im Türspalt, die Lippen gespitzt.

»Sag bloß«, spielte sie erstaunt, woraufhin ich die Flaschen schwenkte wie zwei Trophäen. Blau schimmernde Sektgläser in der Hand, führte mich Mila den Flur entlang, öffnete nacheinander mehrere Türen und gab kurze Erläuterungen zu den Räumen. Ihr eigenes Zimmer befand sich ganz am Ende des Ganges. Sie trug keine Socken und ich ertappte mich dabei, wie ich ihre Füße beobachtete. Eine winzige Kette, fast nur ein silberner Faden, glitzerte an ihrem linken Knöchel.

»Hereinspaziert«, verkündete sie wie im Zirkus, blieb am Eingang stehen und machte einen Knicks. Das Zimmer war eine Höhle, quadratisch und groß, die Fenster mit dunklen Tüchern abgehangen, die an die uralten Netze einer riesigen Spinne erinnerten. Die Möbel, die ich erst nach und nach wahrnahm, standen dazu im völligen Gegensatz. Ein Bett mit geschwungener Samtlehne am Kopfende, ausladend wie für ein königliches Ehepaar, eine Schrankwand, in die bestimmt ein ganzes Auto gepasst hätte, ein Sekretär mit Schulsachen. In der hinteren Ecke stand ein barocker Schminktisch, eine Kette kleiner Lampen über dem mittleren Spiegel bildete die einzige Lichtquelle im Raum.

»Gefällt's dir?«, fragte Mila, sah mich an und lachte, mein Blick ließ sich wohl nicht so recht deuten.

»Schlecht scheint's euch ja wirklich nicht zu gehen«, sagte ich. Mein Gegenüber hob eine Braue. »Materiell gesehen«, schob ich hinterher. Mila stellte die Gläser auf eine Kommode neben dem Bett, nahm mir die Sektflaschen aus der Hand und stellte sie daneben.

»Mein Vater ist Anwalt. Irgendwas mit Wirtschaft und Immobilien. Frag mich bitte nicht, was er genau macht.« Sie entfernte die Folie von einem Verschluss, öffnete das Drahtgeflecht und zog vorsichtig an dem Korken. »Verdient jedenfalls wie blöd. War schon früher so ein hohes Tier.«

»Und deine Mutter?«

»War in der Verwaltung. Jetzt hilft sie in der Kanzlei. Ist ein richtiges Familienunternehmen geworden.« Noch immer mit dem Korken beschäftigt, schnitt Mila eine Grimasse, als hätte sie auf eine Zitrone gebissen. »Was meinst du, warum ich studieren soll.«

»Verstehe.« Ich zeigte auf die Flasche. »Sind ganz schön durchgeschüttelt, glaub ich.«

»Kein Problem.« Ein leiser Knall, wie in Watte eingepackt, dann füllte Mila unsere Gläser bis zum Rand und wischte ein paar danebengegangene Tropfen mit der Überdecke von ihrem Bett ab.

»Worauf trinken wir?« Sie reichte mir eins der Gläser.

»Auf uns, oder?«, sagte ich. »Was denn sonst?« Mila lachte.

»Was denn sonst.« Wir stießen an, ein so merkwürdiger wie feierlicher Moment, und tranken. Mila setzte sich auf ihr Bett. Ich spürte Hemmung, es ihr gleichzutun, und schlenderte etwas ziellos in ihrem Zimmer herum, das Sektglas in der Hand wie auf einem Stehempfang. Die nächste Viertelstunde tauschten wir Belanglosigkeiten aus, bis das Thema wieder auf Milas Eltern kam, die den Entwicklungen in der späten DDR mit Skepsis begegnet waren, sich so linientreu wie komfortabel eingerichtet hatten. Nach dem

Umbruch aber dennoch die Gunst der Stunde genutzt hatten, im neuen System Geld zu machen.

»Wendehälse«, sagte Mila. »Opportunisten.« Sie schenkte uns beiden nach. »Dieses Wort hab ich schon früh gelernt.« Sie leerte das Glas mit schnellen Schlucken, als ließe sich ihr Ärger damit hinunterspülen. »Und weißt du, was mich am meisten ankotzt? Dass ich mit niemandem darüber reden kann. Weil das einfach niemand kapiert.«

»Klar«, sagte ich. »Deine Eltern haben Erfolg. Das ist die Währung, mit der heute bezahlt wird.« Mit dem Gefühl, etwas Schlaues beigetragen zu haben, setzte ich mich neben Mila aufs Bett. Der Sekt stieg mir in den Kopf, als hätte er mindestens doppelt so viele Prozente. Mila streckte sich. Unsere Knie stießen aneinander wie vorhin die Gläser.

»Selbst Jenny meint, ich soll mir das überlegen, mit der Karriere. Falscher Stolz, alle Türen stehen mir offen. Und so weiter.« Sie goss sich kein drittes Glas ein, sondern trank direkt aus der Flasche.

»Fakt ist«, begann sie, und es klang wie ein unumstößliches, felsenfestes Fazit, »egal was ich tue. Es wird das Falsche sein.«

»Du machst nichts falsch, wenn du dir treu bleibst«, sagte ich, mit etwas Mühe, klar zu sprechen. »Ich weiß gar nicht, was ich will.« Mila maß mich mit einem Blick, als wäre sie überrascht, wer da auf einmal in ihrem Zimmer saß.

»Du? Glaub ich nicht.«

»Ist aber so.« Mila ließ ihren Blick auf mir haften, in dem sich binnen Sekunden die unterschiedlichsten Gefühle spiegelten. Vielleicht war ich ihr zu nah gekommen oder hatte, unbewusst, einen Moment zu lang mit meinem eigenen Blick an ihren Lippen gehangen. Es war, als zerplatze etwas Unsichtbares zwischen uns. In genau diesem Moment.

»Weißt du, ob du mich küssen willst?« Alles unterhalb meines Kopfes schien sich zu verflüssigen. Gern hätte ich die Taste für Pause gedrückt, mein Leben angehalten wie ein Computerspiel. Ich wusste, dass ich reagieren musste. Nicht mit Worten. Vor Aufregung hätte ich Milas Mund fast verfehlt. Schon tausendmal hatte ich mir die Frage gestellt, was es bedeutete, gut zu küssen. Nun begann ich zu ahnen, dass es viele Antworten gab und diese hier eine davon war. Milas Lippen waren weich und einfach alles, ihre Zunge führte mich und nach einer Weile dachte ich nicht mehr darüber nach, was ich gerade tat, sondern ließ mich fallen in den Tanz, in dem ich keine Erfahrung hatte. Zwei Hände schlossen sich um meinen Nacken, als hätte Mila Sorge, dass ich Reißaus nehmen würde, und ein solches Verlangen flutete mein Inneres, dass es mir fast peinlich war.

»Moment«, sagte ich, um mein Glas abzustellen, kurz versucht, es einfach auf den Boden zu werfen. Auf den Ellenbogen wanderte Mila in die Mitte ihres Bettes. Ich tat es ihr gleich. Wie von selbst legte sich meine Hand auf ihre Hüfte. Wir küssten und drängten uns aneinander, bis sich erneut mein Kopf in das Fühlen mogelte wie ein ungebetener Gast. Noch nie war ich einem Mädchen so nah gewesen. Gern hätte ich Milas Haut gespürt, vielleicht auch mehr als das. Gleichzeitig kam ich mir unbeholfen vor, wie im Körper eines Fremden, wusste nicht, was und wie ich es tun sollte, als hätte ich alle Farben der Welt zu meiner Verfügung, aber keine Leinwand. *Ich weiß gar nicht, was ich will* stand plötzlich vor meinen Augen wie in riesigen Buchstaben aus Stein und ich hatte das Gefühl, mich in einem Fass voll Sirup zu bewegen.

»Ist was?« Milas Gesicht war keinen Zentimeter von meinem eigenen entfernt. Ich rückte ein Stück von ihr weg. Von der Wand schauten Fotografien auf uns herab. Mila mit ihrer Schwester, Mila mit Jenny, Mila allein. Ein sonnenhaftes Lächeln auf fast jedem Bild.

»Nee«, sagte ich. »Ich muss nur mal wohin.«

»Gegenüber«, sagte Mila, setzte sich auf und griff nach der zweiten Sektflasche. Ich schob mich vom Bett, ging ins Bad und schloss die Tür ab. Vor dem Waschbecken lagen zwei fußförmige Matten, groß wie die Schneeschuhe eines Riesen und unter meinen Socken weich wie Gras. Die Hände auf den Beckenrand gestützt und den Mund offen, atmete ich ein und wieder aus, bis ich wieder genug Luft hatte. Nicht der kleinste Fleck war an den Fliesen, Spiegeln und Ablagen zu sehen und ich fragte mich, ob Familie Sommerfeld eine Putzkraft beschäftigte oder ihre prunkvolle Bude allein in Schuss hielt. Dann betätigte ich die Spülung, für den Fall, dass Mila lauschte, und lief langsam zurück in ihr Zimmer.

Zuerst begriff ich es nicht ganz. Als würde ich durch einen Vorhang sehen, nicht sicher, ob der Anblick dahinter real oder ein Trugbild war. Milas Sachen hingen über einem Stuhl. Sie selbst lag im Bett, nur ihr Kopf und ihre unbekleideten Schultern lugten unter der Decke hervor.

»Leg doch ab«, sagte sie und vertrieb damit meine Starre, ihre Stimme war so leicht, als wäre diese Aufforderung das Normalste überhaupt. Ich hatte ohnehin nur die Möglichkeit, auf der Stelle heimzufahren oder zu ihr zu kriechen, und gab mir größte Mühe zu ignorieren, dass mir das Blut wie heißer Kaffee in die Wangen schoss. Mein T-Shirt wanderte auf den Boden, und da ich mich in der Zimmermitte zu beobachtet fühlte, setzte ich mich neben Mila aufs Bett und zog erst dort Socken und Hose aus. Ich behielt die Unterwäsche an, mehr bekam ich nicht auf die Reihe, und war ein bisschen erleichtert, als ich unter der Decke bei Mila das Gleiche spürte.

Ich weiß nicht, wie lange wir uns küssten und gegenseitig ertasteten, Mila lebhaft und flink, ich etwas vorsichtiger. Es gab Stellen, die ich nicht berührte, zu groß war die Scheu vor dem Unbekannten, zu groß meine Sorge, etwas Falsches zu tun. Was ich unter meinen Fingerspitzen, an meiner Haut, meiner Brust und meinem ganzen Körper spürte, war mehr als genug und ließ mich nicht nur einmal verschämt innehalten, weil ich das Gefühl hatte, es nicht mehr auszuhalten, Milas ungenierte Bewegungen taten ihr Übriges. Natürlich hatte ich schon viele Frauen nackt gesehen, zumindest in den Heftchen, die Max und ich früher aus den Papiercontainern gewühlt hatten. Doch diese seltsame Schönheit tatsächlich zu fühlen riss an den Sinnen, als würde ich direkt in

die Sonne sehen. Ein paarmal hatte ich den Gedanken, das Ganze wäre überhaupt nicht wirklich.

Minuten oder Stunden mochten vergangen sein, als Milas Hand auf einmal zwischen meinen Beinen war. Fest, fast ein bisschen zu fest, aber wünschend und warm tat sie das, was vorher niemand außer ich selbst getan hatte. Ich kam nicht mehr dazu, darüber nachzudenken, ob mir das Unausweichliche vielleicht zu peinlich war. Einen Moment wurde ihr

Griff noch fester. Dann war es vorbei, wie ein Blitz am nächtlichen Horizont.

Kaum einen Atemzug später drehte sich Mila zur Seite, kramte zwischen Bettkante und Wand, holte Taschentücher hervor und trocknete ihre Finger wie an einer Serviette. Dann gab sie die Packung weiter in meine Richtung. Ich hätte gern festgehalten, was ich eben noch gespürt hatte, aber irgendwie war die Situation verändert, als hätte jemand ein grelles Licht angeschaltet. Die Frage, ob und wie ich mich revanchieren sollte, hing so groß wie antwortlos im Raum. Weil ich nichts Besseres wusste, füllte ich die blauen Gläser und blieb noch eine Weile mit Mila liegen, schwankend zwischen einem Gefühl von Ruhe und Verlegenheit. Sie schien nicht unzufrieden, plauderte über die Fotos an der Wand, weil ich mich danach erkundigte, dann aber schaute sie auf die Uhr.

»Du musst heim«, sagte sie, mit einer Stimme, die anders klang, als sie den gesamten Abend geklungen hatte. »Meine Eltern. Vielleicht haben wir noch eine Stunde. Aber ich weiß nicht genau.«

»Okay.« Ich suchte meine Sachen zusammen. Mila schlüpfte aus dem Bett und warf einen Bademantel über ihre Blöße, die ich verstohlen betrachtete, während ich mich anzog. Dann schob sie zwei der gardinenähnlichen Tücher zur Seite und schaute aus dem Fenster, so lange, dass ich mich schließlich räusperte.

»Ich geh jetzt.« Mila wandte den Kopf und nickte.

»Den Rest lass ich dir da.« Ich zeigte auf die Flaschen, irgendetwas musste ich noch sagen. Wir liefen zur Wohnungstür. Ich schnürte die Stiefel, Mila stand daneben, die

Hände in den Taschen ihres Bademantels. Ein Teil von mir wäre gern noch geblieben. Ein anderer meinte, hier von vornherein fehl am Platz gewesen zu sein. Fühlte man sich immer so? Nach solchen Momenten der Intimität? War das etwas, an das man sich einfach gewöhnen musste?

»Danke«, sagte Mila und küsste mich auf die Wange.

»Schönes Wochenende«, sagte ich, mir bewusst, dass das ziemlich förmlich war.

»Dir auch.« Draußen, auf dem Treppenabsatz, hielt mich Mila noch einmal fest.

»Ist das für dich in Ordnung«, begann sie, dann schien ihr der Rest des Satzes zu entgleiten wie ein nasses Stück Seife.

»Denke schon«, sagte ich. Mir genügte meine eigene Verlegenheit. »Was denn?«

»Wenn … das hier unter uns bleibt.«

»Ja klar.« Unten im Haus ging eine Tür. Mila runzelte die Stirn und spähte das Geländer hinab. Kurz darauf entspannten sich ihre Züge. Die Geräusche verstummten.

»Also, für immer meinst du?«, fragte ich. Jetzt kam ihr Lachen zurück, laut wie eine Glocke.

»So weit plane ich nicht.« Sie ging einen Schritt auf mich zu und tippte mir auf die Brust. »Gute Nacht.«

Mit puddinghaften Beinen fuhr ich nach Hause, anfangs so langsam, dass ich fast umfiel. Ich fühlte mich wie eine Comicfigur, die eine Hälfte meines Gesichtes grinste über das Geschehene, die andere hatte die Stirn gerunzelt. Die Lage wurde immer verzwickter. Was nur, in aller Welt, sollte ich mit Max tun? Ich konnte meinem Freund diesen Abend weder verschweigen noch es ihm erzählen, zumal Mila mich darum gebeten hatte. Doch warum hatte sie überhaupt um Schweigen gebeten? War ich nur ein Lückenbüßer?

Der Morgen grüßte bereits durch mein Fenster, als ich endlich einschlief, die Gedanken aufgetürmt wie Autos auf einem Schrottplatz. Im Traum erlebte ich den Abend ein zweites Mal, mit einer anderen Hauptperson neben mir. Im Zimmer von Mila sah Zombie irgendwie verloren aus.

22

Wie ein König ohne Untertanen saß der Pirat allein auf der Bank in der Stadt, eine Bierflasche als Zepter und die vorbeilaufenden Menschen musternd, als würde er von irgendjemandem eine geheime Botschaft erwarten. In Hannover brannte die Stadt, wie die Schlagzeilen der Sonntagszeitungen schrien: Krawall und Exzesse, Straßenschlachten, Plünderungen, Aufstand. Aber es war zu spät, doch noch hinterherzufahren. Froh, überhaupt jemanden an der Wiese anzutreffen, setzte ich mich zu Schröder, den Hintern auf der Lehne. Neben ihm verklebte irgendwas Undefinierbares die Sitzfläche.

»Schon länger da?«, fragte ich und schaute durch meine Beine. Für die Vorbeikommenden sah es wohl aus, als hätte ich gerade gekotzt. Der Pirat zuckte mit den Schultern, eine Bewegung, als säßen seine Sachen nicht richtig.

»Wollt schon wieder gehen.«

»Hast du was von den anderen gehört? In Hannover, mein ich?«

»Denkst du, die rufen mich an? Nee.«

»Scheint ja gut was los zu sein.« Schröder nickte.

»Fast zum Neidischwerden. Aber Randale geht immer, oder?« Er stand auf und warf seine noch halb volle Flasche Richtung Fußgängerzone, wo sie zerplatzte wie eine gläserne

Wasserbombe. Ein älterer Mann hüpfte erschrocken zur Seite und schrie Schimpfworte, von denen ich nur die Hälfte verstand. Schröder winkte. Ich wischte mir das Bier ab.

»Schale Brühe«, sagte der Pirat. »Nachschub?«

»Keine Kohle«, sagte ich. Mein letztes Geld war am Freitag für den Sekt draufgegangen. »Klauen gehen?« Mein Gegenüber schüttelte den Kopf.

»Ich lad dich ein«, grinste er. »Am Ende schwatzt mir Andy noch die Knete ab, falls er heute kommt.« Der Getränkemarkt am Hauptbahnhof war die einzige Quelle für hochprozentigen Feiertagsbedarf, dementsprechend setzte sich die Kundschaft zusammen. Wir drängten uns durch eine Gruppe magerer Gestalten, die lautstark darüber stritten, wer von ihnen an der Reihe mit Bezahlen war. Aus Versehen trat ich einem dabei auf den Fuß. Ein zahnloser Mund öffnete sich zu Beschimpfungen, schloss sich aber schnell wieder, als der Blick des Mannes auf Schröder fiel.

»Reudnitzer?«, fragte der Pirat. »Jeder zwei?« Ich nickte. An der Kasse stand ein Typ mit Tarnhose und Hosenträgern wie meine Begleitung, am Ärmel ein roter Aufnäher mit weißen Kapuzen und Schrift. *You don't understand the White Thing*. Ich stieß Schröder in die Seite und zeigte auf das Emblem. Zuerst legte er den Kopf schief. Dann spuckte er dem Kerl auf den Rücken, was dieser nicht bemerkte oder ignorierte. Am Bahnhof mindestens einen Nazi anzutreffen war so sicher wie am Morgen aufs Klo zu müssen. Meistens traf man allerdings mehrere, weswegen ich mich an der Provokation nicht beteiligte. Schröder las wohl meine Gedanken. Er schob seine Unterlippe vor, als würde er sie aufpumpen, und schaute an die Decke.

Zurück am Markt setzten wir uns auf eine Bank mit Blick auf die Thomaskirche, ein Bauwerk, das aus zwei Kirchen gleichzeitig zu bestehen schien.

»Dass du mal auf der anderen Seite warst«, sagte ich. »Was bedeutet das eigentlich?« Diese Frage trug ich seit meinen ersten Tagen in der Clique mit mir herum. Der Pirat öffnete sein Bier und ließ sich Zeit. Als hätte er die Geschichte schon viele Male erzählt und wäre nicht sicher, ob er ein weiteres Mal folgen lassen wollte.

»Früher hab ich das gar nicht so gesehen«, sagte er schließlich. »Mit der anderen Seite. Als ich noch Stift war, mein ich.« Er hob die Hand auf die Höhe seines Knies. »Diese Pionierkacke. Wie du kuschen musstest. Immer nur das: Disziplin, Disziplin. Eigentlich wollte ich nur die Lehrer anpissen. Anfangs.« Ein Finger tippte mich an die Schulter, hart wie ein Stock.

»Dreimal darfst du raten, was damals die beste Provokation von allen war.« Ich zuckte mit den Schultern, obwohl ich die Antwort schon ahnte.

»Hakenkreuze malen. Haare scheren. Und glaub mir, verdammt viele haben das so gesehen. Dass erst die Wessis die Nazis gebracht haben, das ist ein Märchen. Die waren schon da.« Der Pirat verschränkte die Arme, das Bier an der Brust abgelegt wie ein Baby. »Warst du mal auf so einer Montagsdemo? Auf einer der späteren? Wo sie dann auf einmal alle hingerannt sind, mit ihren Deutschlandfahnen?« Ich schüttelte den Kopf.

»Zu jung.« Schröder runzelte die Stirn, als überlegte er, wie alt er selbst war.

»Ist auch egal«, sagte er. »Jedenfalls, eine Weile lang hab

ich mich ziemlich geil gefühlt bei den Glatzen. Auf einmal konnten wir alles machen. Alles.«

»Ich hab davon gehört.« Erneut setzte sich Schweigen zwischen uns, schwer und nicht bereit, von selbst wieder aufzustehen.

»Und dann? Was ist dann passiert?«, überwand ich meine Hemmung. Der Pirat drehte sich zu mir, das gesunde Auge dunkel wie die Klappe über dem anderen.

»Das hier.« Er zeigte in sein Gesicht.

»Okay.« Ich nickte, als wäre alles gesagt. »Erzählst du es?« Schröder schnaufte. Für einen Moment, einen winzig kleinen nur, erinnerte er mich an meinen Vater.

»Die Kippenverkäufer an den Straßenecken, weißt du noch? Die Vietnamesen? Standen nach der Wende überall. Zwanzig, manchmal fünfzehn Mark die Stange. Ein Witz. Da bist du hin mit deiner Kohle, die sind kurz ins Gebüsch, und fertig. Tolles Geschäft.« Ich nickte, noch ahnungslos, was das mit meiner Frage zu tun haben sollte.

»Der Kram kam aus Polen oder was weiß ich. Die Typen, mit denen ich rumhing, denen waren zwanzig an einen Fidschi aber immer noch zwanzig zu viel. Also haben sie die abgezogen, die armen Schweine. Immer wieder.« Der Pirat nahm eine Zigarette aus seiner Schachtel und besah das papierne Ding von allen Seiten, als könne ihm das Tabakerzeugnis ein Geheimnis verraten, das Geheimnis seiner eigenen Geschichte. Oder als wäre es noch von damals übrig. Ich bot ihm Feuer an.

»Eines Tages«, er blies Rauch in die Luft, »da wollte so ein Kerl, so ein kleines Kerlchen, seine Lunten nicht rausrücken. Der Kühn, das war ein Abdreher. Ein Psycho. Immer am Ausflippen. Hat dem seine Gaser an den Kopf gesetzt und der Idiot hat nicht reagiert. Hat immer nur ›Nein, Nein‹ gerufen. Mit diesem langen ›a‹ anstellen von ›e‹. Scheiße, ich wusste, Kühn drückt ab.« Schröder streckte sich und blinzelte, wegen der Sonne für einen Moment blind.

»Tausend Mal hab ich mich gefragt, ob ich das bereue. Und mir tausend Antworten gegeben.« Er warf die nur ein Stück gerauchte Zigarette auf den Boden und trat mit seinem Stiefel darauf herum, als wäre sie eine Schlange.

»Was bereuen?«

»Vielleicht würde ich heute gar nicht hier sitzen«, lachte Schröder, freudlos. »Wenn Kühn seine Knarre nicht dabeigehabt hätte.« Sein Blick wanderte vom zerbröselten Tabak nach oben, zu mir.

»Ich bin dazwischen. Keine Ahnung, was der Grund war. Mitleid? Moral?« Die Worte klangen distanziert, fast kalt. Ich wartete.

»Und dann«, sagte er, »dann hat er statt dem Fidschi mir in die Schnauze geschossen.«

»Einfach so?«

»Einfach so. Ist in den Knast gewandert. Aber nicht nur dafür. Eilig hatten es die Bullen mit ihm nicht.« Der Pirat strich über seine Augenklappe, eine gedankenverlorene Bewegung wie das Kratzen am Nasenflügel.

»Tja«, sagte er. »Zwei Monate Klinik lassen dich ein paar Dinge anders sehen. Ein Auge weniger erst recht.«

»Hast du die jemals wiedergetroffen?«, fragte ich. »Diese Typen?« Schröder zuckte mit den Schultern. Auf seinem Gesicht lag ein Schatten und mit einem Mal fühlte es sich an, als wäre zwischen uns eine Wand.

»Besucht hat mich keiner. Hatten alle Schiss. Diese Typen labern immer von Kameradschaft. Den ganzen Tag. Aber wenn's hart auf hart kommt, bist du am Arsch.« Ich nickte und schwieg, damit beschäftigt, das Gehörte zu verarbeiten. Ich verstand Schröder jetzt ein wenig besser, auch, dass er seine Entscheidung getroffen hatte. Doch er war und blieb schwer zu greifen. Ich konnte nicht sagen, ob ich ihm ganz vertraute.

Wenig später tauchten Kante und die ersten Heimkehrer aus Hannover auf. Ich verkniff mir, nach Zombie zu fragen, ich wollte keinen Verdacht erregen. Der Nachmittag verging mit abenteuerlichen Berichten und noch mehr Bier, diesmal unbezahlt. Ich hörte zu und hing meinen Gedanken nach. Als ein Paar weinrote Stiefel vor mir auftauchte, die Vorderkappen zerfurcht wie eine Mondlandschaft, erschrak ich fast ein wenig.

»Hi.« Zombie ließ ihren Rucksack fallen, strich durch ihre Haare, die in den vergangenen Tagen scheinbar mehrere Zentimeter gewachsen waren, und winkte in die Runde.

»Hi«, sagte ich. »Ganz allein?« Gleich darauf biss ich mir auf die Zunge. Zombie murmelte etwas Unverständliches, ließ sich nieder und zog eine Weinflasche aus dem Rucksack hervor, in der nur noch ein Rest schwappte.

»Glefe sitzt«, sagte sie. »Ist eingefahren.« Zwei Zahnreihen entkorkten die Flasche. Zombie spuckte den Verschluss auf den Boden. »Weiß ja jeder, dass Bullen scheiße sind. Aber so was wie dort, das hab ich echt noch nicht erlebt.«

»Haben aber auch ganz gut eingesteckt, was?«

»Wenn du es so nennen willst.« Zombie streckte ihre

Beine von sich. Sie schloss die Augen, als hätte sie keine Lust, weiterzureden.

»Hey«, sagte sie dann. »Kann ich bei dir schlafen?« Ich sah mich um, erneut überrascht und nicht sicher, ob diese Frage wirklich für meine Ohren bestimmt gewesen war.

»Jetzt? Ich meine, heute?« Zombie nickte. Ihre Lider bewegten sich keinen Millimeter.

»Kein' Bock auf zu Hause.« Das war nichts Neues. Mir war trotzdem nicht ganz klar, warum sie diese Frage in aller Öffentlichkeit stellte.

»Ja«, sagte ich schließlich. »Kannst du.« Ich schaute in die Runde, in Erwartung irgendeines Kommentars, der nicht kam. Die folgende Stunde trank ich langsamer und legte mir Erklärungen für meinen Vater zurecht, seine Bist-du-aufgeklärt-Tour klang mir noch in den Ohren wie das letzte Vorsingen im Musikunterricht – eine Bloßstellung, die ich in diesem Schuljahr nicht mehr mitmachen würde, sollte mir Frau Bruns mit ihrem Mozart-Tick ruhig eine Sechs geben. Einmal sprang Zombie auf und verschwand mitsamt ihrem Rucksack hinter einem Vorhang aus Spaziergängern. In der Hand eine neue Weinflasche, kam sie wenig später wieder und setzte sich erneut neben mich, stumm und unzugänglich wie ein Haufen spitzer Steine.

»Wollen wir?«, fragte ich irgendwann. Etwas war heute anders und vielleicht war ich zu neugierig, länger zu warten. Wenn sie selbst auf Zurückhaltung pfiff, konnte ich es ja auch tun.

»Okay«, sagte Zombie, so wie ich *Okay* sagte, wenn mein Vater mir eine Sendung für die Post mitgab oder wollte, dass ich den Müll runterbrachte. Sie lief noch schneller als sonst, zwei vorwärtspreschende Beine in Stiefeln und Strumpfhosen, so voller Löcher, dass es einem Wunder gleichkam, wie der Stoff in einem Stück blieb. Ihr wie eh und je gigantischer Rucksack schien sie beim Laufen weniger zu behindern als vielmehr anzutreiben.

»Was ist denn mit Glefe?«, fragte ich, vom strammen Schritt etwas kurzatmig. »Was ist passiert?«

»Scheißegal«, spuckte Zombie aus, ein Wort wie ein Dolch, das ich so nicht stehen lassen wollte. Diesmal nicht.

»Erzähl's mir einfach«, sagte ich. Zombie funkelte mich an, ein Blick, der jeden Riesen auf Fingerlänge geschrumpft hätte.

»Vielleicht hilft's«, fügte ich hinzu und für einen Moment dachte ich, sie würde auf mich losgehen, all die Wut, die in ihr brodelte, abladen auf mir, auf mir allein, nur weil ich gerade da war und das Falsche gesagt hatte. Dann veränderten sich ihre Züge, ein kantiges Bild, in dem die Farben zerliefen und weich wurden. Auf einmal sah es beinahe aus, als würde sie weinen.

»Der hat die ganze Zeit Stress gesucht. Ich immer hinterher, wie sein Schoßhund. Als er Freitag mit ein paar anderen eine Wanne demoliert hat, wäre es schon fast gelaufen gewesen. Die Bullen hätten uns fast gekriegt. Ich bin dahin, um zu feiern. Um abzuschalten. Nicht, um mich ständig zu verpissen. Verstehst du?« Ich nickte. Eine Fußgängerampel stand auf Rot, Zombie ignorierte sie ebenso wie die hupenden Autofahrer.

»Das war aber eigentlich überhaupt nicht das Ding«, sagte sie, als wir wieder auf dem Gehweg waren. »Wir haben im Sprengel-Gelände gepennt. Isomatte, auf dem Boden.

Das Übliche. In der Nacht merke ich, wie der Schlafsack neben mir leer ist. Ich steh auf und suche. Hab mir Sorgen gemacht, wegen dem Scheiß, der den ganzen Tag gelaufen ist. Und dann finde ich diesen Typen im Nebenzimmer. Unter so einer Alten mit Zwei-Meter-Iro, die gerade seinen verfickten Schwanz abreitet.« Ich versuchte, mir die Situation vorzustellen, und musste an Max denken, der seine Eltern mal im Schlafzimmer erwischt hatte.

»Was für ein Arsch«, fiel aus meinem Mund, aber Zombie beachtete mich kaum.

»Der kann machen, was er will, der Wichser«, sagte sie und strich die Haare aus ihrem Gesicht. »Aber nicht, wenn ich gerade bei ihm bin. Das ist die eine Scheißanstandslinie, die ich immer von ihm verlangt habe.« Wir liefen. Zombie starrte nach vorn, ihr Blick eine Lanze, die jeden Entgegenkommenden ausweichen ließ. Auf einmal fasste sie mich am Arm, beinahe zärtlich. Das erste Mal überhaupt, dass sie mich absichtlich berührte. Ein Moment, bei dem sich der gesamte Rest der Welt weiterzudrehen schien und nur wir beide stehen blieben.

»Das ist doch nicht zu viel verlangt. Oder?«, fragte sie und ihre Hand ruhte weiter auf meinem Arm.

»Blödsinn«, sagte ich. Und dann ließ ich raus, was ich noch nie gewagt hatte auszusprechen. »Ich find das sowieso schräg. Eure Beziehung. Oder was auch immer das ist.« Zombies Miene wechselte zwischen hell und finster, einem Gewitter in Zeitraffer gleich, und wieder einmal dachte ich, zu weit gegangen oder zu anmaßend gewesen zu sein.

»Ach Scheiße, Nino«, sagte sie schließlich, zog die Flasche aus der Seitentasche ihres Rucksacks und trank einen so langen Schluck, dass mir der Magen allein vom Zusehen flau wurde. Der Wein war leer, als wir an meiner Haustür ankamen. Oben in der Küche brannte Licht.

»Wie heißt du eigentlich richtig?«, fragte ich.

»Warum?« Auf dem letzten Kilometer hatten sich Zombies Schritte verlangsamt und sie sagte das Wort, als wäre es zu groß für ihren Mund.

»Macht vielleicht einen besseren Eindruck. Bei meinem Vater«, sagte ich. Zombie schaute mich an, schwankend wie ein Kahn bei Seegang, irgendwie zu klein für das Meer.

»Sonja«, antwortete sie und schien selbst überrascht darüber. »Aber wenn das jemand erfährt, genau wie alles andere, dann ersäuf ich dich.«

»Geht klar.« Ich grinste. »Sonja.« Zombie packte mich am Kragen und zog mich an sich heran, für eine Sekunde dachte ich, sie würde mir einen Kopfstoß geben.

»Nur für deinen Vater!«, zischte sie. Dann ließ sie mich los. »Geh'n wir jetzt hoch?« Es dauerte eine Weile, bis wir unsere Etage erreicht hatten. Endlich oben drückte Zombie auf die Klingel und kicherte. Die zweite Premiere an diesem Tag. Bislang hatte ich sie immer nur ernst oder wütend oder beides gleichzeitig erlebt. Fast sofort öffnete mein Vater die Tür. Vielleicht hatte er uns auf der Treppe gehört.

»Schlüssel vergessen«, sagte ich entschuldigend. »Sonja, mein Papa, Papa, Sonja«, fügte ich an und ließ meine Hand von der einen Person zur anderen wandern.

»Dich hab ich ja schon mal gesehen«, brummte mein Vater. »Kommt rein.«

»Hallo«, sagte Zombie, etwas zu spät, dafür aber so förmlich, wie es in ihrem Zustand vermutlich möglich war.

»Hunger?« Mein Vater stand im Flur, unschlüssig, als wäre er selbst gerade der Gast.

»Nee«, sagte ich.

»Logisch«, sagte Zombie. In der Küche lud sie sich erst einen Teller voll Bratkartoffeln in den Mund, danach zwei balkendicke Schnitten mit Schnittlauch und Schmalz, zu guter Letzt Käseknäckebrot. Mein Vater servierte, ich aß auch, vielleicht ein Drittel von Zombies Menge und die Szenerie beobachtend. Während der Roggenschrot zwischen meinen Zähnen knirschte, überlegte ich, ob ich dieses Mal um Erlaubnis für die Übernachtung bitten sollte. Schließlich ließ ich es bleiben und verschwand mit Zombie in meinem Zimmer, den fragenden Blick meines Vaters ignorierend.

»Morgen ist Schule«, sagte er noch. »Nicht wieder verschlafen.«

»Quatsch. Gute Nacht«, sagte ich und schloss die Tür. Angezogen, wie sie war, ließ sich Zombie auf mein Bett fallen und kroch unter die Decke.

»Ich bin so was von durch. Ich penn jetzt.«

»Okay«, sagte ich. »Musik?«

»Mir egal.« Sie drehte sich auf die Seite. Eine Weile stand ich vor meinen Kassetten, kleine Türmchen, hauptsächlich von Max überspielte Sachen. Schließlich löschte ich das Licht, legte mich ebenso angezogen ins Bett und eroberte mir ein Stück Decke. Im Nebenzimmer hatte mein Vater den Fernseher eingeschaltet. Zombies Rücken drängte sich an meine Brust, was sich gut anfühlte, doch ich konnte und wollte ihren Zustand nicht ausnutzen. Kurz bevor sie einschlief, nahm sie meine Hand in die ihre und drückte sie, fest.

23

Bis auf die kühle, vom nahenden Herbst kündende Luft war an dem Abend, als Stachel angerannt kam wie von einer Rotte wilder Tiere verfolgt, alles wie immer: Der Fischgeruch der Nordsee-Filiale gegenüber. Billiger Schnaps, der seine Runden zog. Zankereien, wo man die besten Nieten für seine Jacke herbekam. Das war eine von diesen unabänderlichen Tatsachen, die ich noch nie verstanden hatte – dass sich die Welt einfach immer weiterdrehte. Völlig gleichgültig, was auf ihr passierte. Kante sprang auf, noch bevor Stachel die Runde erreicht hatte.

»Was ist los, Mann?« Der Ankömmling stoppte und stützte die Hände auf die Knie. Er sah aus, als müsse er sich übergeben.

»Faschos«, stieß er hervor, die Stimme brüchig, als drücke ihm jemand den Hals zu. Er holte Luft.

»Wo?«, riefen die Anwesenden durcheinander, doch die folgenden Worte ließen alle verstummen.

»Die haben einen abgestochen. Tot!«

Ein Dutzend Münder machte schwarze Kreise. Ein Standbild, auf dem nur die Zigaretten zwischen den Fingern weiter vor sich hin rauchten. Glefe war der Erste, der reagierte. Er hatte ein Verfahren wegen Landfriedensbruch aus Hannover mitgebracht, ansonsten hatte sich nichts verändert.

Wie in Zeitlupe erhob er sich von der Bank, den Kopf vorgestreckt.

»Scheiße, was erzählst du da? Wen?«

Stachel schien nicht fähig weiterzusprechen. Glefe packte ihn am Arm.

»Wo?«, wiederholte er. »Und wen? Sag was, verdammt!« Bei Nordsee flammte die Leuchtreklame auf.

»Hinterm Bahnhof«, sagte Stachel, in der Stimme Panik und Erschöpfung. »Ich hab's von den Hausbesetzern. Von Jorne, bei dem ich mein Dope kaufe. Es war irgendein Straßenkid. Dreck, Mann! Es hätte einer von uns sein können!« Der Schock über das Gehörte schien alle zu lähmen. Ich schaute zu Andy, der mit finsterer Miene auf den Boden vor sich starrte.

»Gibt gleich 'ne Demo«, fuhr Stachel fort. »Treff im Park, an der Moritzbastei. Ich trommel noch 'n paar Leute zusammen. Wir seh'n uns dort, okay? Heute heißt es Arsch hoch. Keine Entschuldigungen!« Er hetzte davon.

»Scheiße.« Caro verschränkte die Arme, als wäre ihr kalt. Es gab sonst nichts zu sagen. Wo gerade noch Albernheit geherrscht hatte und Belangloses ausgetauscht worden war, herrschte nun betroffene Stille. Natürlich wäre die Nachricht noch entsetzlicher gewesen, hätte es einen aus unserer Clique erwischt. Doch das war weder tröstlich noch eine Beruhigung. Es gab keine Nazis mehr, hatte es in der DDR geheißen. Sie waren besiegt. Mir wurde bewusst, dass ich das als Kind geglaubt hatte. Ohne zu wissen, was das überhaupt sein sollte: Nazis. Und dass ein Mensch gestorben war. Ermordet, weil seine Art zu leben eben diesen nicht gepasst hatte. Tot. Einfach so. Andy stand auf.

»Das wollte ich eigentlich noch für mich behalten.« Er hob seinen Pullover. Im Bund seiner Hose ruhte der Knauf einer riesigen Knarre, drohend und schwarz.

»Wenn wir heute welche in die Finger kriegen, dann …« Der Satz blieb unvollendet. Niemand sagte etwas. Die Waffe verschwand wieder unter der Kleidung.

»Ist die echt?«, fragte Schröder schließlich, den Kopf schief gelegt.

»Gaser«, antwortete Andy. »Neun Millimeter.«

»Woher?« Andy zuckte mit den Schultern. Der Pirat stieß Luft aus der Nase, ein winziger Laut des Nichteinverstandenseins. Glefe klatschte in die Hände.

»Knarre oder nicht, mir scheißegal«, sagte er. »Wollen wir hier rumsitzen wie bescheuert oder mal losmachen?«

»Tja«, sagte Kante und klopfte mir auf den Rücken. »Kommst du auch mit? Hier gibt's heute nichts mehr zu feiern.« Wir setzten uns in Bewegung. Ein schweigender Trupp, in Gedanken, traurig, wütend. Zu irgendwas entschlossen, von dem wohl niemand wirklich sagen konnte, was es war.

Hinter der Moritzbastei standen bereits mehrere Gruppen dunkel gekleideter Personen, reglos fast, wie die Sträucher und Bäume rundherum. Gedämpfte Unterhaltungen, abschätzende Blicke. Sturmhauben, Kapuzen. Etwas Angemeldetes, mit Redebeiträgen und genehmigter Route, sollte das hier wohl nicht werden. Kante tuschelte mit einer Frau, deren Mütze so tief ins Gesicht gezogen war, dass ich mich fragte, ob sie überhaupt etwas sehen konnte. Die Minuten verstrichen. Noch mehr Menschen kamen, schleichende Schatten, rauchend, flüsternd. Stachel war nicht zu sehen,

Zombie an diesem Tag noch nicht da gewesen. Eine Stimme schnitt durch den Park.

»Zusammenkommen! Kommt mal zusammen bitte!« Die einzelnen Grüppchen verdichteten sich. Ich stand in einem dunklen, atmenden Klumpen.

»Wir machen hier jetzt nicht viele Worte«, kam aus der Mitte. »Ihr wisst alle, was passiert ist. Ihr wisst alle, warum ihr hier seid.« Der Klumpen murmelte und nickte.

»Tragt eure Wut in die Stadt«, fuhr die Stimme fort. »Bleibt eng zusammen, bleibt beieinander. Das gilt auch, wenn die Bullen auftauchen! Kein Gerenne! Abgehauen wird nicht. Nicht heute!« Zustimmende Rufe. Ich ging in die Knie und zog die Senkel meiner Stiefel fest. Andy klopfte wie zur Beruhigung auf seinen Hosenbund.

»Es geht zur Petersstraße, Marktplatz, zum Bahnhof und wieder hierher«, sagte die Stimme. »Dann Auflösung. Noch Fragen?« Ein paar Leute klatschten in die Hände.

»Los jetzt!«, rief eine andere. Die ersten Personen sickerten aus dem Park und formierten sich auf der Schillerstraße.

»Aufruhr, Widerstand!«, rief eine dritte Stimme, ein Schlachtruf, dem sich weitere anschlossen, ein Sprechchor, der anschwoll und an den Fassaden der Häuser entlangrollte. Zweihundert, dreihundert Leute. Unmöglich genauer zu schätzen. Mit schnellen Schritten drückte sich die Masse in die Fußgängerzone. Mehrere Leuchtspuren schossen über unsere Köpfe und erhellten den vorderen Teil des dunklen Blocks. Späte Einkaufsbummler flüchteten sich in die Seitenstraßen oder blieben am Rand stehen, flackerndes, rotes Licht von den Pyros und Verblüffung auf den Gesichtern. Ich achtete nicht auf sie, ließ mich mitreißen von der Menge.

Weiter, vorwärts, durch die Stadt. Ein lebender Keil, der sich seinen Weg bahnte.

»Wir haben euch was mitgebracht, Hass, Hass, Hass!«, hallte über den Markt, ein gellendes Manifest des Zorns, und auf einmal schrie ich mit. Irgendwo zerplatzte Glas, ein dumpf splitterndes Geräusch, mehr Knacken als Klirren. Am Sachsenplatz hinter der Pinguin-Milchbar schwappte Aufregung wie eine Welle durch die Demonstration. Menschen lösten sich aus den ersten Reihen, stürmten davon, andere hinterher.

»Dort sind welche! Naziscweine!«, rief jemand und dann herrschte Chaos.

»Komm«, stieß mich Andy in die Seite und zeigte mit dem Kopf nach vorn. Ich schaute mich um, mit einem schnellen Blick, und konnte niemanden mehr entdecken. Vermummte Mienen, links und rechts. Vor mir, hinter mir. Ich wusste nicht, wo wir die anderen verloren hatten. Andy riss an meinem Arm, schon dabei loszurennen.

»Da rüber!« Wir brachen aus dem wimmelnden Haufen, an der Seite vorbei auf den Platz. Es war ein düsteres Areal, nur spärlich erleuchtet von alten Straßenlaternen, die wie weiße Ufos über uns schwebten. Am anderen Ende hetzten schwarz gekleidete Gestalten in Richtung klotziger Plattenbauten. Im Laufen zog Andy seine Knarre hervor. Die Waffe sah ebenso riesig aus wie er selbst.

»Wir kriegen euch!«, schrie er wie im Wahn. Unsere Stiefel hämmerten über das Pflaster.

»Hier lang!«, kam es aus einer Gasse. Wer da gerufen hatte, konnte ich nicht erkennen. Andy rannte in die Betonschlucht. Ich fiel zurück. Allein, was seine körperlichen Voraussetzungen betraf, war Andy schneller, der scheinbar unbedingte Wille, wen auch immer zu erwischen, erhöhte sein Tempo noch. Eine Kette von Schreien, menschlich kaum, drang aus einem dunklen Hauseingang. Dann fiel die Tür ins Schloss, als würde sich ein Mantel über eine allzu entsetzliche Szene breiten. Weiter vorn bog Andys Schatten nach links. Ich eilte weiter, ihm nach. An der Ecke rannte ich fast ein Pärchen um, zwei panische Gesichter schienen mich zu fragen, was hier eigentlich los sei. Die beiden verschwanden in einem Restaurant.

»Zeckendreck!«, kam plötzlich von hinten wie eine Ohrfeige. Ich sah die Angreifer nur aus dem Augenwinkel, einen Bruchteil von Sekunden. Die Spitze eines Baseballschlägers flog so nah an meinem Kopf vorbei, dass ich meinte, den Luftzug zu spüren. Drei, vier Kerle, Bomberjacken. Mehr nahm ich nicht wahr. Etwas traf mich am Bein, fast die gleiche Stelle wie ein paar Wochen zuvor die Tür des Polizeiautos. Ich knickte weg, sah mich schon fallen. Irgendwie schaffte es mein Körper noch, ein paar taumelnde Schritte zu setzen. Ich hätte schreien sollen, auf mich aufmerksam machen, doch ich brachte keinen Ton heraus. Adrenalin zerriss meinen Bauch. Ich wehrte den nächsten Schlag ab mit meinem Arm, was sich anfühlte, als würde er in der Mitte durchgehauen. Eine Faust landete mit der Wucht eines Hammerschlags unter meinem Auge. Nun fiel ich doch. Meine Handflächen scheuerten über Asphalt. Ein Stiefel traf erneut den rechten Arm, den ich instinktiv hob, kurz bevor sich die Stahlkappe in mein Gesicht grub. Einen Moment lang glaubte ich, das hier nicht zu überleben, ein schwarzes Loch aus Angst und Entsetzen, aus dem es kein Entrinnen mehr gab. Dann krachte ein Schuss. Die Angreifer ließen von mir ab.

»Ich mach euch fertig!« Andys Stimme klang hoch, atemlos. Ich rollte mich zur Seite, sah mich um, er rannte direkt auf uns zu, seine Knarre auf Kopfhöhe von sich gestreckt.

»Nazis! Auf die Fresse!«, war das Nächste, was ich hörte. Aus der Gasse, aus der ich gekommen war, quollen Vermummte. Ein Dutzend, zwei. Eine Flasche flog in den Pulk, geworfen von einem der Bomberjackenträger. Sie stürzten davon, die Straße hoch Richtung Nikolaikirche, verfolgt von einer dunklen Masse. Andy blieb neben mir stehen. Das Reizgas seiner abgefeuerten Waffe brannte in Augen und Mund.

»Bist du okay?« Ich wollte zurück in die Senkrechte, schaffte es aber nicht gleich.

»Keine Ahnung«, sagte ich. Hinter den Häusern heulte ein Martinshorn auf. Weitere kamen dazu. Ein ganzer Kanon, der irgendwo, nicht weit entfernt, durch das Labyrinth der Innenstadt hallte. Andy stützte mich, half mir hoch.

»Wir müssen hier weg«, sagte ich und versuchte, ein paar Schritte zu setzen. Andy schüttelte den Kopf.

»Ich hab lang genug gewartet. Kommst du klar?« Ich zuckte mit den Schultern und lief ein wenig weiter. Alles bestand nur noch aus Gummi, die Fassaden um mich herum schienen zu wanken, aber ich kam vorwärts. Am heftigsten schmerzte mein Arm. Schatten rannten hin und her, sie mochten zur Demo gehört haben, genau konnte ich es nicht sagen. Die immer gleiche Tonfolge der Sirenen wurde lauter. Überall barsten Schaufenster, eine Sinfonie der Zerstörung.

»Dann mach ich weiter«, sagte Andy.

»Pass auf«, sagte ich, weder zu besseren Wünschen fähig

noch zu Protest. Er verschwand in der Dunkelheit. Am liebsten wäre ich wieder zu Boden gesunken. Ich schüttelte mich, befühlte meinen Körper. Meine Hände waren aufgerissen, ich konnte spüren, wie das Fleisch unter meinem Auge anschwoll, und vielleicht war der Arm gebrochen, ich hatte keine Ahnung. Wichtig war jetzt nur, dass die Beine funktionierten. In einem wackeligen Trab stahl ich mich zurück zum Markt. Versprengte Grüppchen, die ich wachsam beäugte, liefen über den Platz.

»Hey!«, zischte jemand von der Seite. Glefe stand unter dem Rathausturm wie ein mittelalterlicher Wächter. Gegen die Erleichterung, ein bekanntes Gesicht zu sehen, war in diesem Moment alles andere Nebensache.

»Wo ist der Rest?«, fragte ich.

»Was ist passiert?« fragte Glefe, statt zu antworten, und musterte mich von oben bis unten. So gut es ging, fasste ich die vergangene Viertelstunde zusammen. Zwischendurch hörte ich noch einmal Geschrei, das sich schnell wieder entfernte.

»Okay«, sagte Glefe. »Raus aus der Stadt. Ich bring dich ein Stück.« Unter anderen Umständen hätte ich es wohl ausgeschlagen, jetzt war ich froh über dieses Angebot. Glefe kannte Schleichwege, deren Existenz ich nicht einmal geahnt hatte. Er wusste, welche Türen offen und bei welchen Kaufhäusern die Wirtschaftsgänge nutzbar waren. Ich hätte mich kaum gewundert, wären wir zwischendurch in die Kanalisation gestiegen. Schneller als gedacht fand ich mich südlich des Innenstadt-Rings wieder. Das war auch gut so, denn das Laufen fiel mir immer schwerer, meine Beine schienen Tonnen zu wiegen. Als wir die leere Gasse kreuzten, in der Zombies Versteck lag, erschrak ich ein wenig. Wollte Glefe dorthin? Ich beobachtete meinen Begleiter, der keinerlei Regung zeigte. Das Haus und die Straße zogen an uns vorbei. Vielleicht hatte ich es mir nur eingebildet, diese Ahnung von Kerzenschein hinter dem abgeklebten Fenster im ersten Stock, ein Irrlicht in der Dunkelheit.

24

Die Scherbendemo in der Stadt mit den anschließenden Auseinandersetzungen war den örtlichen Zeitungen das Titelblatt wert, der Tod des Straßenjungen fand sich hingegen nur als Randnotiz. *Streit um Drogen endet tragisch* stand im Lokalteil. Eine Verbindung zwischen den Ereignissen wurde nicht gezogen, wider besseres Wissen oder weil die lokalen Redakteure tatsächlich keine Ahnung hatten. Mit steifen Gliedern schleppte ich mich aus dem Kiosk, in dem ich immer meinen Tabak kaufte, zur Schule. Ich hätte schwänzen sollen, wann, wenn nicht heute. Doch der traurige Blick meines Vaters, als er am Morgen mein Gesicht sah, ließ sich nicht abschütteln, hatte mich um ein Vielfaches betroffener gemacht, als es Schelte vermocht hätte. Und mein Pflichtgefühl geweckt. Ich brauchte nicht einmal einen Spiegel, um zu sehen, dass meine Wange einem abstrakten Kunstwerk glich, geschwollen in sämtlichen Tönen von Dunkelrot bis Blau. Der Typ in der Gasse hatte einen Schlagring getragen, eine andere Erklärung gab es nicht.

Die Leute im Schulhaus tuschelten, ich ignorierte sie. Mir war heute alles egal, alle Probleme erschienen mir bedeutungslos und jeder einzelne Blick oder Spruch perlte an mir ab wie Tropfen auf einem Wachstuch. Herr Kramer öffnete den Mund, als ich an ihm vorbeiging. Ein besorgter

Kommentar war wirklich das Letzte, was ich jetzt ertragen konnte, so schüttelte ich nur den Kopf und zog umso schneller an ihm vorbei Richtung Klassenzimmer. Was auch immer er hatte sagen wollen, es blieb mir verborgen. Ein unbekannter Mann stand am Lehrerpult, hager und irgendwie insektenartig, die Schultern rollend, als weigerte sich sein Jackett, richtig zu passen. Die Vorstellung, in Französisch für immer Vertretungsstunden abzusitzen, war bequem gewesen, oder zumindest aushaltbar. Und naiv.

So schnell es ging, huschte ich an meinen Platz. Ich berichtete Max mit knappen Sätzen von dem Nötigsten, während der nur bedeutungsvoll schaute – ob aufgrund meines Zustandes oder des Typen da vorn, konnte ich nicht sagen. Die Klingel schrillte und der Mann klatschte in die Hände, als wolle er sich selbst applaudieren.

»Dann verlieren wir mal keine Zeit«, sagte er. »Ich bin Herr Breuer. Nicht zu verwechseln mit dem Bier, was man braut.« Er machte eine Pause. Ein paar matte Lacher stolperten in den Raum. »Und ich bin ab heute euer Lehrer für *la langue française*.« Er sagte es ungefähr so, wie ein Künstler seine tollste Nummer ankündigt. Die nächste rhetorische Pause schloss sich an, blieb aber ohne Reaktion. Einen winzigen Moment schien der Mann aus dem Konzept gebracht. Er schrieb die sechs Buchstaben an die Tafel. *Breuer.*

»Gut«, sagte er, während er erneut in die Hände klatschte. »Bevor wir loslegen, stellt ihr euch doch auch kurz vor. Damit ich Gesichter zu den Namen habe.« Ein haariger Finger tippte aufs Klassenbuch. »Reihum, bitte.« Der Finger zeigte auf Dennis, Fensterreihe vorn, der Zu- und Vornamen herausschoss wie auf dem Kasernenhof. Einer nach dem anderen nannte das Gewünschte. Schließlich war die Reihe bei der Bank von Max und mir angelangt.

»Nino«, sagte ich.

»Max«, sagte Max.

»Siehst du immer so aus?« Die Namenskette stoppte. Herr Breuer schaute mich an. Ich schaute nach draußen zur Kastanie. Offenbar wollte der Mann um jeden Preis witzig sein.

»Das ist wohl ein Ja«, sagte er, lief ein Stück in die Klasse und blieb vor mir stehen.

»Nein«, sagte ich.

»Verstehe.« Herrn Breuers Stimme hatte sich verändert. Seine gespielte Lässigkeit war binnen Sekunden irgendwas gewichen, dem ich nicht folgen konnte.

»Dein Gesicht merk ich mir«, sagte er und klopfte auf den Tisch. Seiner Frage nach den Namen folgte die Aufforderung, etwas über uns selbst zu erzählen, *»en français, bien sûr.«* Flüssig zu sprechen brachten die wenigsten zustande, immerhin kamen vollständige Sätze raus. Max notierte etwas auf einem Zettel. Ich dachte, er würde die Steckbriefe mitschreiben, und wunderte mich bereits, doch dann schob er das Blatt auf meinen Platz und ich verstand. Seine einfachen Formulierungen brachten mich tatsächlich durch die Stunde. Dankbar fasste ich einen Entschluss.

»Muss dir was erzählen«, sagte ich in der Hofpause und drehte mir eine Zigarette, doppelt so dick wie sonst. »Es ist ernst. Vielleicht.«

»Bei dir ist ja neuerdings alles ernst«, sagte Max. »Preisboxer.« Die Mundwinkel eine Winzigkeit nach oben gezogen, drückte er mit der rechten Hand den Auslöser eines unsichtbaren Fotoapparates. Wir liefen nach draußen, hinter die Platane, an eine Bank ohne Zuhörer.

»Kann ich mal ziehen?«

»Klar«, sagte ich. Der Rauch biss an der Innenseite meiner ramponierten Backe.

»Also?« Max gab die Kippe zurück und zupfte an seinem Hemd.

»Mila und ich …«, begann ich, dann wusste ich nicht mehr weiter. Mila und ich, was war das überhaupt? Max verschränkte die Arme.

»Ihr trefft euch«, stellte er fest.

»Hm«, sagte ich und betrachtete meine Zigarette, die zwischen Mittel- und Zeigefinger schmorte wie ein angekokelter Filzstift. Auf dem Schulhof pfiff Luke Perry, die Föhnfrisur, ein paar Jüngere zusammen. Max öffnete seinen Mund, auf der Suche nach irgendeinem Statement oder Kommentar. Sein Blick blieb ohne Ausdruck, schlaff geradezu, und ich dachte, dass mein Freund sich entweder mordsmäßig zusammenriss oder ich ihn falsch eingeschätzt hatte.

Sag was, Mann, wollte ich sagen, boxte Max aber nur leicht in die Schulter, eine Geste, so unbeholfen, wie Körperkontakt nur sein konnte.

»Bist du sauer?« Diesmal hörte ich die Worte. Max zeigte auf den halb gerauchten Ast in meiner Hand. Ich reichte ihm die Kippe.

»Hab's ja selbst in den Sand gesetzt«, reagierte er endlich. »Mach dir keine Platte.« Sein Gesicht in Rauchschwaden gehüllt, grinste er ein kleines, müdes Grinsen, als hätte ich ihn aus einem angenehmen Traum geweckt. »Hättest es mir sofort erzählen können«, fügte er an. »Aber bei diesem Thema hab ich ja auch nicht gerade geglänzt in letzter Zeit.«

»Mach alle«, sagte ich und drehte eine zweite Zigarette, fast eine Zombie-Zigarette, lotrecht gerollt, als käme sie aus der Schachtel. Wir rauchten. Wie komisch das war, dass man sich manchmal verbundener fühlte, wenn man miteinander schwieg, als wenn man sprach. Und wie schön.

»Da ist noch was«, sagte ich. Max begrub den korkenfetten Stummel unter seinen Turnschuhen. Ob seine Docs schon im Müll gelandet waren?

»Hau raus.«

»Ich glaube ...«, fing ich an und biss mir auf die Lippen. Blödsinn. Es war kein Glauben, kein Ahnen und kein Vermuten.

»Mila ist toll. Aber eigentlich bin ich in jemand anders verknallt.« Mein Gegenüber senkte den Kopf, schaute mich von unten an, bis ich fast nur noch das Weiße in seinen Augen sah. Ich kannte den Blick, den Wie-kann-man-so-bescheuert-sein-Blick, der zum Teil freundschaftlich, ein Stück aber auch ernst gemeint war.

»Wie das?«, fragte er. So gut es in der knappen Zeit möglich war, erzählte ich Max von Zombie, unserer Annäherung und den dazugehörigen Fragezeichen. Auf dem Hof ging die Glocke, wieder einmal. Die Schüler strömten zurück in ihre Klassen. Max lauschte und nickte, ein undurchdringliches Nicken, das alles bedeuten konnte.

»Bist du dir eigentlich sicher, dass sie auf Jungs steht?«, fragte er schließlich. Den Rest des Schultages bekam ich kaum noch mit, wenn mich jemand ansprach.

Am Wochenende fuhren wir in ein Kaff in der Umgebung. Hauptsächlich war es wohl der Wunsch nach Zerstreuung und Ablenkung, der die Reisegruppe so groß werden ließ, kaum jemand kannte die Bands, die im dortigen Jugendhaus spielen sollten. Mit Ausnahme von Kante, dem das nächste Bier wie gewöhnlich wichtiger war als alles andere, erst recht wichtiger als Betroffenheit, war die Geschichte mit dem Straßenjungen an niemandem spurlos vorübergegangen. Ein grauer Film hing auf den Gesichtern, als wären gute Gedanken nicht mehr möglich, als würden sie sofort zu Asche. Umso mehr wurde gesoffen. Stachel, sonst eher Kiffer, hatte am Bahnhof ein ganzes Gebinde Kleiner Feigling unter den Pullover gesteckt und kippte sich nun ein Ding nach dem anderen in den Hals, die vor sich hin klappernde Pappstiege auf dem Schoß wie einen Schatz.

»Popperplörre! Wird einem ja schon vom Zusehen schlecht«, maulte Zombie, die sich mit Caro eine bernsteinfarben schimmernde Flasche Johnnie Walker Red Label teilte, ehrlich erworben war die wohl auch nicht. Ich dachte an unseren Abend nach der Zeugnisausgabe, an dem wir den lausigen Wodka mit Saurem Apfel gekrönt hatten, ein mindestens ebenso widerliches Gesöff, aber das behielt ich für mich. Ich hatte das Gefühl, schon ewig und drei Tage in dieser Clique zu sein, obwohl der Kaufhausklau nur ein paar Monate zurücklag. Dieses Gefühl presste sich aus meinem Magen in den Rest des Körpers, wurde zum Blut, das überall hindurchpumpte und sich gut und lebendig anfühlte, und auch ein bisschen scheiße. Neben vielleicht noch Max waren das hier die Leute, die mich verstanden, oder zumindest so nahmen, wie ich eben war. Aber ich sah es an den

Blicken der anderen Menschen, nicht nur beim Einsteigen in diesen Zug hier, sondern den ganzen Tag. Egal, wo wir auftauchten. Für sie waren wir Müll. Wir alle. Verlierer. Einen Fick, dachte ich, leerte mein Bier und keilte die Flasche aus dem gekippten Fenster, durch das der Fahrtwind zog und den Rauch der Zigaretten in hektisch tanzende Muster zerteilte, wie Gespenster auf Pep. Lieber Verlierer als Arschloch.

»Was ging denn noch bei dir, in der Stadt?«, fragte ich Andy, der seinen langen Körper auf einen Doppelsitz verteilt hatte und der Landschaft zusah, die draußen vorbeiwischte. Mehrmals hatte ich schon versucht, ihn abzuchecken, zu überprüfen, ob sich an irgendeiner Stelle von ihm das kleine Gebirge der Knarre verbarg.

»Zum Vergessen«, winkte er ab. »Hab mir niemanden mehr krallen können. Nur so ein paar Kids erschreckt. Die sich dann als welche von uns herausstellten. Musste mich aber auch permanent vor der Bullerei verpissen.« Er rutschte ein Stück nach oben. »Nix zu machen.« Andy gab sich Mühe, die Sätze beiläufig klingen zu lassen. Ich hörte raus, dass er mit sich haderte, an diesem Abend wohl am liebsten allen Faschos der Welt in die Fresse geschossen hätte, aber vielleicht war es auch besser so. Irgendetwas wollte er noch sagen, schob die Worte jedoch eine Weile im Mund hin und her. Er schaute sich um. Die letzten anderen Reisenden hatten längst den Waggon gewechselt.

»Das Ding mit dem Biwak. Das steigt noch diesen Herbst. Hab schon Werbung gemacht. Viel Werbung.« Das gleichmäßige Geräusch der Räder, die über die Schienenstöße unter uns bollerten, schien die Zeit bis zu meiner Reaktion messen zu wollen.

»Okay«, sagte ich.

»Wir sind so fünfzig, Stand gestern. Aber das wird auch nötig sein. Falls die da gerade Kameradschaftsabend machen.« Egal wie oft ich darüber nachdachte, irgendwie wirkte das endlose Plattenbaugebiet im Westen der Stadt wie eine verbotene Zone, Feindesland, in dem Leute wie wir verdampften, wie Vampire bei Tageslicht oder so. Die paar Punks aus Grünau, die hin und wieder bei uns vorbeischauten, fehlten regelmäßig eine Weile, danach konnte man sich immer neue Geschichten von rausgerissenen Piercings und abgefackelten Iros erzählen lassen. Stecki, ein Typ, dünn wie ein Zweig, hatten sie mal ein Hakenkreuz in den Bauch gekerbt. Das Ding trug er jetzt für immer, die Narbe schrie weiß unter den Rippen, wenn er sein T-Shirt hob. Er machte sich einen Spaß daraus. Ich wartete, aber Andy hielt es offenbar nicht für nötig, mich zu fragen, ob auch ich dabei wäre. Ich nahm ein neues Bier aus dem Kasten, der im Gang thronte, eine Stolperfalle für Besoffene.

»Zum Wohl«, sagte ich opamäßig. Andy nickte und sah wieder nach draußen. Als wir den Ort erreicht hatten, in dem das Konzert stattfinden sollte, war die gedrückte Stimmung im Hochprozentigen ersoffen. Gröhlend stolperte die Horde aus dem Zug, als gelte es, auch hinter den letzten heruntergelassenen Jalousien der Kleinstadtfenster klarzumachen, wer hier anrückte. Besonderen Eindruck hinterließ Kante, der an das winzige Wärterhäuschen kotzte. Schröder fuchtelte mit den Armen und hob einen flugzeuglauten Gesang an, in den vergeblich versucht wurde mit einzustimmen, da er die Texte seiner Lieblingsbands rücksichtslos vermischte:

Pöbel und Gesocks
Die Straße braucht
Zusammenhalt!

Der wüste Haufen walzte sich durch das Nest, zerfledderte nach Pinkelpausen und kam schließlich an einer Art Bauernhof an, so richtig mit einem Tor und Fachwerk und mehr Dach als Haus. Über dem Eingang hing eine Lichterkette, deren Farben eine fast weihnachtliche Stimmung verbreiteten. Zerbeulte, mit Aufklebern übersäte Kleinwagen und Grüppchen von Irokesenträgern bestätigten, dass wir richtig waren. Dicke Verschläge vor den Fenstern, die wohl vor ungebetenem Besuch schützen sollten, auch. Wir quetschten uns in die Diele mit der Kasse, zählten einem Typen, der ungefähr so rustikal aussah wie das Haus von außen, und einer Frau mit Sicherheitsnadel in der Nase unsere Münzen ab und drückten uns in den Konzertraum. Drinnen schien die Luft ein fester Körper zu sein, so verqualmt war der Saal. Links ein riesiger, aus Paletten gezimmerter Tresen, wie ein Schlachtkreuzer, der sich aus dem Nebel schälte und an dem außen ein paar schiffbrüchige Punker hingen. Die Bühne gegenüber, von ähnlicher Bauart, sah dagegen ziemlich klein aus. An der Decke schwebte eine Diskokugel. Es war schon gut was los, der Lärmpegel glich einer Hafenbar in alten Filmen. Überall fiel irgendwer irgendwem in die Arme wie kippende Bäumchen. Ich klebte mich an den Tresen, bestellte Bier in einem überlaufenden Becher und genoss das Holz in meinem Rücken, so konnte ich nicht zusammensacken.

»Nino, Mensch. Nino.« Kante stieß mich von der Seite an

wie ein Rammbock, fast hätte ich mich doch hingelegt. Er prostete mir zu und wiederholte ein paar Mal meinen Namen, die Augen glasig, das Gesicht dazu ganz weich.

»Guter Typ«, nuschelte er, dermaßen verschwommen, dass es eher klang wie *Guten Appetit*.

»Wer?«, fragte ich.

Kante starrte mich an, als hätte er mich nicht verstanden. Dann tippte er mir an die Stirn.

»Du, du Flachkopp. Ich mein dich.«

»Gleichfalls«, sagte ich, planlos, worauf Kante hinauswollte. Drei Kerle, nicht viel älter als wir, betraten die Bühne und drehten an den Verstärkern herum. Hinter dem Schlagzeug nahm eine Frau Platz und lockerte ihren Nacken, was ein bisschen so aussah, als wolle sie eine Fliege vertreiben und hätte keine Arme.

»Nee«, sagte Kante. Er zog das Wort in die Länge, bis ihm die Puste ausging. »Kapier mal. Könntest tausend Sachen machen. Heute, immer. Und was machste? Bist hier.« Ich trank einen langen Schluck, einen sehr langen Schluck, bis mir der Saft aus den Mundwinkeln lief und ich absetzen musste. Kante hatte doch keine Ahnung. Oder doch?

»Okay«, sagte ich. »Danke.« Ich wusste nicht, was ich sonst sagen sollte. Kante nickte zufrieden, wie ein Zecher, der soeben das Universum erklärt hat. Eine Rückkopplung kreischte durch den Raum und das Publikum zuckte zusammen.

»Seid ihr alle da?«, nölte es von der Bühne. »Wir fangen jetzt an, ihr Luschen.« Die Stachelfrisur des Sängers sah aus wie eine umgedrehte Tiefseequalle. Er schwenkte den Mikrofonständer, als wäre der eine Sense, mit der er die ersten Reihen niedermähen wollte. Die Schlagzeugerin hämmerte einen schmutzigen Rhythmus los, der die Menge augenblicklich in Bewegung brachte. Bass und Gitarre schrubbten hinterher, Messerstichen in die Gehörgänge gleich. Das Ganze war viel zu laut und zu großartig, um weiter an der Bar zu lehnen. Ich stürzte mich in das wimmelnde, schwitzende, Bierflaschen in die Höhe reckende Vielmenschenwesen vor mir, ließ mich hin und her Richtung Mitte stoßen und hatte binnen Minuten keinen trockenen Zentimeter mehr am Leib. Der Pulk saugte mich auf. Ohne Pause stampften die vier auf der Bühne einen Song nach dem anderen in die johlenden, wogenden Körper. Wut und Ausgelassenheit trieben mich an, als wären sie dasselbe. Die Musik, der Moment, mehr war nicht wichtig. Dunkle Augen und rote Haare blitzten neben mir im tanzenden Meer. Zombie grinste mich an. Besoffen. Traurig. Fröhlich. Wir pogten Arm in Arm, lachten, schrien. Irgendwann hörte die Band auf zu spielen. Meine Ohren summten. Verklebte Strähnen hingen Zombie ins Gesicht wie Fäden aus Blut.

»Kommt schon!«, »Zugabe!«, »Mehr!«, schoss aus der Menge und ich dachte, dass man im Leben nur die Dinge bereute, die man nicht getan hatte. Und dann war es, als ginge im Saal das Licht aus, als hielte die Welt doch einmal, ein einziges Mal, den Atem an. Zombies Lippen schmeckten nach Salz und nach Schnaps. Eine zerbrechliche Winzigkeit aus Zeit spürte ich sie so nah wie nie, wie sie den Kuss erwiderte und meine Arme zerdrückte, links und rechts. Dann schob sie mich weg und wandte den Kopf, dass ich ihr nicht mehr in die Augen sehen konnte. Noch einmal ballerte das Schlagzeug. Die Band spielte ihr erstes Lied erneut, sie hatte wohl nicht mehr im Programm. Kurz vor dem endgültigen Schluss traf mich etwas von hinten, ich verlor das Gleichgewicht, krachte lang hin und zog noch einen anderen mit. Der fremde Kopf landete genau an meiner lädierten Gesichtshälfte, was mich schwindlig werden ließ vor Schmerz, obwohl ich schon lag. Ein Gewühl aus Händen versuchte, uns aufzuhelfen. In meinem Fall dauerte es. Glefes heller Iro wippte zu den letzten Takten, nicht weit von mir entfernt.

25

Die Räder des vorbeifahrenden LKW ließen von den auf die Straße gefallenen Kastanien nur ein paar platte Kleckse zurück. Wenn im Herbst diese kleinen, rostbraunen Schatzkugeln auf den Wegen lagen, war ich als Kind immer einer der Ersten gewesen, die sie zusammenklaubten, um zu Hause in der Küche mit Handbohrer und Streichhölzern Figuren zu basteln. Einmal hatte ich unsere Familie gebaut, meine Eltern und mich, und mir dabei einen blutigen Finger geholt. Die drei hatten auf dem Tisch gestanden, Monate, vielleicht Jahre. Bis sie ganz runzelig waren.

Die letzten beiden Schulstunden fielen aus, und da in der Stadt um diese Zeit niemand anzutreffen war, ging ich in den Laden meines Vaters. An meine Ohren drang das vertraute Läuten der Glocke. Dann wieder Stille. Mein Vater war schon das letzte Mal nicht am Tresen erschienen. Auch heute regte sich nichts, als wäre der Meister ausgeflogen zur Mittagspause und hätte vergessen abzuschließen. Vielleicht musste man sich daran jetzt gewöhnen. Dass der Zeitungsartikel an der Wand fehlte und mich von den wenigen Schuhpaaren in den Regalen gleich zwei mit dem Absatz und nicht mit der Vorderkappe anschauten, schien mir allerdings mehr als seltsam. Ich lief nach hinten. Mein Vater saß auf seinem Hocker, den Rücken zu mir. Auf der Arbeitsfläche Gerätschaften und das fehlende Bild, als ob mit Schuhmacherwerkzeug etwas an einem Rahmen repariert werden könnte.

»Nino«, sagte er, während er sich umdrehte. Er schaffte es, meinen Namen gleichzeitig freundlich und wie einen Vorwurf klingen zu lassen. Ich nickte und hob die Hand.

»Was machst du denn da?« Mein Vater betrachtete seine Werkbank und zuckte mit den Schultern.

»Hab nichts zu tun«, sagte er. »Falls du wieder helfen willst.«

»Nee.« Jetzt erst bemerkte ich das offene Bier unter seinem Hocker. Ein Stück weiter hinten, im Schatten der ineinandergeschraubten Tische, standen noch mehr Flaschen. Ich hatte wirklich keine Lust auf Konflikt, so verstockt, wie mein Vater war, aber ich konnte das Ganze auch nicht einfach ignorieren. Er trank tagsüber fast nie, und schon gar nicht in seiner Werkstatt.

»Dein Mittagessen?« Ich zeigte zwischen seine Beine. Mein Vater runzelte die Stirn, eine Viertelsekunde bloß. Dann schaute er mich an, als suche er irgendeine passende Entgegnung. Schließlich zuckte er wieder mit den Schultern.

»Nicht cool«, sagte ich.

»Vermutlich.« Mein Vater stand auf und rieb sich die Arme, als wäre ihm kalt. »Tja. Schule schon aus?«

»Was ist eigentlich los mit dir?« Seine Versuche, zwanglos zu plaudern, konnte er stecken lassen. Mein Gegenüber schaute mich an. Die Müdigkeit in seinen Augen war tief und dunkel. Sein gesamter Körper schien von dieser Schwere ergriffen zu sein, wie bei einer Marionette, bei der die Fäden durchhingen. Jetzt hoffte ich fast, dass es nur am Alkohol lag.

»Soll schon los sein«, antwortete er, straffte sich ein wenig und drückte seine Brille an. »Du kennst die Situation.«

»Das macht es nicht besser«, sagte ich und zeigte erneut auf das Bier. Dann wusste ich auch nicht weiter. Zugegeben, ich zog mir wohl selbst zu viel rein. Aber ich war weder Vater noch hatte ich die Verantwortung für ein eigenes Geschäft zu tragen. Oder machte ich es mir damit zu einfach?

»Klar«, sagte er, doch irgendwie schien das Ganze an ihm abzuperlen, als wäre er ein Unbeteiligter, nur ein Beobachter. Verkehrte Welt, dachte ich. Wer war ich schon, dass ich Moralpredigten hielt.

»Bis später«, war das Letzte, was mir noch einfiel. Auf dem Weg nach Hause musste ich mich sehr zusammennehmen, um mir nicht selbst irgendwas zum Abschießen zu kaufen. Ich setzte mich auf den Balkon, rauchte Zigaretten und sah den Wolken zu. Sie erinnerten mich an ein Bild, das Max letztes Jahr im Kunstunterricht gemalt hatte, weiße Wirbel und verwischte Farben. Das Teil hatte sogar im Klassenzimmer gehangen. Ich ergänzte mit Tabakdunst. Wenn das Telefon nicht geklingelt hätte, wäre ich vielleicht den ganzen Tag so sitzen geblieben. Erst hatte ich keine Lust ranzugehen. Als der mahnende Ton nach einer Viertelstunde erneut aus dem Flur drang, erhob ich mich doch.

»Hallo?«, meldete ich mich wie jemand, der gerade ein Drei-Gänge-Menü auf dem Herd hatte.

»Hallo«, sagte die Stimme im Hörer. *110 Volkspolizei.*

»Ach, du bist es.« Am anderen Ende lachte Mila ihr Mila-Lachen.

»Enttäuscht?«

»Quatsch«, sagte ich und versuchte, den neuen Schwall

aus Gedanken abzuschütteln, den sie in mir auslöste. »Ganz im Gegenteil.«

»Wie geht's dir denn?«, fragte Mila, als wären wir die ältesten Freunde der Welt. Ich wusste das selbst nicht so recht, also erzählte ich ein bisschen. Von dem Straßenjungen, der Demo, meinen Blessuren und von meinem Vater, wofür ich am längsten brauchte. Mit Zombie wollte ich allein klarkommen.

»Sei für ihn da«, sagte sie am Ende und machte eine Pause. Ich konnte buchstäblich hören, wie sie ihre Worte abwog, noch etwas sagen wollte. »Aber ich glaube, am Wichtigsten ist es wirklich, sein eigenes Ding zu machen.« Sie lachte wieder, kurz und so laut, dass ich den Hörer ein Stück vom Ohr nahm. »Na ja. Das ist schon ziemlich schlau dahergelabert.«

»Jep«, sagte ich und musste ein bisschen lächeln.

»Ich wollte dir übrigens Danke sagen.« Mila klang wieder ernst.

»Wofür?«

»Ich hab's meinen Eltern erzählt. Dass ich nach der Zehnten abgehe. Und irgendwie … du hast mir Mut gemacht.«

»Wow. Und jetzt?«

»Na ja. Kriegen sich schon wieder ein.« Mila holte tief Luft. »Ist jedenfalls das wohl Beste, was ich jemals gemacht habe.«

»Krass«, sagte ich und dachte, Mila laberte vielleicht schlau daher – ich dafür dumm. »Aber was hat das mit mir zu tun?«

»Du hast mir geholfen.« Sie sagte es so bestimmt, dass ich es glaubte. Auch wenn ich es nicht verstand.

»Wie?«

»Weil du anders bist, Nino.« Ich drehte das kleine, graue Adressbüchlein neben dem Telefon mit dem Zeigefinger, eine Runde, zwei Runden, bis mich Milas Stimme daran erinnerte, dass wir noch telefonierten.

»In den wirklich wichtigen Momenten im Leben muss man handeln.« Danach schwieg sie. Ich schwieg auch. Die Stille zwischen uns summte in den Ohren.

»Ich muss jetzt was erledigen«, sagte sie. »Wir sehen uns in der Schule.« Ich tippte auf den Einband. *Tipp-tipp. Tipp-tipp.*

»Hey, Mila?«, sagte ich.

»Ja?«

»Max weiß Bescheid.« Es war, als säße ich vor meinem Rekorder und hätte gerade eine Kassette eingelegt. Das Band war noch stumm und man wartete darauf, dass etwas passierte, die Musik losging. Oder ein Donnerwetter.

»Das ist okay«, sagte Mila. Dann legte sie auf. Wieder drehte ich das Büchlein. Einmal nach links. Einmal nach rechts. Der Rücken war fast abgelöst. Das Besetztzeichen des Telefons schien immer lauter zu werden. *Sein eigenes Ding machen.* Vielleicht hatte sie recht. Zumindest wollte ich dem wirklich Schwierigen nicht weiter auf die gleiche Weise aus dem Weg gehen wie mein Vater. Ich blätterte in den Seiten. Ich wusste, dass die Nummer hier drinstand. Erst suchte ich unter *M/N*. Dann fand ich sie bei ihrem Vornamen.

Um die vielen Ziffern einzuwählen, brauchte ich eine Weile. Als ich fertig war, hielt ich mich mit der rechten Hand an der Schrankkante fest. Im Hörer rauschte es ein wenig, als würde irgendwo, ganz weit entfernt, jemand Kies auf Asphalt schütten. Schließlich erklang der Freiton. Nach dem dritten Klingeln hob jemand ab. Kurz war es, als hätte jemand um all meine Innereien ein Seil gespannt und zöge es zu.

»Hier ist Kerstin. Hinterlasst mir eine Nachricht. Ich rufe zurück.« Aus meinem offenen Mund kam kein Wort. Schnell legte ich auf. Es war komisch, die Stimme der eigenen Mutter zu hören, wenn man sich so selten sah oder sprach. Ein Gefühl der Vertrautheit, das aber irgendwie tückisch schien. Als könnten Kopf und Bauch nicht so recht entscheiden, ob man sich jetzt freuen sollte – oder das Gegenteil.

»Idiot«, sagte ich in den leeren Flur. Ich wartete ein bisschen, dann wählte ich die Nummer erneut.

»Hallo. Mama«, erwiderte ich dem Anrufbeantworter nach dem Signalton. »Du ...«. Ich stockte. Nun mach schon, dachte ich. Und fass dich kurz. »Ich will reden. Kann ich dich besuchen? Wochenende, oder auch nur mal für einen Tag? Wann, ist mir egal.« Die Sekunden rannten. »Papa ... weiß noch nichts davon.« Ich räusperte mich. Ungefähr so fühlte es sich wohl an, wenn man Sand schluckte. Vielleicht hatte ich zu viel geraucht.

»Nino war's«, ergänzte ich. Wer auch sonst. Ich legte den Hörer auf, als wäre er plötzlich zu heiß. Eine Weile stand ich da, wartete, dass mein Puls sich beruhigte, und kaute an meiner Unterlippe herum, bis sie ganz taub war. Ich hatte ein schlechtes Gewissen, weil ich nicht wusste, wann meine Mutter zurückrufen und was sie meinem Vater erzählen würde, wenn er ans Telefon ging. Doch das Ganze war überfällig gewesen.

Zombie hob ihre Weinflasche zum Gruß, als ich in der Stadt ankam. Unser Kuss eine Woche zuvor hatte nichts verändert, zumindest nichts Greifbares. Ich erwog die Möglichkeit, dass sie sich gar nicht daran erinnerte. Glefe hatte ihr an dem Abend noch eine Ampel spendiert, mit der Folge, dass sie irgendeinem Typen aufs Maul gehauen und auf dem Weg zurück zum Bahnhof zwei Zäune zerlegt hatte. Allerdings spürte ich ihren Blick, wenn sie sich unbeobachtet fühlte. In ihm lag etwas, das zuvor nicht da gewesen war. Irgendetwas, das ihre gesamte Erscheinung veränderte, und von dem ich nicht sagen konnte, ob es gut oder schlecht war.

Schröder und Kante saßen auf der Wiese und hielten baumlange Baguettes in den Händen, bei denen der Belag an den Seiten heraushing, winkende Schinken- und Käselappen.

»Sind denn das für Riesendinger«, sagte ich.

»Geil, was?« Kante grinste und ließ Krümel aus seinem Mund regnen. »Vorn bei den Skatern an der Uni gibt es eine neue Fressbude. Eröffnungsangebot! Zweifünfzig das Teil.«

»Haben auf bis zehn«, sagte der Pirat. Er kaute. »Luftballons und so Blingbling gibt's auch. Falls dich noch der Hunger packt.« Er klopfte sich auf den Bauch. »Schmeckt kacke, aber macht satt.« Kante schüttelte den Kopf und hob sein Baguette wie ein Bierglas.

»Der Gourmet mal wieder. Schmeckt Hammer.«

»Sagt der, der Golden American raucht.«

»Sind die billigsten!«, maulte Kante.

»Eben.« Schröder sang das Wort ein wenig. Kante verdrehte die Augen und zog an einem sehnigen Schinkenstück herum.

»Hast du mal eine?«, fragte ich. »Eine Golden?«

»Siehst du?«, sagte Kante bedeutungsvoll, weiße Fleischfäden zwischen den Zähnen. Er nestelte mit den wenigen unverschmierten Fingern seine Kippenschachtel aus der Jackentasche und reichte sie mir. Schröder tat, als wäre allein ihr Anblick eine Beleidigung, und sah zum Logo der Nordsee-Filiale, dessen blau-rotes Licht bereits leuchtete, es wurde jetzt wieder früher dunkel. Vielleicht träumte er von geräucherter Makrele oder Ähnlichem, dachte ich, aber daran hätte er bestimmt auch irgendwas auszusetzen gehabt.

»Ich geh zum Plus«, sagte ich, die Filterzigarette unangezündet zwischen den Lippen.

»Für mich auch«, sagten Kante und Schröder wie aus einem Mund, was die beiden umso mehr wie die Hauptfiguren in einem Sketch wirken ließ. Ich kaufte Billigbier und eine Flasche Hasseröder, die ich, zurück an der Wiese, dem Piraten aus meiner Tüte zog wie der Weihnachtsmann.

»Alles verziehen!«, sagte dieser, woraufhin wir alle grinsten. Ein paar Bier später fiel die Anspannung des Tages langsam von mir ab, wie ein Kleidungsstück, das ich im Moment nicht mehr benötigte, weil das Wetter besser geworden war. Zombie kam dazu und trank mit, reagierte aber kaum auf Witze oder Fragen, so als würde sie parallel noch andere Unterhaltungen führen. Der Wunsch, den Arm um sie oder den Kopf auf ihre Schulter zu legen, ließ mein Herz pochen, aber irgendwie saß da ein Schatten neben ihr, der zu sagen schien, dass wir nicht zusammen sein konnten, egal was ich tun würde, und ich bekam einfach nicht heraus, ob dieser Schatten nur meine Unsicherheit oder etwas anderes war. Um uns herum schlossen die Geschäfte. Auf die Stadt, die tagsüber nach Parfüm und Pommes roch, legte sich ein Hauch von Wald und feuchter Erde.

»Wie lang hat das offen, eure Bude da, mit den Baguettes?« Mit einem Schlag mehr Worte, als Zombie in der letzten Stunde gesagt hatte. Schröder stand auf, um seine Uhr aus der Jeans zu ziehen, ein schwarzes Teil ohne Armband.

»Macht gleich zu.«

»Kommt jemand mit?« Zombie erhob sich ebenfalls, den Blick in den Himmel gerichtet, als würde sie nicht uns, sondern die Sterne fragen.

»Klar«, sagte ich, nachdem ich angemessene zwei Sekunden gewartet hatte.

»Ein Halbes stell ich mir auch noch rein«, sagte Kante, rappelte sich hoch und stieß Schröder in die Seite, während er seine klimpernde Braue hüpfen ließ. »Nimmst doch die andere Hälfte, oder?« Der Pirat hielt ihm den Mittelfinger ins Gesicht, zog seine Hand aber schnell wieder weg, als Kante sich anschickte, ihn zu küssen.

Zu viert liefen wir durch die abendliche Stadt. In einer Seitengasse stand stumm die Nikolaikirche, das ebenso stumme Symbol für alles, was hier vor ein paar Jahren passiert war, im ganzen Land bekannt oder auch nicht, ich hatte keine Ahnung. Die Wege waren fast leer. Ein paar wohlfrisierte Menschen saßen hinter den Fenstern der Bars und Restaurants, große, helle Rechtecke, die mit dem Blick auf Wärme und Genuss lockten, oder zumindest der Illusion davon.

»Kann da mal einer dranpissen, an die Schickies?«, fragte Zombie mit Blick auf die Scheiben.

»Soll ich?«, fragte Schröder und war schon fast dabei, sein Rohr auszupacken, er hatte so was drauf, aber Zombie ging schulterzuckend weiter.

»Dann eben nicht«, sagte er. Sein fragendes Gesicht konnte auch ich nur mit einer hilflosen Geste beantworten. Angekommen bei den Springbrunnen neben dem Unigebäude, sahen wir gerade noch, wie eine Frau in grüner Schürze, kaum älter als wir, die Glastür des Ladens gegenüber abschloss. *Neueröffnung* stand auf dem Eingang, ein Aufkleber, so lang wie eine Leiter.

»Das da?«, fragte Zombie.

»Tja«, sagte Kante. Ich sah Zombie bereits an die Tür hämmern, bis die Frau drinnen ihr höchstpersönlich noch das letzte Baguette des Tages bereitete, doch sie winkte nur ab.

»Hab sowieso keinen Hunger.«

»Na gut.« Kante streckte die Arme von sich und gähnte. »Und was jetzt?«

»Wollen wir noch was erleben?«, sagte Schröder. Kante und er hatten sich offenbar entschlossen, die mehr als offensichtliche Merkwürdigkeit von Zombie zu ignorieren. »Ich hab eine Idee.« Er zeigte nach hinten, auf den Uniriesen am Augustusplatz. Das gigantische Gebäude hob sich vor dem Nachthimmel ab wie der Zahn eines kolossalen Untiers, der beim Versuch, die ganze Stadt aufzufressen, im Asphalt stecken geblieben war.

26

Zombies Haare tanzten im Wind wie ein Vorhang, der sich gleich für immer schließen und ihr Gesicht ebenso endgültig von der Welt verschwinden lassen würde. Es kam mir so vor, als würde ich genau wie sie am Rand des Dachs stehen und in gleicher Weise der Unendlichkeit ins Auge blicken, die mich jeden Moment verschlingen konnte. Dann fegte mich eine neue Welle Adrenalin fast von der Plattform, meine Beine schienen mir zu versagen, als wäre ich eine Marionette, deren Fäden gerade gerissen waren. Von Schröders und Kantes Schreien verstand ich kein Wort. Ich versuchte, in meinem Kopf irgendein Handlungsmuster abzurufen, irgendeine Idee, was ich tun sollte, doch die alles blendende Angst um Zombie machte jeden klaren Gedanken zunichte. Schröder saß rittlings auf der Brüstung und schickte sich an, auf die andere Seite hinüberzuschwingen. Die Finger auf groteske Weise gespreizt, streckte Zombie ihre Hand in seine Richtung.

»Noch einen Schritt! Noch einen verdammten Schritt, und ich springe!« Jetzt erstarrte der Pirat. Alles an ihm, was irgendwie zu groß schien, schrumpfte mit einem Mal zusammen, ein kleiner Junge, der in diesen Sekunden genauso hilflos war wie wir anderen auch. Etwas kam mir nun doch in den Sinn. Zombie redete. Das war ein gutes Zeichen, oder? In Filmen wurde immer geredet mit denen, die sich was antun wollten. Wenn ich Zombie in ein Gespräch verwickeln konnte – konnte ich sie dann auch von ihrem Vorhaben abbringen? Neben mir hetzten Kantes Blicke umher, als suche er den magischen Knopf, der einen Greifarm vom Himmel herunterfahren lassen und Zombie außer Gefahr bringen würde. *Bist doch so ein Typ, der Glück hat,* hallte das ferne Echo unserer Fahrt zum Krankenhaus in meinem Kopf. Ich zweifelte noch immer daran, jeden einzelnen verdammten Tag, aber ich hoffte, bei dem nun Kommenden Glück zu haben. Es blieb mir gar nichts anderes übrig.

»Ich versteh dich!«, schrie ich und sah Zombie an. »Und ich bin für dich da!« Ich breitete meine Arme aus, Handflächen nach oben, wie um zu zeigen, dass ich keine Waffe trug. »Du bist nicht allein!« Mein Gegenüber bewegte die Lippen, lautlose Sätze, die nicht zu mir durchdrangen. Ich nahm nicht mehr wahr, was um mich herum geschah. Zombie und ich standen in einem Tunnel, ein Tunnel mit zwei Ausgängen, die unterschiedlicher nicht sein konnten.

»Ich bin dein Freund!«, rief ich. »Wir sind alle drei deine Freunde!« Ich baute darauf, dass das stimmte. »Und ich bin dein Freund, egal was du tust.« Etwas in mir sagte, dass meine einzige Chance, *Glück* zu haben, darin bestand, Zombie Verständnis zu zeigen.

»Du willst nichts mehr fühlen. Ist das so?«

»Was interessiert's denn dich?«, schrie Zombie mit funkelnden Augen, aber irgendwie klang es, als wüsste sie die Antwort.

»Ich bin dein Freund«, wiederholte ich. »Freunde interessieren sich füreinander. Und helfen einander.« Ich hoffte so sehr, dass ich Zombie helfen konnte, dass mir die Tränen in die Augen schossen, Schmerz und Angst in einer flüssigen Form, die mir der Nachtwind auf dem Gesicht kühlte.

»Du bist stark, Sonja.« Zombies richtigen Namen formte ich nur mit dem Mund, aber ich war mir sicher, dass sie mich verstanden hatte. »Und du bist auch stärker als das hier.«

»Ich bin einen Scheiß«, antwortete sie. Ihre Stimme war leiser als vorher.

»Selbst wenn«, sagte ich, darum bemüht, weiter fest und laut genug zu sprechen, obwohl mir zwei tellergroße Hände den Hals abzudrücken schienen.

»Du bedeutest mir was. Einiges. Viel! Weißt du das überhaupt?« Ich sah, wie Zombie mit sich rang. Ob sie mir antworten sollte oder nicht. Und wenn ja, *was* sie mir antworten sollte. Ich hatte keinen Schimmer, ob meine Offenbarungen ehrlich oder verzweifelt klangen. Es zählte nur eins – das Gefühl, Zombie bedingungslos zur Seite zu stehen und ihr, koste es was es wolle, einen Grund zu geben, nicht zu tun, was sie sich anschickte zu tun. Auch wenn ich mich selbst dabei bloßstellte.

»Und abgesehen von mir«, sprach ich weiter. »Ich kann dir scheißegal sein. Wenn das so ist, dann okay! Aber ist das wirklich alles? War es das? Für dich? Hier und jetzt? Und, wenn im Tod alles noch viel beschissener ist? Was dann?« Die Sätze verließen meinen Mund, als wären sie verängstigte und auch ein bisschen wütende Scherben meines Herzens, das dabei war zu zerspringen. Wie von ganz weit weg tauchten Kante und Schröder wieder auf, sich träge bewegende Schattenrisse, Fantasiegestalten aus Papier.

»Keine Ahnung«, sagte Zombie plötzlich.

»Du bist nicht allein«, sagte ich erneut. Mit einem Mal fühlte ich mich elend und erledigt. Der Gedanke, dass ich hier nichts ausrichten konnte, gar nichts, dass mein Geschrei für Zombie gänzlich ohne Belang war und ich ihr auch nichts bieten konnte, wenn es anders wäre, lähmte jeden einzelnen Muskel meines Körpers. Wir standen vielleicht zehn Meter voneinander entfernt, und sie mit ihrem Rücken so nah am Abgrund, dass ein Schritt nach hinten genügen würde, um zu fallen. Wie ein Stein.

Und dann hörte ich es. Erst nur verschwommen, wie das Klingeln eines Weckers, das der Verstand als Teil eines Traumes wahrnimmt. Dann immer deutlicher. Ich drehte mich um. An der Tür zur Plattform stand der Pförtner und schrie, eine Stimme wie ein Schiffshorn. Nur Fetzen drangen zu mir durch, ein Wort begriff ich jedoch: *Polizei*.

»Mach die Flocke, Mann! Hau ab!«, schrie der Pirat und ging auf den Pförtner zu, als würde allein das schon reichen, ihn die Treppe runterzuschieben. Der Pförtner streckte den Nacken und sah nun erst recht wieder aus wie ein Gorilla, auf jeden Fall wie jemand, der sich so schnell nicht vertreiben ließ. Sein Blick fiel auf Kante. Auf mich. Auf die Person hinter mir. Und dann flossen seine Gesichtszüge irgendwie auseinander, als müsste er sich erbrechen, könnte aber nicht. Er blieb so sprachlos wie wir einige Minuten zuvor. Nur Arme und Hände, die sich bewegten, eine Art Gebärdensprache der Bestürzung.

»Polizei«, rief er schließlich, als könnte die Wiederholung dieses Wortes alles ins Lot bringen, die Normalität, die sich vielleicht auf Nimmerwiedersehen verabschiedet hatte, zurückholen. »Polizei ist unterwegs.« Er lief rückwärts, als traute er seinen Augen immer noch nicht, als wollte er so schnell wie möglich flüchten, hätte aber Angst, seinen Verfolgern den Rücken zuzukehren. Dann erreichte er die Treppe und die Dunkelheit verschluckte ihn.

Wir waren wieder allein. Der Wind hatte aufgefrischt und zerrte an meiner Kleidung. Zombie stand unverändert, hielt die Balance mit ihrem linken Arm und tastete mit der Rechten an ihrem Hals.

»Scheiße«, rief Schröder. »Scheiße, Scheiße, Scheiße!« Er schlug mit der flachen Hand auf die Brüstung, die ein singendes Geräusch von sich gab. »Wir müssen weg. Jetzt!«

»Die Bullen!«, rief Kante Richtung Zombie. »Komm!«, aber das klang in dieser Situation in etwa so bescheuert wie der Hinweis, dass wir jetzt zur Kasse müssten, weil der Laden gleich schloss. Mir selbst war alles egal. Hauptsache, Zombie würde ihr wahnsinniges Vorhaben noch einmal überdenken. Ob ich ihr wirklich beistehen konnte, jetzt und in Zukunft, wusste ich nicht. Ich wusste nur, dass ich es um jeden Preis versuchen wollte.

»Bitte«, sagte ich und schaute ihr in die Augen. Langsam stieg ich über die Brüstung und lief die kleine Treppe auf

die zweite Ebene hinunter. Zombie war jetzt ganz nah. Die Lichter der Stadt und die Sterne am Himmel verschwammen zu einer Weite, die in diesem Moment so unendlich war wie all meine Angst. Ich streckte meinen Arm aus. Ich öffnete meine Hand. Und ich legte in diese Geste so viel Freiheit, wie es nur möglich war. Ich glaube, wenn Zombie gesprungen wäre, wäre ich für immer so stehen geblieben. Versteinert zur Statue. Für immer verflucht.

»Verdammt, Nino«, sagte Zombie. Dann lief sie zu mir, als wären die Metallstreben nur ein Klettergerüst, als wäre unter ihr nicht der sichere Tod, sondern nur Sand. Ohne meine Hand zu ergreifen, stieg sie zurück auf die Plattform. Schröder stieß Luft aus wie ein Taucher, der es gerade noch an die Wasseroberfläche geschafft hatte. Niemand sprach.

Wir rannten zum Fahrstuhl. Im Spiegel der Kabine sah mich mein bleiches Gesicht an, als hätte ich mindestens einen Liter Blut verloren. Ich presste die Lippen zusammen. Wir fuhren nach unten, schweigend. Die Anlage knarrte, die Geräusche dröhnten regelrecht in meinen Ohren. Auf der Anzeigetafel wanderten die Etagen rückwärts wie bei einem Countdown.

Die silberne Tür des Fahrstuhls öffnete sich. Vor uns breitete sich die Eingangshalle aus. Links, im Glaskäfig des Pförtners, saß niemand. Irgendwie traute ich mich nicht, Zombie anzuschauen, aus Angst, mir ihre Gegenwart nur einzubilden. Aus Angst, dass sie durchsichtig wurde und dann einfach verschwand. Der Pirat rannte voran. Unsere Stiefel hallten auf dem Boden. Die Drehtür nach draußen war verlassen. Die Scheiben schwenkten uns ins Freie.

27

Wir bekamen keine Gelegenheit, innezuhalten, durchzuatmen oder irgendetwas zu besprechen. Auf dem Gehweg parkte ein Streifenwagen. Daneben zwei Polizisten und der Pförtner. Wie aufgescheucht stürzten sie in unsere Richtung. Wir hasteten an ihnen vorbei, zwischen dem Gebäude, das wir gerade verlassen hatten, und dem Gewandhaus hindurch.

»Stehen bleiben! Polizei!« Die Stimme klang hart und grell. Wie oft konnte man eigentlich abhauen vor den Bullen und dabei davonkommen? Wieder trieb mich das Adrenalin vorwärts, aber ich war geschwächt, das bemerkte ich sofort.

»Verteilen!«, schrie der Pirat, riss Kante an der Lederjacke mit sich und nach links in den Park. Aus dem Augenwinkel sah ich, wie der Pförtner hinter ihnen herjagte. Zombie und mir setzten die Polizisten nach. Straße. Ein hupendes Auto.

Wiese. Bäume. Unsere Verfolger waren so nah, dass ich ihr Atmen hören konnte, rhythmisch und schwer. Ich spürte schon fast, wie ich von hinten gepackt wurde. Am Roßplatz rannten wir über die Gleise. Ich hätte mich außen an eine fahrende Straßenbahn gehangen – wenn eine da gewesen wäre.

»Bleibt stehn! Gebt auf!«, rief noch einmal die Stimme. Wir eilten vorbei am Bowlingtreff, zur DDR-Zeit ein Knüller, nun kaum noch genutzt. Mir kam das alles so fern vor, wie ein früheres Leben. Und dann wusste ich es. Ich mochte Zombie von da oben, von der Plattform, geholt haben. Doch wenn sie jetzt geschnappt würde, erwischt von der Polizei, hatte ich nichts bewirkt. Der Gedanke, dass ihr Vater sie am Morgen oder noch in der Nacht von der Wache holen würde und sie mit ihm nach Hause gehen müsste, mit allen Konsequenzen, stand plötzlich in meinem Kopf wie eine hässliche Fratze. Meinen beinahe gleichzeitig gefassten Entschluss zu durchdenken, hatte ich keine Zeit.

»Renn!«, rief ich Zombie zu. »Lauf! Du weißt wohin!« Dann stoppte ich. Drehte auf den Absätzen. Warf mich den Polizisten in die Arme. Ich hielt sie fest, an den Uniformen, an allem, verbiss mich mit den Fingern, schrie herum, dass sie hatten, was sie wollten, dass sie gewonnen hatten, und ließ erst los, als ich sicher sein konnte, Zombie genug Vorsprung gegeben zu haben.

»Menschenskinder noch eins, Sportsfreund«, sagte der ältere der beiden, ein glänzendes Gesicht mit hängenden Wangen, dem seine Mütze vom Kopf geflogen war. »Wir beruhigen uns jetzt mal!« Er klang nicht wirklich wütend, eher ein bisschen verstört. Der jüngere sprach in sein Funkgerät und gab die Personenbeschreibungen meiner Begleiter durch, als wären sie aus dem Knast ausgebrochen. Er behielt mich dabei genau im Auge, doch selbst wenn ich gewollt hätte, eine Fortsetzung meiner Flucht war nicht möglich. Am liebsten wäre ich zu Boden gesunken.

»Ausweis dabei?«, fragte der junge Polizist schließlich.

»Hab noch keinen«, antwortete ich, ohne zu wissen, ob das jetzt gut oder schlecht war. Im Frühjahr hatte mein

Vater mir in den Ohren gelegen, das Ding möglichst bald zu beantragen. In letzter Zeit schien er es wohl vergessen zu haben.

»Name? Alter? Anschrift?« Ich nannte das Geforderte. An der Haltestelle gegenüber gafften die Leute.

»Wir müssen das überprüfen. Und eine Aussage aufnehmen.« Ich zuckte mit den Schultern. Als ob ich eine Wahl hatte. Zu Fuß brachten sie mich aufs Revier in die Dimitroffstraße. Es war nicht weit. Hinter der großen, dunklen Holztür wartete bereits ein weiterer Polizist, der mich in Empfang nahm. Er hatte etwas Raubvogelartiges, spitzer Kopf und ein Blick, der zu taxieren schien, ob ich lohnenswerte Beute darstellte. Die Eingangshalle roch wie meine Schule. Ich fragte mich, ob man, nur mit der Nase, für immer und alle Zeit die ehemaligen Staatsgebäude der DDR würde erkennen können.

Man führte mich einen Gang entlang, dann eine Treppe hinauf, nach links und nach rechts und noch mal nach links, wie zur Verwirrung. Damit ich den Weg nach draußen nicht fand, sollte ich mich doch noch fürs Abhauen entscheiden. Die drei Polizisten tuschelten etwas. Der jüngere der beiden, die mich gebracht hatten, verabschiedete sich.

Im Vernehmungszimmer durfte ich mich setzen. Auf dem Tisch Aktenordner, ungespülte Kaffeetassen und eine Schreibmaschine. Bedächtig ließ sich der Raubvogel auf dem Kunstlederstuhl gegenüber nieder, der die Farbe von eitrigem Auswurf hatte.

»So«, meinte er, als ob damit alles gesagt, der ganze absurde Abend und sein Ende hier auf der Wache erklärt wäre. Der alte, hängewangige Polizist stand vor einem der vergitterten Fenster und schien nicht so richtig zu wissen, wohin mit sich.

»Hartmann, bitte nehmen Sie doch auch Platz.« Hartmann tat wie geheißen. Der Raubvogel wandte sich wieder zu mir.

»Punker, ja?« Er hob die Augenbrauen und schwieg. Er wollte wohl wirklich eine Antwort. Ich schaute aus dem Fenster. Durch die schwarzen Streben würde kaum ein Arm passen.

»Solche wie dich«, fuhr er fort. »Wenn wir die früher aufgegabelt haben, da ging es gleich in den Werkhof. Ende Gelände.« Er legte zwei Zahnreihen frei, die in etwa die Farbe seines Stuhls hatten. »Weißt du wohl schon gar nicht mehr. Wovon ich hier rede. Oder? Wie alt?«

»Sechzehn«, sagte ich. »Fast.« Dass ich ganz genau wusste, wovon er redete, behielt ich für mich. Ein Kumpel von Schröder war sogar in Torgau gewesen, aber hier ging das niemanden was an. Der Pirat hegte ja auch die Überzeugung, dass die Leute uns deswegen so hassten, weil ihnen vierzig Jahre lang niemand etwas anderes beigebracht hatte. Das System blieb an der Gesellschaft kleben wie ein Stiefel aus Beton, meinte er.

»Und, wo soll es für dich mal hingehen?« Der Polizist schaute mich herausfordernd an. Als hinge das Ergebnis seines Verhörs und sein späteres, abschließendes Urteil über mich von genau dieser einen Frage ab.

»Ich scheiß auf das, was morgen ist«, sagte ich. Mal wieder. Zwar hatte mich der Abend fast sämtlicher Kräfte beraubt, aber die Verachtung, mit der mir der Mann begegnete, rief so abwehrende Gefühle in mir hervor, dass ich meine Antworten nicht höflicher hinbekam. Auch wenn es vielleicht klüger gewesen wäre.

»Die Jugend von heute«, sagte mein Gegenüber zu Hartmann und lachte ein braungelbes Lachen. Pflichtschuldig zog Hartmann die Mundwinkel nach oben. Der Raubvogel rückte seinen Stuhl an den Tisch und las etwas auf einer Notiz.

»Zur Sache«, sagte er. »Zweiundzwanzig Uhr neunzehn ging ein Anruf vom Wachschutz des Unigeländes ein. Vier Personen, drei Punks und ein Skinhead, hätten die Tür zur Aussichtsplattform aufgebrochen und würden auf der Freifläche randalieren.« Er rückte die Notiz zurecht. »Kommt dir das bekannt vor?« Ich zuckte mit den Schultern. Was brachte es schon zu leugnen, dachte ich.

»Kann sein.«

»Kann. Sein?« Der Polizist schlug mit der flachen Hand auf den Tisch, dass die Kaffeetassen klapperten. »Ist das hier ein Witz für dich, oder was?« Ich riss mich zusammen.

»Nein«, sagte ich.

»Aha«, sagte der Raubvogel, als würde er mir die Antwort nicht abnehmen. Wortlos spannte er einen Bogen Durchschlagpapier in die Schreibmaschine und tippte eine Weile darauf herum. Hartmann saß steif auf seinem Stuhl und sah weg, sobald ich zu ihm schaute.

»Und was wolltet ihr da oben?«, durchschnitt die Stimme des anderen Polizisten schließlich das Schweigen.

»Stadt angucken«, sagte ich. Das war durchaus die Wahrheit. Was sonst passiert war, würde ich für mich behalten. Die Geschehnisse steckten mir in den Knochen wie Dolche. Sollte der Pförtner doch seine Aussage machen. Ich hoffte einfach nur, dass sie Zombie nicht erwischten. Der Polizist tippte und tippte. Dann klopfte es.

»Immer reinspaziert«, sagte der Raubvogel. Eine Beamtin, deren Hemd eine Nummer zu groß schien, tauchte im Türrahmen auf.

»Die Daten von dem jungen Herrn sind korrekt«, sagte sie.

»Aha«, sagte der Raubvogel wieder. »Vielen Dank, Frau Thiel.« Er lächelte ein so falsches Lächeln, dass sogar ein Blinder zurückgeschreckt wäre.

»Sonst noch was?« Die Frau schüttelte den Kopf. Hartmann und sie tauschten einen Blick. Dann schloss sich die Tür. Kommissar Raubvogel, oder was auch immer er für einen Dienstgrad hatte, tippte weiter.

»Die anderen drei, deine Kumpels, wie heißen die?«, sagte er so plötzlich und beiläufig, dass sich mein Mund automatisch zu einer Antwort öffnete. Für einen Moment sah ich wohl ziemlich dämlich aus. Dann schloss ich ihn wieder.

»Ich höre?«, sagte der Polizist. Hartmann, der links von mir saß, wischte sich über die Stirn. Ich hätte schwören können, dass er den Kopf geschüttelt hatte. Für den Bruchteil einer Sekunde.

»Keine Ahnung«, sagte ich, um eine feste Stimme bemüht. Halb erwartete ich, dass der Raubvogel die Kaffeetassen diesmal vom Tisch fegen würde. Doch er starrte mich nur an und schob das Kinn vor.

»Alles klar, Freundchen«, sagte er schließlich. »Für deine Lügen kriege ich dich auch noch dran.« Er wandte sich wieder seiner Schreibmaschine zu. An der Wand hinter dem Polizisten hing eine Uhr, so ein altes Ding, das noch mit Glas statt Plastik verkleidet war. Sie zeigte fast Mitternacht. War es wirklich schon so spät? Der Raubvogel schien meine Gedanken zu lesen.

»Wir müssten dann mal deine Eltern anrufen«, sagte er. »Sind die noch wach?«

»Mein Vater bestimmt«, antwortete ich und verkniff mir den Rest. Der Polizist nickte.

»Wenn Sie so freundlich wären?«, sagte er und schob die Notiz auf dem Tisch rüber zu Hartmann. »Schätzungsweise in einer Stunde sind wir hier fertig.« Ich versuchte zu lesen, was auf dem Blatt notiert war, konnte aber nichts erkennen. Der Angesprochene nahm den Zettel, stand auf und verließ den Raum. Unvermittelt allein mit mir, unterbrach mein Gegenüber sein Protokoll und schaute mich an, als wollte er mich mit seinem Blick an die Decke nageln.

»Zeiten ändern sich, mein Junge. Menschen nicht. Denk dran.« Ich wusste nicht, was ich dazu sagen sollte. Er zog das Papier aus der Maschine, spannte ein neues ein und stellte noch einige Fragen zum Sachverhalt, wie er es nannte, immer wieder unterbrochen vom rhythmischen Klappern der Tasten. Ich antwortete so knapp wie möglich, gegen Ende fiel mir ein, dass ich die Aussage hätte komplett verweigern sollen. Hartmann kam zurück und nickte dem Raubvogel zu. Das hieß wohl, dass mein Vater nun informiert war.

Der Zeiger der Uhr kroch auf halb eins. Ich war so müde, dass ich mir die Fingernägel bis auf die Knochen des Daumengelenks bohrte, nur um nicht vom Stuhl zu sinken. Ich schaffte es nicht einmal mehr, mir Gedanken darüber zu machen, was mein Vater zu dieser Geschichte sagen würde.

Schließlich wurde ich erlöst. Ich musste noch etwas unterschreiben, was ich nicht so richtig kapierte, aber zum Protestieren war ich viel zu erschöpft.

»Schlafenszeit!«, sagte der Raubvogel und rollte die Schultern. »Nur für die anwesenden Minderjährigen natürlich.« Noch einmal ließ er mich an der Farbskala seiner Zahnreihen teilhaben. »Demnächst kommt Post. Vom Staatsanwalt.« Er ging zu einem kleineren Tisch in der Ecke, kramte in der Schublade und holte eine Packung Marlboro hervor. »Sei froh, dass du nicht eher geboren bist.« Die Schwaden seiner Zigarette sammelten sich unter der Deckenlampe.

»Geleiten Sie unseren Gast doch nach unten«, sagte er zu Hartmann. Wie in Zeitlupe schob ich meinen Körper in die Senkrechte und ließ mich nach draußen führen. Dann drehte ich mich noch einmal um.

»Ich scheiß nicht darauf, was morgen ist«, sagte ich. Die Worte kamen aus irgendeinem Winkel tief in mir, aus einem kleinen Fenster, das plötzlich offen stand. »Ganz im Gegenteil.« Die Cowboy-Fluppe zwischen den Lippen, schaute der Raubvogel durch mich durch, leer und kalt, als wäre er gar nicht lebendig. Hartmann schloss die Tür.

Wir liefen wieder den Gang entlang, nach rechts und nach links und noch mal nach rechts. Mein Begleiter wies mir den Weg, passte sich meiner schneckenhaften Geschwindigkeit kommentarlos an. Kurz vor der Treppe fühlte ich dann doch eine gewisse Beklemmung. Da hinten wartete mein Vater. Mein Vater auf der Polizeiwache. Mitten in der Nacht. Wegen mir. Das vielleicht Merkwürdigste war, dass sich ein Teil von mir fast wünschte, er würde mal richtig ausflippen. Und nicht immer alles hinnehmen. Manchmal hatte ich den Eindruck, irgendetwas hatte meinen Vater in eine Art Dämmerzustand versetzt, vor Jahren schon, ein Labyrinth aus Gedanken und Bürden und Enttäuschungen, aus dem er nicht mehr herausfand.

Hartmann begrüßte ihn freundlich. Vielleicht war das hier die Masche, der gute Bulle spricht mit dem Vater, der böse verhört den Sohn.

»Was ist passiert?«, fragte mein Vater den Polizisten, als dürfte ich nicht selbst sprechen. »Ist ihm was passiert?« Er wirkte ein bisschen desorientiert. Seine Haare waren zerzaust.

»Mir geht's gut«, sagte ich.

»Hausfriedensbruch und Sachbeschädigung. Widerstand gegen Vollstreckungsbeamte.« Hartmann zählte mit seinen Fingern. »Aber lassen Sie sich das doch am besten von ihm erzählen.«

»Und jetzt?«, fragte mein Vater. »Was heißt das?« Hartmann räusperte sich.

»Erst einmal gar nichts. Fahren Sie heim. Alles Weitere entscheidet die Staatsanwaltschaft.« Ein bisschen klang es, als würde er eigentlich noch etwas sagen wollen. Mein Vater betrachtete mich wie ein Trugbild, eine Fata Morgana in der Wüste, der er nicht trauen könnte. Er zog die Nase hoch und blinzelte. Dann hielt er Hartmann die Hand hin.

»In Ordnung. Vielen Dank.«

»Nichts zu danken.« Hartmann schlug ein. Dann nickte er mir noch einmal zu. »Alles Gute.« Wir liefen zur Tür. Mein Vater drückte die Klinke. Dann standen wir auf der Straße.

»Auto steht um die Ecke.« Er zeigte nach links. Die Nachtluft wehte mir kalt unter die Kleidung und machte mich ein wenig wacher. Trotzdem war ich froh, nicht zu Fuß nach Hause gehen zu müssen. Ich war jetzt überzeugt, dass den anderen die Flucht geglückt war. Sonst hätte es bei meinem Verhör irgendeine Meldung gegeben, irgendeinen Kommentar oder Hinweis. Mein Vater schwieg und setzte die Füße, als müsste er bei jedem Schritt die Festigkeit des Untergrunds prüfen. Als wäre die Welt mit der Abholung seines Sohnes von der Polizei eine andere geworden. Eine Welt voller Fallen.

Wir fuhren die Hauptstraße entlang. Der Motor des Fords rüttelte an der Karosserie. Das rostige Licht der Laternen am Rand machte die ganze Szenerie noch unwirklicher, als sie ohnehin schon war.

»Tut mir leid«, sagte ich. Mein Vater schüttelte nur den Kopf. Als wir an unserem Haus ankamen, parkte er ein, zog den Schlüssel ab und blieb dann einfach sitzen. Regungslos. Wie eine Puppe. Als hätte irgendeine höhere Macht die Pause-Taste in diesem seltsamen Film gedrückt, in dem wir uns befanden. Ich wollte mich gerade bemerkbar machen, da wandte er seinen Kopf nach rechts.

»Was für ein sonderbarer Tag«, sagte er. Es klang mehr verwundert als verärgert, obwohl er zu Letzterem nun wirklich allen Grund gehabt hätte. Eine Katze tippelte vor uns über die Straße. Sie blieb in der Mitte stehen, schaute nach allen Seiten und huschte dann unter das nächste Auto, auf dessen Oberfläche sich das Mondlicht spiegelte.

»Etwas untertrieben. Aber, ja«, sagte ich mit einer Stimme, rau wie die eines alten Kettenrauchers.

»Ich werde das wohl im Kalender ankreuzen müssen«, sagte mein Vater. Er öffnete die Fahrertür. Die Herbstnacht wehte herein. »Diesen Tag. An dem erst deine Mutter bei mir anrief und dann die Polizei.«

28

Der Regen bildete eine graue Wand, fiel nicht in Tropfen, sondern als Flut vom Himmel. Das Radio hatte sogar vor Überschwemmungen gewarnt. In die Stadt zu gehen schien so sinnlos wie der Versuch, einen Turm aus Sandkörnern zu bauen. Hoffnungsvoll, in Anbetracht der Umstände vielleicht doch einen der drei vom Vortag anzutreffen, Schröder oder Kante oder Zombie, tat ich es trotzdem. Vorher schaute ich bei Zombies Versteck vorbei, doch der Schlüssel unter dem Porzellanhaufen war nicht da und die Wohnung dunkel. Überhaupt machte das ganze Haus einen so komplett verlassenen Eindruck, dass es mir schwerfiel zu glauben, hier wirklich mal Zeit mit ihr verbracht zu haben.

An der Wiese saß kein Mensch. Das Wasser sammelte sich in Pfützen im Gras, floss bereits über die steinerne Einfassung am Rand und mir in die Stiefel, während ich den Platz einmal umrundete. Ich spürte die Nässe kaum. Nur ein paar wenige unerschrockene Einkaufsbummler liefen vorbei, die Regenschirme eng an die Körper gepresst. In der Passage gegenüber fand ich schließlich eine Handvoll Bunthaariger, bekannte Gesichter, mit denen ich aber wenig zu tun hatte. Ich ließ mich nieder auf ein Bier, wenn ich schon mal da war, blieb aber gedanklich so abwesend wie Zombie den Abend zuvor und hatte erst recht keine Lust, von dem zu erzählen, was sich danach abgespielt hatte. Kurz bevor ich wieder gehen wollte, tauchte Andy auf, die Kapuze einer schwarzen Windjacke tief ins Gesicht gezogen. Er musterte die Anwesenden und bedeutete mir dann mit dem Kopf, dass er mich allein sprechen wollte.

»Ich hab Infos für dich«, sagte er, nachdem wir ein Stück abseits gelaufen waren.

»Von wem?«, sagte ich schnell, doch er schaute nur irritiert. Ich kapierte, dass auch er von nichts wusste.

»Von mir natürlich«, sagte er. »Also. Biwak. Samstag.« Er nickte wie zur Bestätigung seiner eigenen Worte und sah irgendwie aus, als hätte er statt dieser telegrammartigen Bekanntmachung eine halbstündige Rede gehalten. Mein Schweigen deutete Andy scheinbar als Aufforderung, wenigstens ein klein bisschen mehr zu erzählen. Ich überlegte, wie der gestrige Abend mit ihm an der Seite verlaufen wäre, kam aber zu keinem Ergebnis.

»Von den Grünauern ist keiner dabei«, fuhr er fort. »Stecki meint, die haben alle Schiss. Dass jemand sie erkennt.« Er beäugte eine Frau, die an der Auslage eines Uhrengeschäfts stand und kurz zu uns hergesehen hatte.

»Wir sind trotzdem genug«, sagte Andy leiser. »Sogar ein paar von den Älteren machen mit. Hab mich ganz schön ins Zeug gelegt.« Er schob die Kapuze nach hinten, holte seinen Tabak aus der Jackentasche und drehte sich eine. Das Zigarettenpapier war feucht und es dauerte ein bisschen, bis er die Lunte zwischen den Zähnen hatte. Zum ersten Mal seit Monaten sah Andy zufrieden aus. Umso schwerer fiel mir der nächste Satz.

»Ich kann nicht«, sagte ich. Über uns blieb der Rauch von

Andys Kippe stehen wie ein Regenwölkchen, das sich vom Himmel in die Passage verirrt hatte.

»Du kannst nicht?« Seine Stimme war jetzt fast nur noch ein Flüstern. Wie bei einem Wetterleuchten rannte Erstaunen und dann auch Ärger über Andys Gesicht.

»Tut mir leid.« Ich überlegte noch, ob Andy meinen Grund verstehen würde und ich es ihm sagen sollte. Vielleicht half es, dass auch seine Eltern getrennt waren. Oder vielleicht gerade nicht. Er zog lange an seiner Kippe und machte sie fast alle.

»Ich fahr am Wochenende weg«, sagte ich. »Muss etwas klären. Etwas, auf das ich sehr lange gewartet habe.«

»Kacke, Mensch.« Andys Augenbrauen schienen zusammenwachsen zu wollen, so sehr runzelte er die Stirn. »Kann doch nicht wahr sein. Du kneifst aber nicht, oder?«

»Und wenn schon«, sagte ich, nun meinerseits etwas verärgert. Wir schwiegen eine Weile. Andy begrub die bis auf den Filter gerauchte Zigarette unter seinen Stiefeln.

»Ich muss los«, sagte er dann. Ohne mich oder den kleinen Haufen Leute am Eingang der Passage noch eines Blickes zu würdigen, verschwand er in der Fußgängerzone. Ich trank mein Bier aus und ging auch. Mit dem lauernden Gefühl, dass jemand hinter mir herlief, mir nachstellte. Ich wurde es bis zu Hause nicht los. Doch immer, wenn ich mich umschaute, war da nur der Regen.

Mein Vater weigerte sich auch an diesem Abend, die Sache mit der Polizei oder den Anruf meiner Mutter, bei dem sie mich tatsächlich schon für Samstag eingeladen hatte, zu kommentieren. Ich hatte sowohl in der Nacht als auch am Morgen das Gespräch mit ihm gesucht, aber er blieb so schwer zu greifen wie das sprichwörtliche Stück Seife. Dass ich nichts anderes erwartet hatte, machte die Sache nicht besser. Allerdings schlug er von sich aus vor, den Fahrschein zu bezahlen, was mich dann doch wieder rührte, nicht zuletzt wegen unserer finanziellen Situation. Ich hoffte, dass es nicht an meiner Mutter lag – die ebenfalls für die Reise aufkommen wollte.

Ich nahm den ersten Zug am Samstagmorgen. Das Frühstück mit meinem Vater war das schweigsamste aller Zeiten, und das wollte was heißen. Während ich mir Schnitten schmierte, sagte er in das trübe Licht der Küche nur zwei Worte: »Grüß schön.«

Ich fuhr mit der Straßenbahn zum Hauptbahnhof und kaufte mir ein Ticket für den Intercity. Am Gleis angekommen, sah ich am Bahnsteig gegenüber mehrere Glatzen, die auf einer Bank saßen. Essensverpackungen und ein ganzer Haufen zerknüllter Bierdosen lagen vor ihnen, als hätte jemand einen Mülleimer ausgekippt. Ich machte mir keine Mühe, die Typen abzuchecken. Ich hatte anderes im Kopf. Die Anzeigetafel mit dem Wagenstand versteckte mich ein wenig, bis die rote Lok mit kreischenden Bremsen neben mir hielt.

Anders, als ich erwartet hatte, war der Zug fast leer. Ich setzte mich in ein Abteil, in dem es roch, als hätte jemand vor nicht allzu langer Zeit auf das Rauchverbot gepfiffen. Draußen hallte eine Durchsage über die Gleise, die ich nicht verstand. Ich überlegte, ob ich mir auch eine anstecken sollte, ließ es aber bleiben. Dann ruckte der Wagen an und schob sich langsam aus dem Bahnhof. Verfallene Anlagen zogen an mir vorbei wie ein Film. An einem Wärterturm fehlte das halbe Dach, es sah aus wie ein Blitzschlag, aber vielleicht war das Gebäude auch nie fertig geworden. Ein bisschen hatte ich das Gefühl, eine Stadt zu verlassen, die ich nie wieder betreten würde. Aber das war natürlich Unsinn.

Lange hing ich meinen Gedanken nach. Eine Weile kam ich mir selbst fremd vor, als würde hier in diesem Abteil gar nicht ich, sondern jemand anders sitzen. Jemand, den ich nur beobachtete. Ein Schaffner, der die Tür zum Abteil öffnete und unter seinem Schnauzer hervormurmelte, dass in diesem Zug das Wochenendticket nicht gelten würde, schreckte mich auf. Ich zeigte meinen Fahrschein und schwieg. Langsam begriff ich, wie sehr mich diese Reise anspannte. Es war unangenehm genug, dass ich eigentlich keine Ahnung hatte, wo ich gerade hinfuhr. Ich war bislang nur zweimal drüben gewesen, für wenige Tage. Im Herbst 1989, als mein Vater mit mir in Westberlin das Begrüßungsgeld abholte, und drei Jahre später, als es nach Würzburg auf Klassenfahrt ging. Sicher, die Wirtschaft hatte sich angepasst. Es war jetzt auch bei uns alles bunt. Die Regale in den Läden voll. Wer noch einen Trabi besaß, wurde belächelt. Man hatte neue Waschmaschinen, Fernseher, Videorekorder und Mikrowellen in den frisch gemalerten Buden stehen. Statt mit Aluchips bezahlte man mit harter Währung. Des Eindrucks, sein bisheriges Dasein mit Spielgeld hantiert zu haben, konnte auch ich mich damals nicht erwehren. Und doch hatte ich das Gefühl, etwas wäre verloren gegangen. Etwas Wichtiges. Ein bisschen so, als hätte ein Fremder einen Schalter umgelegt und verkündet, dass das Leben von heute auf morgen anders zu laufen habe. Am blödesten war der Gedanke, dass ich zu jung war. Zu jung, zu entscheiden, ob das Ganze an mir selbst lag, an meiner Mutter, meinem Vater, irgendetwas anderem oder allem zusammen.

Fast hätte ich meinen Zielbahnhof verpasst. Aus dem Augenwinkel sah ich das Schild, der Zug war gerade zum Stehen gekommen. Dem plötzlichen Griff eines Fremden gleich packte mich die Aufregung. Ich besuchte meine Mutter. Das Normalste von der Welt, eigentlich. Für mich fühlte es sich in diesem Moment an wie eine Prüfung, für die ich nicht das Geringste gelernt hatte. Ich spürte mein Herz, das natürlich immer klopfte, auch wenn ich nicht darauf achtete. Aber jetzt war es wie eine Faust, die von innen an meine Rippen schlug. Ich schnappte meinen Rucksack. Der Gurt lag leicht in der Hand, ich hatte nicht viel mitgenommen. Ich lief in den Gang und durch die bereits geöffnete Wagentür. Auf dem Bahnsteig kniff mir die Sonne ins Gesicht. Die Stimme meiner Mutter drang an mein Ohr, fern wie von einem winzigen Boot auf dem Meer. Dann stand sie direkt vor mir.

»Nino!« Mein Name kam mit ganz viel Vokal. Sie lächelte, hatte die Arme ausgebreitet. Ein Stück nur, als wäre sie selbst nicht ganz sicher, wie wir uns begrüßen sollten. Wir umarmten uns. Zu kurz für echte Herzlichkeit, zu lang für eine nur förmliche Geste.

»Klasse Frisur!«, sagte sie und besah meinen Kopf von allen Seiten. Sie grinste. Ein bisschen zu viel Lippenstift. Ein paar Falten um die Augen, an die ich mich nicht erinnerte. Und ein Gesicht, das in mir drin irgendetwas warm machte, aber vielleicht war das auch nur die Sonne.

»Gute Fahrt gehabt? Wollen wir in ein Restaurant? Hast du Hunger?« Wie Wellen schwappten die Fragen um mich herum.

»Ich würd gern erst einmal zu dir.« Ich hatte so lange darauf gewartet, mit meiner Mutter allein zu sein, dass ich sie gerade nicht einmal mit Leuten an Nebentischen teilen wollte.

»Machen wir so«, sagte sie und hakte sich unter. Wir liefen durch die Wartehalle, an einem winzigen Blumenladen und einem noch winzigeren Kiosk vorbei aus dem Bahnhof. Gegen die Kleinstadtidylle, die der Vorplatz mit seinem Springbrunnen und seinen kleinen Häuschen wie so eine Art Zuckerguss auf die Augen pinselte, konnte nicht einmal die feine Gegend von Max' Eltern punkten. Eine Frau mit hohen Schuhen überquerte den Platz, nickte meiner Mutter zu und musterte mich, nicht unfreundlich. Meine Mutter winkte.

»Mein Sohn!«, rief sie und es überraschte mich selbst ein bisschen, dass mir das nicht peinlich war. »Arbeitskollegin«, schob sie hinterher, zu mir gewandt. Sie holte einen Autoschlüssel aus ihrer Handtasche und streckte ihn von sich wie einen Zauberstab. Vor uns, auf einem Parkplatz, der von Bäumen mit gelben und orangenen Blättern gesäumt war, piepte ein Peugeot. Mit großer Geste öffnete meine Mutter den Kofferraum, als hätte ich sonst was für Gepäck.

»Schmeiß rein«, sagte sie. Ich stellte meinen Rucksack zwischen einen Kasten Mineralwasser und zwei Tüten mit Lebensmitteln.

»Du magst doch Nudeln?«, sprach sie weiter. »Und Chips?

Cola? Wir können es uns richtig gemütlich machen heute. Hans kommt erst morgen. Oder willst du am Abend lieber was erleben? Ausgehen?« Sie drückte die Heckklappe herunter. »Hier gibt's nicht so viel. Aber wir finden schon was.«

»Hans?«, fragte ich.

»Hans«, bestätigte meine Mutter. Sie lief zur Fahrertür. Ich lief auf der Beifahrerseite nach vorn. Dann schauten wir uns über das Autodach hinweg an.

»Hans«, wiederholte sie noch einmal. »Mein Partner. Hat dir Papa nichts davon erzählt?« Ich schüttelte den Kopf. Die Fältchen um ihre Augen waren mit einem Mal ganz glatt, dafür tauchten sie zwischen den Brauen wieder auf. Sie kletterte ins Auto, ließ auf meiner Seite die Scheibe herunter und beugte sich über den Sitz.

»Das ist mal wieder typisch«, sagte sie. »Kommst du?« Ein buntes Blatt landete auf dem Dach. Ich öffnete die Tür und stieg ein. Meine Mutter startete den Motor, parkte aus und fuhr von dem kleinen Platz. Leise spielte das Radio Musik, so leise, dass ich den Melodien kaum folgen konnte. Am Straßenrand stand ein Klappschild: *Herzlich willkommen.*

29

Wenn ich die Vorstellung hatte, im Westen würde grundsätzlich in zu großen Buden gehaust, deren Übermaß an Platz man mit funktionslosen Möbelstücken und Elektrogeräten kompensierte, wurde ich enttäuscht. Die Wohnung meiner Mutter war klein und zweckmäßig. Spiegel und Ablage im Flur, Couch und Tisch in der Stube. An den Wänden Landschaft und Kunst oder beides, in verschiedenfarbige Holzrahmen gefasst. Es roch frisch gelüftet, mit einer winzigen Ahnung von Weichspüler um das Badezimmer herum. Die Küche war zweigeteilt, in der Mitte verlief eine Art Bar mit Arbeitsfläche, worauf meine Mutter ihre Einkäufe packte. Sie goss mir ein Glas Cola ein und dann auch sich selbst.

»Prost«, sagte sie. Wir stießen an. Ich trank die Hälfte ab. Dann setzte ich mich auf einen Hocker.

»Hast du auch Bier?«, fragte ich. Meine Mutter verschluckte sich fast, lachte ein wenig verlegen und zuckte mit den Schultern.

»Wein kann ich dir anbieten.« Ohne meine Antwort abzuwarten, kramte sie im Eckschrank, brachte eine angebrochene Flasche Weißwein und dann eine zweite hervor, noch verschlossen.

»Glas?«, fragte sie. Ich schüttelte den Kopf, trank meine

Cola aus und füllte mit Wein nach. Meine Mutter legte Schneidebrett und Messer auf die Bar und fing an, Tomaten zu waschen.

»Wie lang gibt's den denn schon, den Hans?«, fragte ich.

»Seit 1953«, sagte meine Mutter von der Spüle aus. Sie drehte sich zu mir um und grinste, so ein »Okay, der Witz war mäßig«-Grinsen. Sie trocknete sich die Hände.

»Kennengelernt haben wir uns letztes Jahr. Und guck nicht so vorwurfsvoll. Er ist nicht mein Erster hier.« Ich wusste weder, ob ich das wissen wollte, noch, ob ich vorwurfsvoll geguckt hatte.

»Wie steht's denn bei dir? In der Liebe?«, lenkte sie ab.

»Chaos«, sagte ich wahrheitsgemäß.

»Immerhin«, sagte meine Mutter, lud sich die Tomaten wie mit kleinen Baggerschaufeln auf beide Hände und ließ sie an der Bar herunter. »Willst du mir mehr erzählen?«

»Vielleicht später«, sagte ich. Meine Mutter grinste noch einmal, ein anderes Grinsen, das ich überhaupt nicht deuten konnte. Eine Weile schnitten wir schweigend Tomaten und Zwiebeln für die Nudeln und pflückten Salat in Stückchen. Nach dem Essen öffnete ich die zweite Weinflasche. Ich fühlte mich satt und ein bisschen an frühere, ganz frühere Zeiten erinnert, wenn wir zu dritt zusammengesessen und zum Nachtisch Schokoladenpudding gelöffelt hatten.

»Wieso bist du weg?«, fragte ich. Wir saßen uns gegenüber. Leere Teller. Meine Mutter schaute mich an. Ihre Nasenflügel bewegten sich eine Winzigkeit, wenn sie einatmete. Sonst passierte nichts. Bis auf das feine Ticken eines Weckers, der auf dem Regal über der Spüle stand, war es in der Küche still. Dann erhob sich meine Mutter, füllte Wasser und Kaffeepulver in eine kleine silberne Kanne und stellte sie auf den Herd.

»Ich red gern mit dir darüber«, durchbrach sie die Stille. »Deswegen bist du ja auch da. Richtig? Aber stell mal diesen Verhörton ab.«

»Ich muss das wissen«, sagte ich. Meine Stimme klang vielleicht etwas zu anklagend, aber das Gefühl der Kränkung, dass meine Mutter auch mich zurückgelassen hatte, ließ sich nicht mehr ignorieren. Jetzt, wo ich hier war. Ein Stück von dem Leben sah, das sie ohne mich führte. Diese Normalität, die doch eigentlich keine sein konnte.

»Das ist voll in Ordnung«, sagte meine Mutter. Sie lief vom Herd zurück zu mir und legte ihre Hand auf meine, kurz und leicht wie ein Windhauch. »Die Frage ist doch aber eher, warum man nicht wegwollte.«

»Papa, meinst du?« Sie setzte sich.

»Generell. Wie so viele andere bin ich weg, weil das Land kaputt war, Nino. Abgewirtschaftet. Futsch. Ein ausgedienter Staat, der sich so weit von den Menschen entfernt hatte, dass die Apparatschiks selbst nicht mehr glaubten, was sie erzählten.« Ich musste wohl fragend geschaut haben.

»Die Mächtigen. Die Funktionäre. Die, die alles entschieden haben«, schob meine Mutter hinterher. Sie stand wieder auf, ging zum Herd und betrachtete die silberne Kanne.

»Ich hab nur gute Erinnerungen«, sagte ich. Ich wusste, dass das nicht stimmte. Meine Mutter schnaubte leise.

»Kaffee?«, fragte sie. In der Kanne blubberte es. Ich winkte ab und zeigte auf meinen Wein. Eine Weile erzählte meine Mutter von ihrer Flucht. Die Geschichte war spannend, barg aber nichts wirklich Überraschendes für mich.

Die Fernsehsendungen und Zeitungen waren in den letzten Jahren voll gewesen mit abenteuerlichen Berichten über die Vorgänge an den ungarischen Grenzen, die für so viele Flüchtende tatsächlich in der Bundesrepublik geendet hatten.

»Was nach dem Sommer 1989 kam, konnte ja keiner ahnen«, sagte meine Mutter schließlich. »Und dass es dann hieß, wir sind *ein* Volk. Statt, wir sind *das* Volk.« Ihr Kaffee war längst ausgetrunken. Die Barfläche stand voll mit unserem Geschirr.

»Wieso bist du dann nicht wieder zurück?«, fragte ich. Zu uns. Zu mir, fügte ich an, nur in Gedanken. Wieder war nur noch das Ticken des Weckers zu hören. Meine Mutter schaute aus dem Fenster und suchte mit der Zungenspitze an ihrer Unterlippe herum, als wolle sie ihre Schminke prüfen. Ich spürte, dass da irgendwas war. Irgendetwas, das noch versuchte, unausgesprochen und verborgen zu bleiben.

»Oder anders«, sagte ich. »Wieso bist du wirklich weg?« Meiner Mutter gelang das Kunststück, gleichzeitig zu lächeln und die Stirn zu runzeln. Sie besah mich von oben bis unten.

»Du bist echt groß geworden«, sagte sie. Dann trug sie meinen und ihren Teller zur Spüle, kramte erneut im Eckschrank und kam mit einem Weinglas zurück. Ich schenkte ihr ein.

»Zwischen deinem Vater und mir hat es nicht mehr funktioniert.« Sie schaute mich über ihr Glas hinweg an, als suchte sie eine Regung in meinem Gesicht, eine Aufforderung weiterzusprechen – oder das Gegenteil zu tun. »Schon vorher nicht.« In meiner Miene war wohl immer noch zu wenig zu lesen. Meine Mutter wiegte den Kopf.

»Lass es mich so ausdrücken, Nino«, sagte sie. »Ich wäre auch ohne die Geschehnisse 1989 gegangen.«

»Okay.« Ich schaute die Weinflasche an, die nur noch bis zum unteren Etikettrand gefüllt war. Es war eine Sache, etwas erzählt zu bekommen und von dessen Wahrheitsgehalt überzeugt zu sein. Eine andere, es zu verstehen. Meine Mutter saß weiter auf ihrem Beobachtungsposten, scheinbar bereit, mir binnen Viertelsekunden zur Seite zu springen, sollte ich … ja, was eigentlich?

»Und das war's?«, fragte ich. »Das kann doch nicht so einfach sein.« Meine Mutter lachte, einem trockenen Husten gleich. Sie trank einen langen, langsamen Schluck, bei dem ich zusehen konnte, wie sich ihr Hals bewegte. Sie setzte das Glas ab.

»Doch, Nino. Genau so war es. So einfach. Und so schwer.«

»Schwer? Klingt aber nicht so«, sagte ich.

»Du hast schon wieder diesen Ton«, sagte meine Mutter, erhob sich ein wenig und rückte an ihrem Hocker herum, ohne mich aus den Augen zu lassen. Sie setzte sich wieder. Einen Moment lang dachte ich, dass mein Ton eigentlich noch ganz anders sein könnte, und einen weiteren Moment lag es mir auf der Zunge, genau das zu sagen. Ich hätte alle möglichen Gründe gehabt, meiner Mutter Vorwürfe zu machen. Das war doch klar. Aber eigentlich wollte ich sie ja nur verstehen. Ich schluckte meine Gedanken herunter.

»Es war schwer, weil Liebe nicht einfach verschwindet«, fuhr sie fort. »Sondern nur allmählich verblasst. Man kann sich für sie entscheiden oder gegen sie. Manchmal muss man das tun. Und in vielen Fällen ist die eine Entscheidung besser als die andere.« Sie seufzte. »Aber manchmal weißt du weder vorher noch hinterher, welche die richtige war.« Sie leerte ihr Glas, während ihre Worte in mir umherschwappten wie in flüssiger Form, als wäre nicht nur mein Kopf, sondern mein ganzer Körper mit ihnen angefüllt. Obwohl meine Mutter sich locker gab, konnte ich sehen, dass es ihr nicht leichtfiel, über das Thema zu sprechen.

»Und bevor du fragst«, fuhr sie fort. »Genau das ist auch der Grund, warum ich nicht öfter zu Besuch gekommen bin.«

»Wollte ich fragen, ja«, nickte ich. »Und den Zusammenhang versteh ich nicht.« Ich teilte den Weinrest auf die zwei Gläser auf.

»Prost«, sagte meine Mutter noch einmal und besah den kleinen Schluck. »Müssen wir wohl doch noch ausgehen heute.« Sie lächelte, aber ihre Augen waren ein bisschen feucht.

»Dein Vater hat meine Entscheidung nie verstanden.« Sie sagte den Satz wie eine Kostbarkeit. »Daher war und ist es leichter für ihn, mich nicht zu sehen. Verstehst du?« Ich pustete Luft durch meine Lippen, aber es war eine Geste ohne Inhalt, ein Reflex. Ich hatte wirklich nicht die leiseste Ahnung.

»Und das habe ich akzeptiert«, ergänzte meine Mutter. »Weil mir viel an ihm liegt. Dich hätte ich allerdings gern öfter gesehen. Das kannst du mir glauben.« Die letzten beiden Sätze kamen so leise, sie gingen fast unter im Ticken der Uhr. Meine Mutter stand auf. Sie fuhr sich durch die Haare.

Sie lachte ein ganz komisches Lachen, schüttelte dann den Kopf und setzte sich wieder.

»Gewissermaßen ist es so«, sagte sie: »Ich konnte loslassen, weil ich wusste, dass du sein Halt bist.« Sie trank den letzten Rest. Wieder sah sie mich über den Rand des Glases an. Kurz schien es, als könnte sie meinem Blick nicht mehr standhalten. Sie stellte das Glas ab. Ihre Augen waren noch immer feucht. Sie rieb mit dem Handballen darüber.

»Nino, du hast jedes Recht, wütend auf mich zu sein. Vielleicht habe ich die falschen Prioritäten gesetzt.« Und dann kam nichts mehr. Meine Mutter wandte sich ab, stand erneut auf und lief aus der Küche. Ich blieb auf meinem Barhocker zurück wie der letzte Mantel an einer Garderobe. Ungefähr tausend Empfindungen auf einmal prasselten kreuz und quer auf mich ein, so viele, dass ich wie gelähmt war. An die Küche grenzte ein Balkon. Irgendwann öffnete ich die Balkontür und stellte mich in den Hausschuhen, die mir meine Mutter gegeben hatte, nach draußen und schaute in den Hof. An den Ästen eines Apfelbaumes ein paar letzte, überreife Früchte. Ein kleines Stück der Zweige ragte über die Hecke in den Garten des Nebenhauses. Wem gehörten diese Äpfel? Für mich als Kind war genau das eins der größten Symbole der neuen Zeit gewesen. Dass man auf einmal nicht mehr frei in den Wohnhöfen spielen konnte. Sondern jeder Bereich mit Zäunen abgetrennt wurde.

Ich drehte mir eine Zigarette, stellte fest, dass mein Feuerzeug den Geist aufgegeben hatte, und holte mir aus der Küche Streichhölzer. Dann rauchte ich und meine Gedanken flogen umher wie der Kippendunst. Als meine Mutter neben mir auftauchte, zuckte ich zusammen.

»Hast du auch eine für mich?« Scheinbar hatte ich ein ziemlich idiotisches Gesicht gemacht, denn meine Mutter lachte so plötzlich los, als hätte jemand einen Knopf gedrückt.

»Das ist ernst gemeint«, sagte sie. »Und eine Ausnahme.« Sie ging noch mal rein und brachte eine Untertasse als Aschenbecher. Genau wie bei mir zu Hause. Ich drückte meine Zigarette aus und drehte zwei neue. Die schönsten, die ich je gedreht hatte. Dann gab ich meiner Mutter Feuer. Wir rauchten und schauten dem Apfelbaum zu, der sich sanft im Wind wiegte. Die Blätter des Baumes raschelten leise.

»Menschen tun manchmal seltsame Dinge«, sagte meine Mutter. »Wenn Liebe und Beziehungen ins Spiel kommen, erst recht.« Sie legte ihre Hand auf meine Schulter, so leicht, dass ich die Berührung nicht gespürt hätte, wären meine Augen geschlossen gewesen. »Du wirst das irgendwann verstehen.« Ich nickte nur. Am noch blauen Himmel waren die ersten Sterne zu sehen.

»Ich habe immer gehofft, dass du kommen würdest. Wenn du so weit bist.« Die Hand drückte mich. Dann standen wir nur noch da. Wie die beiden allerletzten Menschen auf der ganzen Welt.

»So«, hörte ich schließlich in der Dämmerung. »Ich hol uns jetzt noch was zu trinken. Irgendwelche Wünsche?« Meine Mutter wandte sich zur Tür.

»Ich nehm, was du nimmst«, sagte ich und es war, als hätte ich seit Tagen nicht gesprochen.

»Bis gleich«, sagte sie, schon in der Küche. Dann drehte sie sich noch einmal um. »Nino?«

»Ja?«

»Eine Sache noch. Eine Sache, die wichtiger ist als alles andere.« Sie trat wieder einen Schritt auf mich zu und hielt mich mit ihren Augen fest. Mit diesen Augen, von denen ich so wenig wusste. Und doch so viel.

»Danke.«

30

Ich erwachte mit dem Bedürfnis zu gehen. Wir hatten die Nacht fast durchgemacht, zwei weitere Flaschen Wein geleert und so offen gesprochen wie nie. Alte Geschichten ausgegraben, gegenseitig Details ergänzt, in Erinnerungen geschwelgt wie zwei uralte Freunde. Meine Mutter hatte noch mehr Zigaretten geraucht und mir schlussendlich sogar gestanden, wie sie meinen Vater kennengelernt hatte: ganz klassisch, bei einer Tanzveranstaltung im Jugendklub der FDJ. Jetzt lag ich auf der ausgeklappten Couch im Wohnzimmer und es war, als würde mein Kopf gleich zerreißen. Ich hätte das auf den Alkohol schieben können, aber es schien vielmehr so, als würde da oben einfach nichts mehr hineinpassen. Es war alles zu viel. Ich presste die Fingerspitzen auf meine Schläfen. Mein Blick fiel auf zwei Fotografien, die nebeneinander in einer kleinen Vitrine standen: ein Schwarz-weiß-Bild einer Gruppe junger Frauen, meine Mutter im Kreis ihrer Abschlussklasse, aufgenommen vor der Pharmazieschule. Und eine Farbaufnahme von mir auf dem Scherbelberg, mein Profil und die Dächer der Stadt. Das Bild musste bei einem ihrer Besuche entstanden sein.

»Ich muss nach Hause«, sagte ich beim Frühstück. Meine Mutter blies den Dampf von ihrer Kaffeetasse.

»Jetzt sofort?«

»Ja«, sagte ich. »Also, nach dem Essen.« Binnen Sekunden wechselte ihre Miene von Überraschung zu Traurigkeit, um dann wieder einigermaßen fest zu werden. Mit kleinen Schlucken schien sie ihre Enttäuschung herunterspülen zu wollen. Dann nickte sie.

»Schade.« Ich versuchte zu lächeln, und hoffte, dass es mir gelang. Ich bereute nicht, mit meiner Mutter am Tisch zu sitzen. Ich bereute nicht, sie besucht zu haben, ganz im Gegenteil. Doch die Vorstellung, dass nun auf einmal alles in Ordnung sein sollte, fühlte sich irgendwie falsch an. Wie ein Fehler im Bild. Und ganz und gar nicht so, als hätte ich endlich die fehlenden Teile eines großen Puzzles zusammengefügt. Ich hoffte, dass meine Mutter recht hatte. Dass ich das alles irgendwann verstehen würde.

Ich hatte keine Ahnung, ob und wann ein früherer Zug fahren würde. Aber selbst der Gedanke, einige Stunden am Bahnhof zu sitzen und zu warten, kam mir in diesem Moment erstrebenswerter vor, als länger hier in der Wohnung zu bleiben. Und dann auch noch freundlich zu Hans zu sein. Außerdem war da noch etwas. Etwas, das ich die vergangenen achtundvierzig Stunden so gut es ging versucht hatte zu ignorieren, das aber nun mit aller Macht in meinen brummenden Schädel zurückdrängte. Zombie.

»Ich komm dich bald wieder besuchen«, sagte ich. Am Gesicht meiner Mutter sah ich, dass das wohl nicht ganz ernst gemeint geklungen hatte. Aber ich meinte es so. Nach dem Frühstück packte ich meine Sachen.

»Hast du was gegen Kopfschmerzen?«, fragte ich. Meine Mutter lächelte matt, natürlich hatte sie was. Sie ging ins

Bad und brachte dann eine Schachtel, deren aufgedruckte Bezeichnung ich noch nie gehörte hatte, zusammen mit einem Glas Wasser.

Auf dem Weg zum Bahnhof schwiegen wir beide. Die Tablette wirkte mäßiger als der Uraltbestand Analgin, den ich kürzlich alle gemacht hatte, verdrängte aber zumindest den gröbsten Schmerz. Am Himmel rannten die Wolken, als würde der Wind eine Treibjagd veranstalten. Durch das einen Spalt geöffnete Autofenster zog eisige Luft an meine Stirn. Wie parkten an derselben Stelle wie gestern, liefen über den Platz, an Kiosk und Blumenladen in der Wartehalle vorbei bis zum Gleis. Nur die Kollegin meiner Mutter fehlte. Überhaupt war an diesem Sonntagvormittag kaum jemand außer uns auf den Straßen. Das Örtchen schien ausgestorben wie eine Mustersiedlung, hochgezogen zur Ansicht, ohne Bewohner. Auch an dem Bahnsteig stand kein Mensch. Nur ein Männlein mit Warnweste stakte ein Stück weiter vorn zwischen den Weichen umher. Laut Fahrplan würde ich bis zum späten Mittag warten müssen.

»Danke fürs Bringen«, sagte ich und hoffte, dass dieser knappe Satz signalisieren würde, dass ich hier jetzt auch allein klarkam. Wir unterhielten uns noch eine Weile, aber die Offenheit des letzten Abends weigerte sich hartnäckig, erneut zu entstehen.

»Ich muss los«, sagte meine Mutter schließlich mit Blick auf die Uhr. »Mein anderer … Besuch kommt bald.«

»Das nächste Mal bleib ich. Grüße, unbekannterweise.« Ich glaube, mir gelang ein Lächeln. Für einen schier endlosen Moment betrachtete mich meine Mutter. Als würde sie sich für immer an dieses Bild erinnern wollen. Dann umarmten wir uns. Eine Umarmung, in der alles Gesagte steckte. Und auch alles nicht Gesagte.

»Richte ich aus.« Dann verschwand sie durch die Tür der Wartehalle, ohne sich noch einmal umzudrehen. Ich blieb allein mit meinen Gedanken und einem Rest Tabak, dem ich bis zur Ankunft meines Zuges immerhin noch drei Kippen abtrotzte. Zwischendurch ging ich ein paarmal in die Halle, um mich aufzuwärmen. Es war verdammt kalt geworden.

Auf der Rückfahrt schlief ich ein und hätte dadurch beinahe wieder mein Ziel verpasst, mich rettete das nun schon fast vertraute Kreischen der Bremsen. Der Bahnhof roch so grau, wie er aussah. Unter weitläufigen Kuppeln wogte ein ganzes Taubenmeer. Die Ecken waren mit ihren Hinterlassenschaften übersät. Ich lief über den Querbahnsteig, auf den ein ganzes Dorf gepasst hätte, die Treppen hinunter, über den Vorplatz bis zum Markt. An der Wiese keine Zombie, kein Kante und kein Schröder, nicht einmal Stachel. Dafür sah ich Andy, der ein Gesicht zog, das einer Geisterbahn alle Ehre gemacht hätte. Als sein Blick auf mich fiel, verfinsterte er sich sogar noch. Ich ließ mich nieder, musterte ihn ein wenig, stieß ihn in die Seite, aber er reagierte immer noch nicht.

»Mann, du bist ja das blühende Leben«, sagte ich. »Was ist los? Noch sauer? Wie lief die Aktion?« Andy streckte sich wie jemand, der stundenlang regungslos in ein und derselben Position zugebracht hatte. Dabei sah er mich an, als müsste er über meine Fragen äußerst scharf nachdenken. Dann entspannten sich seine Züge.

»Ein Wort. Beschissen.«

»Schön«, sagte ich. »Also, scheiße. Was ist passiert?«

»Nichts.« Andy schüttelte den Kopf. »Ganz genau nichts.«

»Keiner gekommen?«

»Nee. Andersrum. Dort waren alle ausgeflogen. Keiner da. Die Tür verrammelt. Alles dicht. Ist das zu fassen?« Unwillkürlich musste ich lachen. Andy rümpfte die Nase.

»Ich glaube, die haben einen Wink bekommen«, sagte er. »Anders kann ich mir das nicht erklären.« Er klang tatsächlich etwas durcheinander. »Und ich bin nicht sauer«, fügte er an. »Mach dir keine Platte. Die Geschichte ist peinlich genug.« In einer freundschaftlichen Geste stieß ich Andy noch einmal in die Seite. Ich hätte ihm gern ein bisschen mehr beigestanden und mir alles haarklein erzählen lassen, aber eigentlich war ich nur aus einem einzigen Grund hier.

»Hast du was von Zombie gehört? Oder war sie mal hier, in den letzten Tagen?« Ich beobachtete, ob jemand anders aufhorchte in der kleinen Runde, aber nichts geschah.

»Nein. Sollte ich? Sollte sie?« Andy hob eine Braue. »Alter. Du siehst aus, als hättest du einen Geist gesehen.«

»Hör zu«, sagte ich nach einer Pause, leise. »Ich kann dir das jetzt nicht erklären. Aber da ist eine Riesenscheiße passiert. Ich muss wissen, ob es ihr gut geht.« Auf der Miene meines Gegenübers war nun noch mehr Verwirrung zu lesen, aber er fing sich schnell wieder.

»Okay. Kann ich was tun?« Ich schüttelte den Kopf.

»Nein. Oder doch. Weißt du, wo sie wohnt?« Andy zeigte seine Zähne.

»Das weiß keine Sau. Außer Stachel natürlich.« Er schaute sich um, als hätten wir Zombies Bruder nur übersehen.

»Scheiße«, sagte ich.

»Ist es ernst?«, fragte Andy nach einer Weile. Ich schwieg, und das war genug der Antwort.

Auf dem Heimweg wehte mir der erste Schnee ins Gesicht. Zarte, kalte Punkte, die über den Straßen tanzten, vom Wind unablässig zu immer neuen Wirbeln geformt. Winzige Flocken, von unsichtbaren Händen verteilt wie Konfetti. Die Fußgänger zogen ihre Jacken zu und beeilten sich weiterzukommen. Die Autos wurden langsamer. Eine Kette aus roten Lichtern zog sich die Fahrbahn entlang. Am Rand einer Mülltonne saß eine Krähe und pickte an einer Plastikverpackung herum.

An meiner Haustür angelangt, hatte ich das Gefühl, als wäre ich Wochen weg gewesen. Ich drückte die Klinke. Ich lief nach oben, die Stufen hallten unter meinen Stiefeln. Ich schloss die Wohnung auf und schaltete das Flurlicht ein. Der Blick meines Vaters war klar, als er aus der Küche kam, aber er schien ein wenig zu schwanken, wie ein alter Matrose an Land. Ich weiß nicht, ob es an den letzten Tagen lag, die an mir zerrten wie zu großes Gepäck. Aber ich tat etwas, das ich noch nie getan hatte. Ich umarmte ihn.

»Du hast Besuch«, hörte ich seine Stimme warm an meinem Ohr. Ich ließ von ihm ab. Wir standen uns gegenüber. Ich kam nicht mehr dazu, nachzufragen oder irgendetwas anderes zu sagen. Die Küchentür öffnete sich erneut und mit einem Mal war es, als wolle mein Körper zusammenbrechen wie ein kaputter Stuhl. Gleichzeitig sprang mir das Herz aus der Brust.

Auf Zombies Gesicht spielte ein winziges Lächeln. Wie ein einziger Stern in der Dämmerung.

Deutscher Jugendliteratur Preis
NOMINIERUNG
JOHANNES HERWIG
BIS DIE STERNE ZITTERN
GERSTENBERG
ROMAN

Johannes Herwig, 1979 in Leipzig-Connewitz geboren und aufgewachsen, wusste schon als Kind genau, was er wollte: Schreiben – vergaß es aber für ein paar Jahrzehnte. Während seine Eltern 1989 zu den Montagsdemos gingen, schaute er *Ein Colt für alle Fälle* und begriff erst ein, zwei Jahre später, was da wirklich passiert war. Die Nachwendezeit erlebte er als Punk und machte sein Abitur nicht nur auf der Schulbank, sondern auch in den Straßen seines Kiezes. Nach einigen Umwegen studierte er Soziologie und Psychologie, war viele Jahre selbstständig im Kulturbereich tätig und Mitbegründer der Filmgalerie Phase IV. 2013 widmete er sich endlich seinem lang gehegten Traum: Autor werden. Sein Debüt *Bis die Sterne zittern* wurde mit dem Paul-Maar-Preis für junge Talente ausgezeichnet und von der Jugendjury für den Deutschen Jugendliteraturpreis 2018 nominiert.

MIX
Papier aus verantwortungsvollen Quellen
FSC® C014496
www.fsc.org

1. Auflage 2020

Umschlag von Marion Blomeyer, LaVoila
Satz: Fotosatz Amann, Memmingen
Druck und Bindung: GGP Media GmbH, Pößneck
Printed in Germany
www.gerstenberg-verlag.de
ISBN 978-3-8369-6059-5